先天地生而不为久，长于上古而不为老。

——庄　子

阳光文库

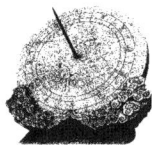

SHIJIAN XIANSHI

时间献诗

时間獻詩

黄河出版传媒集团
阳光出版社

图书在版编目（CIP）数据

时间献诗 / 杨梓著. -- 银川：阳光出版社，
2023.5
（阳光文库）
ISBN 978-7-5525-6777-9

Ⅰ.①时… Ⅱ.①杨… Ⅲ.①诗集－中国－当代
Ⅳ.①I227

中国国家版本馆CIP数据核字(2023)第071240号

阳光文库　时间献诗　　　　　　　　　杨梓　著

责任编辑　申　佳　李少敏　赵　倩
装帧设计　晨　皓　魏　佳
责任印制　岳建宁

黄河出版传媒集团
阳　光　出　版　社　出版发行

出 版 人　薛文斌
地　　址　宁夏银川市北京东路139号出版大厦（750001）
网　　址　http://www.ygchbs.com
网上书店　http://shop129132959.taobao.com
电子信箱　yangguangchubanshe@163.com
邮购电话　0951-5047283
经　　销　全国新华书店
印刷装订　三河市嵩川印刷有限公司
印刷委托书号　（宁）0026252

开　　本　787 mm×1092 mm　1/16
印　　张　28
字　　数　360千字
版　　次　2023年5月第1版
印　　次　2023年5月第1次印刷
书　　号　ISBN 978-7-5525-6777-9
定　　价　88.00元

时间之生命与美学风致

荆 竹

　　时间并不是万物理智之游戏，它借助着人类运思之进退，所透露的乃是心灵深处之蕴藉。初次读到杨梓《时间献诗》之片段，我便认定，尽管本人还没有深入理解其诗思，但能够读出诗人心灵深处之底蕴。诗思之底蕴源自境界。有人凭借聪明，有人诉诸智慧，我相信杨梓投之于诗思的是生命。正是本着此一认定，我一口气读完了杨梓之大作《时间献诗》。真切之感受是：诗人之"献诗"是坦诚而虔敬的。《时间献诗》乃是向时间致敬，明示着"献诗"之宗趣：以渗透着生命之体悟、沉雄与灵动之诗句，追根溯源地提掣着千百年来人类坎坷苦挣着的心灵，返本立大地追问在古今时间之争的世代运会中人性与文化之难题。很快发现，人类心灵之提掣与时间难题之追问，在《时间献诗》中得到了更加集中和深入之呈示。与众多讨论时间、时间生命之各种文学尝试相比，杨梓的《时间献诗》独具风致。其时间之美学特色突显在全书各卷之中，特别是书中的跋和附录文字，构成了诗人创作、思趣、人格与美学境界，以及创作《时间献诗》之构想。如此之构想透露着诗人把握时间生命之慧心：立足时代背景，凝聚现实世界，展现时间美学拓辟者多姿多彩之世界风貌，突显时间中各具特色之思想创获、美学规模与心路历程。其主要特质通过以下简要阐释予以显示，虽不能与《时间献诗》之文本相得益彰，但也正是立足时代背景，依凭理解之胪列，在对作品理解之基础上，尽量紧扣诗人美学致思纲脉与心旅，着力展示诗人之美学情怀与思想创获，并随机提示自己消解谬误、另辟新径之叙述。

一、时间的诗思与美学处境

时间乃是一个古老的哲学范畴，历来的哲学家们皆不可避免地思考着时间问题。在古典美学中，有时间的绝对论（牛顿）与相对论（莱布尼茨）之对立，前者将时间视为现实世界之存在物，如牛顿将时间比作一个容器，世界上所有之事物之运动过程皆在此容器之内拓展；后者认为时间乃与主体之精神因素密切关联，并非存在事物运动的那种时间。至康德批判美学出现以后，则对时间与空间之延展提出了新的理念。我对《时间献诗》之初步阅读，是在尚不知诗人对诗歌美学问题如何思考时，欲获得诗人是在时间维度上的思考方向，此即为我对《时间献诗》之初步理解。当然，为对杨梓诗歌美学思考之阅读把握，让此种阅读达到对诗人美学思考的有效把握，我们必须让此阅读感受进入杨梓诗歌美学的处境中。

"时间是什么，从何而来，向何而去。是一去不返，不舍昼夜？是一个巨大的雾，笼罩着整个世界？还是人们身边的一个幽灵？来去无踪无影。"（跋：《时间也是文化》）诗人在此以"疑问"之方式提出诗歌时间之美学境况问题，意即一切创作处境皆有其先行具有、先行识见与掌握，我们理应将此前提之整体称之为诗人创作之美学境况。

对于此种美学境况，应有两层含义：首先是对诗人当下创作架构之初步理解，是诗人积累素材与心灵世界之消化与融合，此乃诗人创作出发之源头；也即是说，诗人对世界之理解，是以现实存在之状态所展开而成为创作之出发点。其次，对前提之整体把握，此创作美学境况暗示着诗人必须以一种完成形态进入创作运思中，营构一种创作的美学境况，并从此境况理解现实世界之存在。此乃杨梓诗歌美学的基础本体论在方法论上之特性之一。我们对《时间献诗》之初步阅读与对杨梓诗歌美学意义之思考，即构成诗歌美学境况之一部分，但欲获得前提条件之整体，我们尚需对《时间献诗》之美学思想作一个总体把握，进而理解诗人美学思想以及所起到的作用，如此才有可能理解《时间献诗》之本质。

时间的美学意识，是历来诗人比较自觉的一种美学意识。没有自己新的时间美学意识与体验，不可能成为卓越的诗人。故时间问题，是我们阅读理解杨梓诗歌的一个贯穿性之话题，亦乃我一直想谈论却肯定谈不清楚的话题。借此诗人出版《时间献诗》一书谈论此一问题，只是想持续不断地提示人们对此一问题予以关注。时间的问题之所以重要，乃是因为无论是诗歌之外部形态还是内在之审美体验，皆离不开时间这一终极性的根本问题。而从抽象之意义上，我们也可以说，杨梓在任何一部他的诗歌作品的形式中，皆隐含着他的时间美学与哲学。诗人的美学观念总是要我们追溯到他的美学源头上去，批评家的任务就是要在评价诗人创作方法之前找出诗人的美学源头。而显然，杨梓《时间献诗》是时间的美学。那么，对杨梓诗歌的阐释就有必要集中在时间之范畴方面。杨梓《时间献诗》由三十五个组诗和十三首小长诗组成，是从时间方面进行创作或者与时间相关的，其诗歌之时间性包含了历史世界、现实世界与未来世界之各个层面，其含义不只限于美学结构或内容深入进展等方面，它与历史性、现实性、未来性密切相关。

此种时间表象将过去、当下、未来连为一体。过去的已是历史，未来的还在路上，只有当下存在。但当下又有多长？哪怕是一个瞬间也可以分割下去，直至无穷短，那么时间还有现实性吗？杨梓在《这一秒》中描述道："这一秒如同稻穗上一根细微的芒刺 / 现在，我把这根芒刺分成十段 / 每一段就是我的一次眨眼 / 是我对回声的一次分辨……这一秒是无数亿个无量秒 / 是一的后面跟着无数个零，是另一个世界 / 可以无穷地小，小到一切似乎都不存在 / 快到可以归于无，甚至连无也无。"诗人在此描述的正是时间的接续与绵延问题。诗人是从人类世界之角度叙述时间问题，亦即是说，在茫茫宇宙间还没有出现人类之前有没有时间，或人类出现之前的时间有无意义。不过，这是人类内部的问题，那么时间到底有无穷尽。诗人与读者共同的思考皆有一个寻求初始之冲动，人类对时间之序列无穷递推，对于时间或开端之寻求与追问，即与此冲动有关系。时间意识是杨梓比较自觉的一种意识，时间问题是理解杨梓诗歌的一个重要方面。杨梓认为："时间因人而存在，人的出现／便是时间的开端，但人不认识时间。"（《序诗　无量之心》）我很赞同诗人对时间描述之观点。因为时间无论对人、动物或世界万物来说，永远都在运动，它绝不会停留在某一物件上，也绝不会停留在人类作创制的某个年月日上；它会无穷尽地如泉水般永远流淌下去……从宏观上把时间看成是一个无始无终之系列，不同文化在不同阶段把宇宙看成是有创造有起点或也有终点的整个宇宙之循环。这是与人类的时间观、科学观、进步观相连。

二、时间与人

时间是一个永恒性的美学命题，杨梓不可避免地在思考着此一问题。"不管女娲在抟泥捏人之前／盘古怎样酣睡在一万八千年里／也不管上帝在创造亚当之前／怎样建造地狱，把建造天堂的重任交给人类／不管有人之前的所有生物／怎样在昏天暗地中聚合而又裂变……我们在竭力把握时间，可时间最为无情／白驹过隙或度日如年只是感觉／谁都不能把朝霞挽留到中午／把过去的一秒捡拾回来／可以把空间折弯，通过镜片使光线弯曲／但时间绝不屈服。"（《序诗　无量之心》）诗人在此宣告了时间与人的存在因素密切相关，而并不存在实在物那样的时间。也提出了对空间与时间上延展的美学观，是否属于我们赋予实在本身的先验之美学功能呢？在诗人看来，人的知识来源于两个方面，即感觉与知性，前者使对象呈现在主体面前，后者使主体能够阐释对象。在这个美学认知格局中，知性具有组织感官经验之能力，又有若干不能源于感觉经验的先验美学范畴，时间乃先验之美学范畴。另外，我们可以从诗中读出，诗人在生命美学中，时间与物质运动似乎无关，完全属于主观之审美体验。在诗人看来，时间与空间是分离的，时间是主体的内在审美体验，它是延绵不绝而又不间断的。反之，空间却可以分割与度量，它属于外在的物质性的。杨梓对这些有关时间的美学思考很重要，他仍然把时间作为一个抽象美学范畴来思考。当然，更为重要的是，杨梓把时间作为一个具体的与人的生存有关的美学范畴加以考虑，其中有许多值得思索的问题。

在《时间献诗》中，时间被视作对人的存在的理解，之所以重要的因素乃处于核心地位。时间既是一种连续的不可逆转之过程，又是规定主体有限性的标志。生与死是人之存在的始与终，因而存在本身就是二者之间的时间跨度。诗人认为："人一旦出生，就是火土水气的凝聚／人就在时间中，就在空间里／而要认识自己的本来面目／这需要历经磨炼，克服自私，抵达无我／成为一团热情的火、一粒宽容的土／一滴纯净的水和一缕清新的气／／而且还要有光，要成为一片明媚的光／可以不像阳光那样普照大地／不如月光那般令人遐想／不似星星那样眨着眼睛／但一定要成为燃烧的蜡烛／发出一片关涉灵魂的金色之光。"（《序诗　无量之心》）诗人将人的出生与时间、与空间的万物融为一体。

人有其时间性基础，诗人让时间性绽放出人的本真的意义，人与时间均有一切可能性，实际性与力量强大的无可估量性，人可以通过后天之修炼，达到可以净化世界之程度。可见，人与时间性不仅意味着过去、意味着当下，而且可意味着未来。于是，对时间的历史性的阐述归根结底，表明只不过是对杨梓诗歌时间性美学的更具体的探究。故时间性绽放为历史世界性与现实世界性。现实世界性在历史性的阐释欲要显示的是：此一现实并非因为处在历史世界中才是时间性的，相反，只因为它在其现实世界的根据是时间性的，所以它才能够历史性地生存着。此种显现出现实世界之历史性的时间，全然不同于时钟时间。因为此种纯粹客观的时间不属于主体，它包含了某种外在性，是一种非内核化之过程。同时，诗人所表达的时间也不同于审美学的主体性时间。因为现实世界之时间性是美学生命内在性与有限性的标志，是历史性的。杨梓所认为的此种时间，不是我们所推衍的那种连续过程，而是我们所有的时间，亦即有人存在的时间。因为通过了解作为对象的人自身，人也就把自己内设于此一时间之内，并在其中的时间中找到人自身之位置。

"有人活着，精神却是一片荒芜／在愚昧贪婪中成为行走的尸体／只在世上来过一回，没有认识自己／也没有感到自己的心灵，就被你席卷而去／春风拂过，枯死的小草都会透出淡绿／但他们不会回来／／哎，我从过去到现在，再向未来／你却从未来到现在，走向过去／比如昨天，已无任何痕迹／明天十二点正在一步步地走来／于是，来自过去的我与来自未来的你／永远都是擦肩而过，更不能把你挽留。"（《序诗　无量之心》）诗人在此高度思辨性的时间解析，是非常值得我们注意的。诗人把时间称为"你"，命名为"哎"，"写成一位空前绝后的女神"，以象征造型方式对时间中之人与万物予以深度思考——对具象的造型描绘，表达主体的认知，努力创造一个有意味的一般造型体系。诗人写道："世界上所有的语言都不能说清时间的形态／只能用一条河来比喻时间的一去不返／而时间的颜色、时间的声音、时间的味道／在整个宇宙，连比喻都没有／无形、无色、无声、无味的时间／无觉、无情、无性、无我的时间啊／／时间似乎已不存在，但又像神一样无处不在／主宰着万事万物，又无声无息／时时刻刻给一切事物刻下时间的痕迹。"（《序诗　无量之心》）

这是诗人对事物独特观察的强调，目的在于把握时间的真谛。在意味造型方式的表达过程中，杨梓描述的个别皆有更大程度的创造，依据是暗示普遍的需要。此一点，在诗人的后续时间性诗作中看得更清楚。意味造型之叙述性诗作之时间，常使人感到不是一个真实的时间，其意味造型中却充满了时间因素。时间在整个宇宙中似乎已不存在，"但又像神一样无处不在"，时间确实"主宰着万事万物"，给世间万物"刻下时间的痕迹"。诗人在意味造型之世界里，世界之逼真性在一定程度上被消解了，其目的是对喻义之方面的突出暗示，表达具有普遍意义的东西。此类诗作中的宇宙人生图景，皆是对喻象机制之暗示，其表达的意义总是超越造型自身固有之含义，直接指向更为宽广的时空。

三、主体对时间之体验

杨梓的时间矗立在人类高高的历史起点上，正如万物之存在一样，它的通道既可以捉弄人类，又可以救赎人类，"就像时间，我可以沐浴你的光芒／让你永驻心间，但你的心里会有什么／恐怕只有空。也只有空，连空也空／方能容纳所有：无数个平行宇宙／无数个无量年无限伸展的你本身。"（《在心》）也许，陡峭的小路直冲而下，你并不知道通向哪里，通衢大道在时空中四通八达，但在你的眼里却不见踪迹。可它可以"把你的一天延伸为两天甚至三天／像赎罪一样赎回逝去的光阴"（《序诗　无量之心》），在那里，一切皆无比美好，灵魂与灵魂可以尽情地舞蹈，而我们总喜欢琢磨那不可探求的建构彼岸的秘密。"哎，你可以不是万能的神／但万能之神不能解决的问题都会留给你／哎，你是我今生追随的神／允许我把你写成一位空前绝后的女神／哎，你是真正的空，空中无我，连空也无／只把无穷的时间奉献给了人类。"（《序诗　无量之心》）杨梓的这些诗句，既描述了意味造型世界里的宇宙人生图景之特征，又表达了对人类的某种共同体验。意味造型方式所创造的"时间"以及它所连接的彼岸，确实给人以"秘密"之感、陌生而又熟悉之感，任何试图进入其中之人，皆会遇到路径难求之困惑。不论是长诗，还是短诗，杨梓的这些献给时间的大量意味造型之诗作，一直在吸引着我们去不断解读与阐释，并对其底蕴进行探求，而见解有时会出现歧异。无论如何，我们对杨梓的诗作发出的感叹，也恰好道出了诗人造型美学魅力表现之奥秘。

正是在对杨梓诗歌美学的时间性分析中，我们才感到：

首先，时间是世界之表征，时间性就是历史世界性。尽管一般来说时间是连续不断的，但从杨梓的诗歌中却可以划分出历史世界、现实世界与未来世界三个维度。人类的现实世界是敞开的，它就按照这三个维度拓展，唯其如此，人类才有在现实世界中把握未来世界与阐释历史世界之可能。所谓历史世界，就是指人类在对历史世界与对未来世界之眺望中呈现出来的某种自觉意识与反思意识。当然，在我看来，杨梓诗歌美学的历史世界之时间性，对于个体生命的历史，我们有必要将此种个体的历史世界时间性延伸至社群、民族乃至整个人类的历史世界、现实世界和未来世界中。因为个体总是存在于社群的交互关系中，历史世界对他们来说，就是在个体中所意识到的社群、民族乃至人类之时间性。历史世界中之时间性，说到底也就是某种距离或间隔。正因为有时间距离的存在，以及时间向未来世界开启至无限可能性，一代一代的人们才有可能意识到自己的历史世界，意识到现实世界与历史世界之差异，并且将历史世界同一个崭新的现实世界联系起来，人们才能够发现这个历史世界，然后通过艰难之探索，把迄今为止仍隐藏在历史世界深处之奥秘揭示出来。历史世界就不可避免地要与人类之属性进行无数次之修正。如此之思考，对我们进一步理解杨梓诗歌美学的时间性与历史世界中之内在关联，解读杨梓诗歌美学与接受者之间之对话，阐释杨梓诗歌美学文本的历史世界性，以及杨梓诗歌美学自身之历史世界过程等，均有最大好处或方便之处。

其次，在杨梓诗歌的时间性美学中，多涉及主体时间与客体时间之差异及其关联问题。严格来讲，时间是客观之存在，是物理世界之属性，无论主体是否能够认知，时间均在飞逝。但从杨梓的诗歌美学角度与生命美学角度或现实世界之关系来看，时间乃是主体范畴，或是属于超越现实世界之范畴，或是对生命之体验，或是对现实世界的有限性之规定。的确，我们可以从杨梓诗歌美学角度瞥见不同的时间。诗人有关时间的一些探索，引起了我们的阐释兴趣，即客观的时间倘若不被主体意识到，怎么能体现出历史世界呢？我们承认客观事件之存在，却不能因此而忽略主体对此种时间的直觉与体验。无论如何，那种不为主体意识到的客观时间，也就是尚未处在主体历史世界的意识之中的时间，很难说具有为人所理解的历史世界性。如果我们承认诗人推衍的一种历史性或"浮现"过去的自觉意识，如果我们认可历史世界在主体对时间距离的把握与体验之中呈现出来，那么，也就必须充分注意到诗人关于主体时间之重要性。作为杨梓诗歌的意味造型美学来说，主体时间或者说主体对时间之体验，也就显得更为重要。离开了人对时间之体验，历史世界便不复存在。此一点，对于我们深入探讨杨梓诗歌意味造型美学的时间性与历史世界之间之内在关系，显得极为重要。

四、时间中之地域意象

现在让我们把阐释之角度，从诗人之抽象玄思中转移至具体的作品分析方面。如前所言，杨梓的诗歌意味造型美学是最具有时间性的美学，倘若说时间就是历史世界之表征，或历史世界中之方式的话，那么说杨梓诗歌意味造型美学是最富有历史世界性的诗歌美学并非夸大其词。应当说明的是，杨梓诗歌美学中的"时间"概念范畴，是他作品造型体系的建构方式与表达方式。它涉及的是诗人诗歌美学的基本题旨与表达问题。

杨梓从现实世界中获得并形成的、具有普遍意义的审美体验与思想，大都采用直接呈现实际生活之方式，创造普遍与个体相融合的意味造型，也采用抽象之方式建构喻象世界，或采用两者相互渗透、相互融合之方式，引领接受者去寻幽探胜。这些时间概念范畴，在杨梓诗歌美学体系中，仍然是意味造型建构的一部分。故，我们应从诗人作品之造型体系着眼，而不能从某些局部图景立论。《时间献诗》中之时间，庶几是包罗着人生与万物之关联，亦即是说，在杨梓眼里，人生与万物无不存在着时间之关系。如农历中的二十四个节气，诗人就由二十四首诗建构而成；在《秒若禾芒》中，就由《这一秒》《树叶》《无迹》《一个词》《三个字》《不断》《描述》《第三十六秒》等二十四首构成。从这些诗题，我们即可读出一些别样之感叹。诗人是以浸渍着时间之感叹，具体表达着人类生存世界中巨流奔涌，怎样在不同的条件下，显现出惊世骇俗的色彩；对于人类的某些经历，人世间的一些不同之物的画面，运用时间之概念范畴给予非常逼真的概括与凝聚。给人的印象是，在长则逾越千载、短则分秒之间的时间中创造的诗歌美学世界。

当我们深入追寻人、物与时间的深层含义时，就发现不论是对人、物与对时间中的造型，皆不能只从表象来看，而应当思索它所暗示或象征的普遍意义。如《念头》一诗："一念之间穿越了太阳系 / 以金木水火土命名的行星一闪而过 / 大禹的青铜巨斧劈开山梁 / 汹涌的黄河流成银川平原……显示着心灵的有所需求或有所拒绝 / 或者是躲避善恶之间的河流 / 是的，当脑海闪现一个个念头时 / 心已是你波涛汹涌的海洋。"一个念头即可将古今凝聚于一瞬，可以超越光速去穿越太阳系。诗人在此建构的造型美学系统，在刹那间的宇宙万物形象体系中，皆为人类心灵意识的产物，也乃人类民族文化、历史传统在人的心灵间之凝聚。这里将时间与个别、普遍的结合，正是直接暗示的意味造型模态，其审美方式乃是象征性的意味造型方式。如果我们不是从诗作的具有普遍性之内涵（一般）与造型体系（个别）的审美关系之特征着眼，就有可能对《念头》时间的理解产生误读。还如在杨梓的不少与时间关联的诗篇中，皆存在着象征性意味造型的细节、意象或景物，而且有些诗篇中的造型细节、意象或景物还反复出现。但从整个诗歌美学造型系统看，这些造型的细节、意象或景物只是局部之嵌入，对题旨之表达，仅仅起强化、烘托之作用。就整体意味造型看，则是直接体现的时间性凝聚机制。此类作品，其审美方式，当属于时间性审美方式。

譬如在《时间献诗》中，将"银川"这个地名作为诗歌的审美意象，多次出现在不同的诗句当中，可作为一例。"银川的春天永远姗姗来迟，承运的东南风 / 常被秦岭阻挡，即使翻越也是蹒跚不已"（《立冬》）；"如何将这一秒放进银川 / 让这一秒留下可辨的足迹 / 比如节日夜空绽放的焰火 / 或者把银川放进这一秒 / 哪怕只放进去银川这个地名 / 让地名闪烁出时间的光泽 // 夜深人静，你在一秒一秒地流淌 / 流入银川的身体"（《地点》）；"银川的四月并不残酷 / 只是供暖结束，家里冷于室外"（《四月雪》）；"直到另一双目光出现于银川街头 / 一种蒙眬而清亮、温柔而坚决的光"（《眼神》）；"喜鹊立于树梢，成了银川的市鸟 / 带领成群的麻雀，在小区飞来跳去"（《泥土》）。诗作中反复描写时间中的"银川"，让"银川"这个意象出现在不同的诗句当中，且构成诗人美学的造型世界，其意味深长幽远。但从造型系统看，诗歌作品以时间为中心，在时间与地名、季节、年月、人等多种社会物体关系中，采用多种多样的时间结构方式，揭示了作品时间性的物理世界与现实世界之意义。对于诗人杨梓来说，物体世界作为事实上发生之时间是确定的，不可更改的；但如何进行诗歌美学建构，物体世界与现实世界、与人类究竟是一种什么样的关系，这种对实在世界之结构时间却是不确定的，它服从于诗人对此客观世界之理解，服从于诗人在此客观世界中营造出什么。此一点正好说明人理解与阐释客观世界的自觉性，说明诗人对客观世界之描述不是被动摹写的过程，而是一个能动的探索与发现的过程。更进一步说，由于此时间范畴之差异，是由于诗人主体反思时间与诗歌审美建构时间的时间距离，更由于诗人对时间之审美体验，便构成一种独特的现实主体世界与物理客观世界之对话性，进而使熔铸在诗歌文本中之诸多时间范畴带有某种耐人寻味的美学内涵。

所以，反复出现在诗句中的"银川"，犹如一个个令人遐思的不同的历史与现实交汇的多彩世界，成为人们在此生存、拼搏、拓展、延伸生命的象征性意味造型世界，深化与加大了诗歌美学的基本意旨，建构了诗歌美学的氛围。此种象征性意味造型世界的精心营构，不仅没有干扰作品时间方式之采用，而且使意味造型中之图景更加丰富多彩。就这些作品之时间方式看，均建构了整个诗歌美学的造型体系；个别的丰富的"银川"意象、物体世界与普遍性之意义，水乳交融，相互渗透。但诗人为了拓展时间性，创造了抒情色泽，建构、描绘了多姿多彩的意味造型景物：以四月雪、五瓣丁香、泥土、繁星等纤柔、纯洁之景物意象，创造了人们的社会心理、现实性格；以四季、年月、人的感叹等实在、抽象意象，建构了幽邃的审美通道。就时间中这些有关"银川"的意味造型世界的丰富多样看，"时间"是凸显的，庶几构成一个个价值深邃的意味造型链。不过，在杨梓整体诗歌美学造型系统中，此"时间"之意味造型链只是一种美学建构方式而已。其诗歌美学价值、思想等，诗人对现实世界之认知与评价，主要体现在一连串的客体世界与诗人之感叹凝聚中。

当然，杨梓诗歌美学中之时间性所揭示的现实意义与历史意义远不止于此。它蕴含着诗人文本的创作时间与美学建构时间，一俟文本被生产出来，便进入了一种历史的时间性；换言之，诗歌文本固有之时间便与后来的接受者的时间错综复杂地纠结在一起；亦即是说，文本时间所包含的历史意义，最终只有在接受者的理解活动中才能显示出来。一旦文本进入历史时间，它的时间与接受者时间的交汇，既有彼此重叠之一面，又有相互离间之一面。对接受者一面来说，总是取决于阅读时间之层面上来解读文本时间，其中所形成的历史距离再一次把文本的历史内涵昭示出来。每一个接受者总是无一例外地在他现时的文化语境中解读文本，此处的接受者时间与文本时间是一种历史之距离。接受者借助文本而体验的历史距离，正是他解读的历史重建之前提。在此种历史重建之过程中，文本乃是中介，经由此中介，接受者一方面体悟到以往物体世界之时间性，另一方面又在与诗人进行对话，体悟着时间中所蕴含的历史文化及其对以往物体世界之解释与看法。

2022 年 10 月 8 日于风声楼

荆竹，宁夏贺兰人，祖籍山西灵石。毕业于复旦大学中文系。研究员，中国作家协会会员，中国文艺评论家协会会员，宁夏文艺评论家协会名誉主席，宁夏文史研究馆馆员。历任《宁夏青年报》副总编辑、《塞上文谭》主编、宁夏文联文艺理论研究室主任、宁夏文学艺术院院长、宁夏文联副主席、宁夏作家协会副主席等。发表《论审美体验与艺术踪迹》《论艺术典型观的变异》及研究王国维、陈寅恪、吴宓、梁漱溟等的论文四百多万字。出版《智慧与觉醒》《学术的双峰》《荆竹文艺论评选》《造型之维——杨梓诗歌美学论》等著作。

目录

時間戲诗

序 诗

无量之心

无量之心

01

在无穷无际的宇宙
时间应有一个最小值与最大值
用来计算最快的速度和最远的距离
应有一个开头，由此想象时间的结局
从而放弃初始之前与终端之后的不可想象
只要人类诞生后与灭亡前的这一历程

不管女娲在抟泥捏人之前
盘古怎样酣睡在一万八千年里
也不管上帝在创造亚当之前
怎样建造地狱，把建造天堂的重任交给人类
不管有人之前的所有生物
怎样在昏天暗地中聚合而又裂变

时间之于动物只是昼夜
之于植物只是季节
之于石头只是历经的风霜雨雪
之于大海还是大海
时间只为人而存在，并且显示意义
显示万物存在的时间状态

时间是人创造的一条大河

却像神一样主宰着人的命运
从一个人出生地流向离世处
甚至连没有出生或者已经死去也不放过
因被想到而流动，没有在意时便会停滞
漫长莫过于悲离，短暂莫过于欢聚

我们在竭力把握时间，可时间最为无情
白驹过隙或度日如年只是感觉
谁都不能把朝霞挽留到中午
把过去的一秒捡拾回来
可以把空间折弯，通过镜片使光线弯曲
但时间绝不屈服

即使在黑洞、白洞、虫洞里
时间宁可死去，也不会弯曲
时空可以被扭曲，仅是因为时间之差
而时间本身永远奔流而去
流向每个人的身后
而且没有任何方向、任何痕迹、任何声响

02

宇宙无边，没有开端也没有终结
一切创生与毁灭都在不断进行
一颗流星燃烧之后成了沙粒
一场龙卷风会把大地上的一切夷为平地
而时间，只是宇宙一个时期的维度
宇宙到底有多少维度永远是谜

时间的开端与终结都与宇宙无关

在无穷的宇宙中没有时间
时间因人而存在，人的出现
便是时间的开端，但人不认识时间
和动物一样只知道日出月落，季节交替
流逝的时间来自推算，从公元推向公元前

四千多年前，中国出现了第一个世袭王朝
三四十万年前，北京猿人保存了火种
二三百万年前，古猿进化为完全的人
一二千万年前，古猿从树上来到大地
六千多万年前，恐龙生活在地球上
五十亿年前，地球形成，生命起源

但我们在毁灭地球，也在毁灭时间
我们对大自然的肆意掠夺必将遭到报复
酸雨、洪水、地震、暖冬、辐射、沙尘暴
极寒、臭氧层、厄尔尼诺、温室效应
转基因、基因变异、超级细菌、超级病毒
世界现存的核武器足以毁灭人类

正在研制的反物质炸弹，能把地球炸成碎片
还有地球被海水淹没，被毒气笼罩，被太阳摒弃
被彗星撞击，被黑洞吞噬，被迫停止运转
这一切都与人有关——自私的本能
无穷的欲望。致使每小时就有一个物种灭绝
一年就有八千多物种从地球消失

我们必须承认人类自私的本能
就像双胞胎为了多吃一口奶水会推开对方
我们必须面对人类无穷的欲望

对资源不断攫取而形成习惯并且成瘾
怎样才能避免人类之间的互相伤害
对生命的杀戮，但苍天不语

03

时间有零吗？时间的零会在哪里
这就需要幻想或虚拟一个时间
假设在一条横线上，零在正中
把实际时间放在右边，以正数表示
把虚拟时间放在左边，以负数表示
零便显出实虚共存的意义

假设在一条竖线上，以零为中心
人的一生就是围绕这个零而上下奔走
积德行善是向上，会接近天堂
损人作恶是向下，会坠向地狱
这个零就是人的本来面目
是人未出生前的模样

未出生的人是母腹中的一个胎儿
是一个受精卵，是两个遗传基因
就像一张桌子，之前是木头，是树，是种子
种子从青涩到成熟，从春到秋，吸取土地养分
接受雨露，呼吸空气，发生光合作用
那么再之前就是一团火、一粒土、一滴水和一缕气

是的，人的本来面目就是时间的零
也是空间的零，就像宇宙大爆炸前的奇点
空间可以无限扭曲，时间可以任意流淌

一团火、一粒土、一滴水和一缕气在天地之间
自由自在，无牵无挂，没有善恶，没有念头
像灵魂如阵风，无时不有无处不在

而人一旦出生，就是火土水气的凝聚
人就在时间中，就在空间里
而要认识自己的本来面目
这需要历经磨炼，克服自私，抵达无我
成为一团热情的火、一粒宽容的土
一滴纯净的水和一缕清新的气

而且还要有光，要成为一片明媚的光
可以不像阳光那样普照大地
不如月光那般令人遐想
不似星星那样眨着眼睛
但一定要成为燃烧的蜡烛
发出一片关涉灵魂的金色之光

04

世界上所有的语言都不能说清时间的形态
只能用一条河来比喻时间的一去不返
而时间的颜色、时间的声音、时间的味道
在整个宇宙，连比喻都没有
无形、无色、无声、无味的时间
无觉、无情、无性、无我的时间啊

时间似乎已不存在，但又像神一样无处不在
主宰着万事万物，又无声无息
时时刻刻给一切事物刻下时间的痕迹

比如树的年轮、花瓣的凋零、额头的皱纹
就像量子纠缠，能在至高无上之处
校对人间走错的节奏

是的，时间之神应有一个名称
中国古代有一位大神，名叫帝俊
在家族谱系中，他是时间神也是创造之神
在古希腊神话中，有一位原始神柯罗诺斯
他是时间神、无形之神、混沌之父
还有道教中值年、值月、值日、值时的四值功曹

而我想找到一个词或者字
像时间的零，也如赤子
这个词就是哎，允许我把时间神称为哎
哎就是时间神，应该是一位伟大的女性
具有无限包容、无限生育和无限延伸的能力
并且能够修复自己身心的疾病

哎，你无形，却具有这个世界的一切形象
你无色，却如同阳光包含着所有的颜色
你无声，可事物感到你的声音千差万别
你无味，可真味就在你恬淡的无味之中
你无觉，可一枚落叶里都有你的泪痕
你无梦，却如气息充满所有的角落

哎，你可以不是万能的神
但万能之神不能解决的问题都会留给你
哎，你是我今生追随的神
允许我把你写成一位空前绝后的女神
哎，你是真正的空，空中无我，连空也无

只把无穷的时间奉献给了人类

05

哎，你是秒分时，也是日月年
更是人的另一个生命形式
每个人的一天都是二十四小时
可有人会把你的一天延伸为两天甚至三天
像赎罪一样赎回逝去的光阴
成为掌握自己命运的舵手

有人活着，无私地奉献了自己的爱
一种包含并统领一切的生命力
一种不断吸引又释放的能量之源
一种只是付出而从不索取的人格魅力
一种与你一样无所不在的永恒存在
即使死在你的怀里，他的灵魂依然活着

有人活着，精神却是一片荒芜
在愚昧贪婪中成为行走的尸体
只在世上来过一回，没有认识自己
也没有感到自己的心灵，就被你席卷而去
春风拂过，枯死的小草都会透出淡绿
但他们不会回来

哎，我从过去到现在，再向未来
你却从未来到现在，走向过去
比如昨天，已无任何痕迹
明天十二点正在一步步地走来
于是，来自过去的我与来自未来的你

永远都是擦肩而过，更不能把你挽留

你和我都是单程，一个向东一个西行
你如无数的浪花不停地盛开而又凋谢
我却像一朵野花，只能绽放一次
你的过去、现在、未来都在路上
而我的过去已逝，将来未知，现在还在
可现在也不在了，已在你逝去的前一秒

哎，你最无情，一草一木都能得到雨露的滋润
你最无私，万事万物都能感到母爱的神圣
你最无我，整个宇宙都在响彻整齐的步履
哎，你无处不在，我却常常把你忘记
你在我心里，我却忙着身外之事
你可敬可爱，我却找不到描述的语言

06

心想是心脏还是大脑，是身体还是灵魂
比如心脏移植，就可能把记忆
从一个人身上移到另一个人身上
因而改变另一个人的性格
如同面对死亡，心死不一定是脑死
脑死之后心脏也不一定停止跳动

心脏像一个倒垂的莲花之蕊
只是从来不会盛开，大小如本人的拳头
但与心大心小没有关系
心不仅仅是心脏、大脑或者身体
可能指向意识、思想和精神

指向永远无法说清的灵魂

心没有形象，也没有任何东西可以比喻
心如明镜，镜子像心
都能够照见一朵莲花的盛开
只是镜子保留不了莲花的形象
而心上的莲花不会凋谢
镜子无觉无知，会与黑暗融为一体

心却有情有义，自身就会发出光亮
心如止水，心如死灰，心如磐石
都仅仅是如同，而不是本心
不以秒分时日月年计量
不受城市、乡镇和山野的局限
也与贫富贵贱荣辱得失没有关系

这个一心历经千山万水的沧桑
才有成为无量之心的可能
从而放下身外的时间
这个一心可以是无量秒也可以是无量年
都是时间的极致。但不是数的无限
也不是量的无量，而是无量的无量

这个一心是天人合一，是万法归一
是一念不生的境界，是如归的无我状态
是生死的超越，是精神的彻底自由
是灵魂的抵达，是时间恒在的真正之无
是可以感到却不可言说的空
像发光发热而微笑不语的石头

時間獻詩

卷 一

|古时：舟横朔望|

天干（十首）

甲：萌发

种子埋伏于土壤，被紧紧包裹
承受着压力，周围一片沉寂
蓄力漫长，只为突破自己的坚壳
从完整的铠甲中找到那个虚掩之门

凡心所动，非凡之事皆会发生
弃甲而出，尘封之路崎岖坎坷
但基因复制高大威猛，向上之芽不可阻挡
遭遇青石，只是多绕一段路程

雷声隐隐，女神的唏嘘一直向下
触到乍醒还眠的地表，一阵激灵
一个个树芽，探出小小的脑袋
栋梁之材生于东方，参天之势隐忍其中

乙：伸展

枯草丛中钻出的小草，重见蓝天
地下之根连在一起，保存着记忆
只是小心生长，等雨补充身体
不敢抬头仰望，待风注入灵魂

嫩芽出生，在叶子的脱落之处
有些斯文。千万条神秘隧道不会冰封
而在传递时间的力量：只管延伸
不管日晒风吹，还是雨淋霜降

可能会被牛羊所食，被镰刀收割
被自己呼出的风不断吹倒
被自己所生的火焚为灰烬
但内心有光，每时每刻都在释放

丙：炳明

万物滋生不易，哪怕是一朵最小的花
需要埋进土里，需要一口气息
需要水分生根发芽，需要时节适宜
更需要阳光照耀和雨露滋润

南方之火狂奔如马，翻滚漫天乌云
山巅之上金水涌流，吞噬所遇草木
祥光普照，浊海之浪遍及四野
文明之象，万物显形而炳然见著

不晴不雨之时，蚂蚁忙着运土
映照江湖之日，牵牛花仰起脸庞
雨露不言，从叶子滚落却回到花蕊
篝火丰满硕大，灵魂来去如鸟

丁：壮实

夏季之树直指云天，花草覆盖山川

果实渐渐壮大，所有的小孩都长成青年
从里到外，所有的花朵都在袒露秘密
哪怕是石头，也在放出储藏已久的光

月牙躲在山后，星辰显出久违的明亮
白昼之尘纷纷飘落，流水之声淙淙不绝
巨大的宁静之上，一颗流星划过树梢
时间女神伫立半空，笑得无比诡秘

油灯如豆，散发着最初的草香
这样的夜晚不可缺少粉色，不老之心
将大风阵雨关在门外，只是静静守候
不灭的虚幻之火，炼出沉默的黄金之剑

戊：茂盛

草木茂盛，来自雨雪霜露的哺育
大地沉积深厚，力量不断凝聚
展开万物的摇篮，升起无边的彩霞
离别是原野四处延展，相遇是山岭向上生长

四季之交，承接天地间混沌的气息
中间区域的土壤泛着金黄，可植参天大树
可显青山本色。一堆石块隐身河边
当河水上涨，就成为薪火相传的守护之神

堤坝与磐石，秋野与麦田，寺观在上
香火正旺。冥冥之中时间穿行
湖面上白云嬉戏鱼儿，高原上彩虹惊起狼嚎
朝晚之霞，尽显梦醒与入眠之间的距离

己：纪形

月季依然耀目，田园之土所生
韭菜花开，安宁之外可以感到深绿之黄
一生的形状柔若无骨，但脉络清晰
可以记录，可以想象花烛之夜的星云

山坡之田长出小麦，长出稗草
地下可能埋着枯骨，可能藏着黄金白银
可黄土不语，哪怕被火烧成砖瓦陶瓷
也不会说出疼痛，唯以沉默面对所有风雨

只是承载，任凭万物汲取所需的一切
不畏大树高耸云端，不惧河水日夜奔流
还有芸芸众生，怎样来自尘土又归于尘土
除了灵魂足够强大，可以被火反复清洗

庚：收纳

花草修成正果，五谷颗粒归仓
产后的土地需要一场大火，补充营养
需要一场暴雨，洗去一年劳碌
需要一场大雪，抚平收割的伤口

在天是风霜刀剑，逢秋始盛
在地为铮铮铁骨，遇水则溺
剑戟刚烈，适宜生在西域的金秋
正如月不待秋，但入秋之月更加明亮

潮涨潮落，经历冶炉之火反复锻炼
钟鼎之器，粗犷豪放之声久久不绝
却常常被土深埋，时光不复存在
又被成就功名的梦想所锈蚀

辛：品味

白露为霜，叶落草黄，花谢果实
小草不会再生，树的伤痕不会消失
天气肃杀，各种味道充满人间
西北偏西一片灰白，唯愿白雪皑皑

天地间的真金珠玉，柔洁雅静
埋没于河湖，喜欢暖阳穿过清波
本身就有光芒从内部发出，而且通灵
但惧红炉之火，那种一扑一闪的微笑

天成珍品不可改变。一根绣花针
可绣绝世锦图，也可刺出钻心之痛
带刺的花果拒绝采摘，宁可融入土地
这世间，最有意义的莫过于虽死尚生

壬：怀妊

云在青天，与星星之河相遇相知
只是没有头颅的风，来回穿梭
秋露挟寒而降，花草徒剩枝干
一幅有墨无水之画，尽显北方苍茫

大地之水，长生于天河之口

汇成奔流的江河。堤岸之外万物怀妊
聚为波涛翻卷的大海，时间无泪
美人鱼的白色泡沫，杳无踪影

生命之源，由纤细而宽阔
润泽众生，只是不可肆意横流
天空地实，生死皆缘。永远流动的能量
与相对静止的物质相互纠缠，即有即无

癸：闭藏

在天为雨露，在地为清泉
散布于八荒，并使地脉得以畅通
宛如豆蔻少女，纤瘦弱小，安静羞怯
但能滋润花草，可生入云之树

泉水潺潺，历经风尘，一路向下
一旦遇到闲适之地，仍是清澈见绿
若有鱼儿嬉戏其间，倒映一弯彩虹
便是语言无法描摹的绝妙美景

北方之水，不解之谜的身世有关神祇
血液不可不流，但流向不能改变
今生平顺缘于曾经行善，积德于天
神说无时无刻，闻者不言不语

时辰（十二首）

子时：阳始

感觉不到奔驰，杯水没有波纹
灯光昏暗，人们静坐或者假寐
我望向窗外，一个个光点掠过漆黑

树林、田野和村庄全部隐身
星星应该明亮，却被飞速擦去
老鼠游行。夜半钟声穿越时空

一个个念头跳出，又瞬间熄灭
直到想起你时，月台含着泪水
每一秒都停在原地，阳气生发

仿佛在提示，此刻不宜缠绵
不管我在火车上，还是火车在我梦里
都在向你奔去，奔向妄想的怀抱

丑时：因蓄

灵山依旧，只是鸡鸣未至
一条无人的街道反复闪现
不见星辰，阵阵凉风没有透露季节

街灯反射纤细的雨丝，雨伞丢失
山上山下，我找不到你的倩影
只好相信另一时空。花朵沉睡

在梦境？在灵魂深处？在神仙世界
我在几个维度叠加的边缘
似乎听到圣乐一般奇妙的天籁

黄牛吃草，伴着四更的脚步声
只是一瞬又复归寂静，沉入海底
我来不及表述而被表述所困

寅时：梦伸

鸡鸣渐远，可是一种非时间的幻象
老虎最为凶猛之时，动物噤声
我在城外，熬过黎明前的黑夜

禁门打开，五更的街道深沉如海
太阳正在沐浴，泄露出一片光晕
平日之气聚集于蓝天。几声鸟鸣

显出无比空旷。一个人影与你无关
一条回家的路不再认识，梦幻迷离
躲藏于路灯之后。我茫然四顾

楼房隐隐约约，图画与词语紧紧拥抱
亲切的月光曲盘旋头顶，星星还在
你心永不苍老，我影一路绽放

卯时：叶茂

太阳跳出海面，乌云变白
蓝天更蓝，把浩渺星空关在门外
羊羔沦为红尘，皮毛闪耀金光

所有的泪水都被忽略，甚至鲜血
兔子追逐，积蓄的力量瞬间爆发
草扎的刍狗弃于荒野，鸟鸣不已

无人击壤，无人感恩土地的养育
但膜拜依在。一夜的狗叫依旧尖厉
点卯之时，我站在城市的阴影下

阵风刮过，一粒沙子钻进左眼
我低头眨眼，右眼陪着流泪
分不清虚空和充实，众人匆匆而过

辰时：枝颤

过去与未来都不存在，爱憎分明
天食之时群龙行雨，檐水滴答
但灰尘依在，构成世界并充满虚空

附于镜面，照出模糊的自己
心灵蒙尘无法拂拭，而需要灯火
在你所见之中，我要追逐太阳

可无边之海横亘在前，狂风潜伏

任何舟船都不可能到达彼岸
回首无岸。轻风穿过茂密的邓林

一朵玫瑰开出色彩的极致，晨露微颤
一条小河突然出现，我呆呆地站着
望着倒影，望着庄子的鱼游来荡去

巳时：物成

太阳经过桑野，至于衡阳
万物向上。长蛇隐伏于莽草丛中
这是你的黄金良辰，当下无比明澈

任何语言都无法描述你的来处和去向
几千年后，每天的轮回早被替代
只有我奉你为掌管时间的女神

让麦穗形成自己，让我回到原点
青青翠竹和郁郁黄花交替出现
云卷云舒，一声鸽哨洞穿尘嚣

树隙之间，阳光投下时间的倒影
新耕的麦地得以解脱，一派慵懒
被喜鹊、乌鸦和麻雀再三覆盖

午时：阴生

八荒无路，两个村庄之间豺狼出没
日行中天，天下货物纷聚于市
极目远眺，一匹天马腾飞云间

我的行走，由一条无名小径所现
对你的眷恋，幻化为无边的沼泽
砖瓦回不到土地，我心疲惫

原始的模样停在从前，你就是遥远
一排整齐的红顶砖房，竖起屏障
此时适宜小憩，一念之间峡谷裂开

在此轻轻躺下，关闭所有消息
向日葵携手太阳花，大片扑来
笼罩了大地，又向天际波涛汹涌

未时：味兴

所有的花开花谢都是你的呼吸
太阳开始偏西，青果被风吹红
芳香凝成滋味，你我之间的路途

石碑耸立。一群滩羊四散而去
火苗被坚冰封存，灯盏被红尘掩埋
风吹何处？吹向天使还是魔鬼

恍惚之间，一棵菩提树散发着幽香
未至的时间还在喜马拉雅之巅
一群蚂蚁正在堆土，天上云层也在移动

冰草挺直身子，稻田低垂着脑袋
雨落他乡，一滴滴汇成细流
我也准备流淌，整个大地都是家园

申时：形具

日到悲谷，漆黑的深渊没有回声
伫立于青芜与荒庭之间，仰望长空
越过堆满水晶的天宇，神龛高悬

旋风连天接地，一朵白云正在祈祷
岩石峥嵘，显出零星而耀眼的树
从山麓蜿蜒而来的小径，时隐时现

长河的芦苇边，丛林之王逍遥啼叫
我被紧紧包裹，无数只飞舞的手
哎，时间女神，我依然这样呼唤你

请以青春的名义，焕发晡时的荣光
重塑一个原初的形体，与梦合一
又远离所见——被光投影的万千景象

酉时：心沉

夕阳西下，从一座北方的院落
距离之间充满轻风。四周的杨柳
闪着绿光，地里长着豆角辣椒西红柿

大门敞开，旁边的对联有点褪色
一条灰狗怔怔地望着晚霞，鱼群嬉戏
木棍支撑的苹果树，挂满小小的灯笼

母鸡回到窝里，地窖藏着美酒

一个个笑脸艳若牡丹，又缥缈如云
久违的香味弥漫如初，且深入骨髓

一个适合发呆的躺椅，也在等我
仿佛是我曾经停留又不停寻找的驿站
唯愿所有的奔波，都能在此停下

戌时：果归

月上柳梢，黄昏之后没有人影
也无暗香浮动，西风躲在城市一角
一个跑累的小孩，等待星星闪烁

所有的街道都是汽车，编织五彩光带
我身陷迷宫，感觉不到乱石横空
时间的差别，在于身与心的分离

羚羊挂角，可是你倒影的一次轮回
默如惊雷，可是你血液的奔流不息
一缕缕酒香袅袅升起，喧嚣不止

化敌为友，无人在乎一更的界线
整个世界都在逐利，尘埃回到大地
梦境犹存犬吠，做梦之人不知去向

亥时：种续

没有风声，白银之弦兀自弹响
距离太阳越来越远，天地之间阴气盛大
村庄沉睡，打更的锣声响在童年深处

通向城镇的道路，依旧漆黑一片
内心明亮，瓜果的香味如丝如缕
窗户镶满楼群，一只只不眨的眼睛

休养生息之处，唯爱才是暗夜之灯
是源源不断而拯救人类的终极能量
就像被珍藏的冬麦，带着温暖回到土壤

即使度过一个冬天，也会生根发芽
面对一野翻滚的金浪，我所有的抒情
都是苍白。哎，纯粹而无私的女神

节气（二十四首）

立春

东风吹过，大地沉睡如死
蛰居地下的虫子与土粒没有区别
湖面上，几个孩子打着陀螺
冰下的鱼儿一直围着他们

寒冷依旧，白雪舞成梨花
柳色尚未浅黄，水边亦无新绿
但一草一木都知道：春临人间
东南风里也有一丝不易察觉的柔软

尤其是北方，历经漫长的冬藏
积雪之下，冬麦的种子正在苏醒
哎啊，你对春天的开始最为敏感
我的一湖碧水，仿佛已经破冰而去

雨水

云被天女解冻，散步天街
雪在向雨转变，淅沥之声荡在耳畔
南方的鸟偷走春梦，乍暖还寒
北方偏西，仍然穿着厚厚的棉衣

七九河开，八九雁来
太阳升起，小草在土壤中悄悄顶了一下
而淡绿的草色还是一片无边的想象
云卷云舒，不知是去是留

偶有几声犬吠，窗外灯火阑珊
不再期盼银川会有雨水降临
像旱透的土地，我一夜无梦
清晨醒来，大雪覆盖了艾依水郡

惊蛰

冬眠的动物被春雷惊醒
告别蛰伏的仪式是蠕动一下身体
又活了，从一个漫长的梦中
而虫卵孵化与春耕播种一起开始

南方绿草茵茵，桃花灼灼
西北还听不见黄莺和燕子的鸣叫
鹰在蜕变，向着传说的布谷鸟
催促耕种的叫声即将回荡山川

城郊的农田依旧撂荒
众人都在赶路，无暇关心仓廪
春风来过，春雷响过，春雨尚无踪影
我独伫街头，一片乱云飞渡

春分

太阳升起于正东，直射赤道

小院的冰草在枯草丛中显出轻轻的绿
阴阳、昼夜、寒暑在此平分
一对恋人十指相扣走向湖城尽头

燕子归来，忙着修缮屋檐下的旧巢
青青子衿，白马将军的身后拖着雷电
不问风起何处，风筝带着流浪的心
只是游春的脚步已近黄昏

曾在寅时，在日坛祭祀大明之神
感恩太阳普照大地，奉献光热
之后，人们渐渐膨胀，而且高大无比
谁会想到，太阳有无累病的一天

清明

谁家小院，一棵高大的杏树
枝头缀满红色的花芽，而叶子躲在别处
田鼠将要变成鹌鹑，迎接久违的照耀
只是天空阴沉，彩虹还在云中

传说的大火开始燃烧，柳树并未复活
前往公墓的路上没有酒家，没有行人
只有拥堵的车，五彩缤纷的祭品
一股股旋风穿梭其间

贺兰山顶，大佛朝北仰卧
山下的殡仪馆鼓乐齐鸣，唢呐声咽
一位老人躺在鲜花丛中，熟睡一般
眼角挂着一滴晶莹透亮的泪

谷雨

多么需要雨水，郊外的麦田
仰望着天空，想从空中望出漫天的云
含苞的丁香需要一滴水，从内心打开自己
放出囚禁一年的十万暴马

北方四月，寒暑融合为春天里的春
只需深深呼吸，向天地日月敞开胸怀
轻风荡过，母亲之手抚过落泪的脸颊
神赐的土壤，需要耕种更需要呵护

只是今天无雨。几朵白云使天空更蓝
青涩的叶子有些蔫垂，但没有枯黄
一辆灌车把水浇向宝湖路的绿化带
这水来自喜鹊河，来自黄河，来自巴颜喀拉

立夏

所有的送别都是无能为力的情义
青蛙扯开嗓子重复着一个故事
所有的迎接都是久别重逢的喜悦
蚯蚓正在翻松泥土，但不会钓鱼

这一天，一场夏日的春天都在酒中
而时间的脚步在一切酒水之外
田埂的野菜胜过山珍海味
感谢大地恩赐，祈祷苍天庇护

一株蔓藤向着阳光生长攀爬
小麦的抽穗、开花和灌浆都不能缺水
就像我的头顶不能没有神灵
哎啊，内心的灯因你而亮，为你而明

小满

杨柳依依无关杨树，漫天轻舞也非杨花
而是柳絮，一堆堆挤在草丛或者墙角
曾经救命的苦苦菜味道依旧
塞上江南，水稻插秧铺开如毯

饱满与成熟之间的小麦最怕大风
可愈是担心，冰雹愈是不期而降
月季花不敢自满，开得缓慢而又胆怯
回家路上的我似乎也放慢了脚步

一直都是晴空，黄昏时分云团聚集
风的方向决定雨的大小，可风向在变
叶子沙沙作响，白杨树直面云霄
小草无言，今年枯了明年还荣

芒种

一年一度，最忙时节莫过于抢收
尤其是抢收小麦，一个晴天就是丰收
我曾割过麦子，尘土、麦芒和汗水混在一起
十万蚊子紧贴身体，却不敢想到淋雨

茉莉花开，怎能忍心摘下送给别人

杏黄落地，几只小鸡围着转圈却不敢去啄
谁把螳螂视为先知？谁又安排了黄雀
准备了弹丸，还有一双注视的眼睛

城市，会喝小米粥，会吃黄米饭
但没有见过粗壮的谷穗和垂首的糜子
不知道燕麦和莜麦，在于脱皮的难和易
更不知道这些作物的播种时节

夏至

阳气至盛的一天从鹿角开始
正午的影子从无到有，从短到长
蝉鸣四起，还在萧关以南
六盘山麓，野生的半夏已知天命

这是祭祀大地的日子，地坛仅是地名
我被挤在路上，被人潮席卷
风景就是远方，赶赴一场久别的约会
无暇感恩大地默默养育的深情

一场暴雨从北而来，向南而去
巨大的雷鸣留在黄河两岸的半空
在山峦起伏的苍茫大地上
一头黄牛长跪不起

小暑

北方的树下还有一丝丝凉风
老鹰平展双翼，盘旋高空

地里已无麦垛，几只鸟雀飞来飞去
一畦韭菜开满白色的小花

麦秆笼里的蝈蝈，鸣叫更加响亮
一只黄狗趴在门口，伸出全部的舌头
牛在反刍，果树上的麻雀偶尔叽喳几声
喜鹊飞过院墙，云朵似动非动

在老家小院，坐在房檐下的台阶上
我第一次感到一缸水的平静，却难以言说
一杯砖茶，一碗长面，一碟小菜
一个炎热的正午，几句简单的对话

大暑

午后的天空依旧闷热，感觉无风
但白杨树上，几缕云丝分明在游弋
没有听到蝉鸣，居高声远尚在他乡
而喜鹊、公鸡、布谷鸟的鸣叫不断传来

燕子几乎贴着地面，叫声尖厉
太阳斜挂西边，大雨倾泻东方
黑云如柱，仿佛钓起隐隐约约的楼群
电闪雷鸣，一路滚滚向西而去

一年中最热的时期，槐花飘零
最先出来的树叶感到凉意
一湖荷花面西趺坐，发出奇异的光
南城郊的夜晚，萤火虫的天堂

立秋

在银川，三十八度的高温已创纪录
正午之后，西北风翻过贺兰山巅
一枚淡绿的梧桐树叶落在喜鹊河边
薰衣草上，蝴蝶和蜻蜓互相追逐

热风扑面，但有一丝清凉依稀可感
世间的忙碌莫过于月季丛中的蜜蜂
人心向善，也如向日葵趋向光明
纤手抚过祥云，水晶宫里桂花盛放

明天早晨，雾气升腾于寒蝉之鸣
独对秋风，草木感到的凄凉无人能知
哎啊，你的步履依然绽放如莲
只是我要收回陷入别处的目光

处暑

秋已来临，可暑气依在，蛮横如虎
但真正霸道的不是老虎，而是言语
苍鹰降下高度，捕猎视野之内的鸟
云和鸟都有属于自己的天空

北方偏西的暑天并未结束
万物凋零尚在一个多月之后
还有谷子、糜子、荞麦、胡麻的成熟
而所有的石头都在餐风饮露

秋高已有十万，春心不会苍老
只是灯火阑珊处，并无那人
唯有炎凉，在天空，在大地，在人间
在所有逝去和将至的时节

白露

树叶上一颗洁白晶莹的露珠
在清晨，被微风一吹分为两颗
一颗在叶子边缘悬了片刻，落入草地
另一颗微微滚动，反射着初升的阳光

湖城天高云淡，大雁尚未南飞
一封旷古烁今的情书无法传送
玉皇阁的四周燕子翻飞鸣叫
我不知道，它们晚上栖身何处

一棵树在水之湄，另一棵树在山之脚
都在落着身上的叶子，但傲骨仍在
一潭碧水与满天星辰皆是冷落
秋风悲鸣，再次响彻充满迷梦的现代荒原

秋分

从春分到秋分，约需一百八十六天
而北方的春天和秋天都较为短暂
西北风里，太阳的咳嗽逐渐变轻
虫子钻进洞穴，把一个世界关在门外

月坛只是公园，祭月调至中秋

谁会相信还有月神，祭祀变成娱乐
湖泊水位下降，阵雨之后的水洼已经干涸
有些流入地狱，有些升向天堂

瓜果飘香，黄河灌区的水稻开始收割
贺兰山麓的戈壁滩上，葡萄遍野
云团中的雨，注定一天冷于一天
丰收之后的忧郁，从此昼短夜长

寒露

流火，最孤独的红巨星沉向西天
大雁南飞，飞越贺兰山的浪峰
羽翼上的珍珠，闪耀着人字的彩虹
海滩上，所有的雀鸟都变成了蛤蜊

再看贺兰山，则是一张弓
从中卫到石嘴山，两头系着黄河的弦
只是一支箭，从未射向东南之海
一座父之山，一条母之河，养育着塞上儿女

西北风拂过缺水的湖城，孤云飘荡
心如野鹤，尽管身处山水之间
花中隐士已不再垂首，竞相盛放
放出冬天嘤嘤啜泣的脚步声

霜降

黄昏时分，雪花飘舞
一片片穿越街灯，被映出轻盈的舞姿

行人匆匆，杨树叶子已经稀疏
但在热情挽留远方的天使

晚秋之雪落在祭台，允许豺狼食用猎物
飘在落叶上，为碎裂留下最后的抚慰
钻进泥土，碰到土鳖虫准备冬眠的头
即使每天都是惊蛰，谁会重返尘世

雪临人间，无法选择时间和地点
不在意进入谁的身体，被谁踩在脚下
只在大地的怀抱，渐渐融化
一直向下，低到不能再低

立冬

银川的春天永远姗姗来迟，承运的东南风
常被秦岭阻挡，即使翻越也是蹒跚不已
而冬天从北向南，来自西伯利亚的风
越过贺兰山，会把严寒突然卸下

一夜大风，清晨的每一个角落
堆满城市的隐私。所有的树上
都没有叶子，一团红色的东西
使无云的天空无比空旷

西北风偷偷冷笑，可不知躲在何处
七十二连湖已经结冰，街道变得僵硬
东升的太阳显出没有血色的苍白
哎啊，这冷酷的世界，能让头脑保持清醒

小雪

小雪无雪，很多年都是如此
城镇化的时代早已取代农耕为主的节气
这是世界潮流。可世界以外的流浪者
遇到每个节气便是回了一趟老家

世间阴阳相背，天使上升，魔鬼下降
冰上的荷枝被莲蓬折弯，犹在傲霜
彩虹不现，天地不通，万物失去生机
秋菊的花瓣尽落，却还顶着花蕊

金风和玉露已无相逢的可能
但相思永在。就像雪花落在篝火上
发出刺啦作响的声音，并且穿越时空
从一个心灵到另一个心灵，小雪纷飞

大雪

清晨，窗外一片雪白的天地
一夜无风，雪花悄悄地飘落了一夜
面对神灵的恩赐，我该怎样感激
唯有静静地站在门口，双手合十

圣洁的雪啊，怎能狠心踩在脚下
感谢早起的物业员工和马路天使
为行人扫出小路，为鸟雀洒下食物
雪在心上渐渐融化，又如莲花盛开

经过城东的黄河已经冰封
河面之雪无人垂钓，只是一片耀眼的白
河水向下潜流，偶尔也会破冰而出
拥抱着积雪，流出一河的阳光

冬至

冬至如年，却无亲朋欢聚
泉水之源不会结冰，流出温暖
祭天祀祖的日子，却都奔波在外
一路向西，翻越一座又一座山峰

蓦然回首，并无苍山如海
一颗鹅卵石滞留河边，大海尚远
一阵北风经过树林，没有带走一片叶子
一丝寒冷深入骨髓，一切皆为海市蜃楼

不再回顾来路，也不再憧憬明天
不问酒家何处，只在一碗水饺中
我度过最漫长的一夜。护好耳朵
倾听一只手的声音，不管能否听见

小寒

在南方越冬的大雁已经想起北方
喜鹊寻找旧巢，野鸡练习鸣叫
绿意蒙尘，大街小巷戴着口罩
是雾是霾？城市的上空一片灰暗

土壤里的蚯蚓伸了一下懒腰

碰到睡得正香的冬小麦
塞上雪飘时节，常常错过梅花绽开
但雪花里珍藏着梅的芳香

跳绳、斗鸡、滚铁环，直到山间月明
打雪仗、堆雪人，冻伤手脚，年少轻狂
葆有一颗童心，似乎只在酒中
如同我已不存在的故乡，常常浮现于眼前

大寒

孵化小鸡在最冷的时节
盘旋于空中鹰隼找不到食物
沙湖的坚冰之上，滑冰、陀螺、碰碰车
挤成一团团七彩的火焰

我年复一年的平庸，如温室植物
叶子荣枯交替，花朵一直没有绽开
短暂的炎热和严寒并不能苦其心志
不曾经历沧海，哪有天地情怀

只是一冬的火炉需要坚守，不能熄灭
需要独自上路，顶风冒雪，捡柴拾薪
需要以己为灯，从彼时返回此时
哎啊，在你无边的王国感受王国的无边

农历之月（十三首）

柳月

鞭炮驱赶名叫夕的怪兽，还有瞌睡虫
水饺的热气，弥漫着旧时光的味道

银柳有心，立在花瓶，干而不枯
小妹洒了几滴水，成了第一枝报春花

柳月才是正月的芳名。家长忍让
孩子为王，把铁环滚进舞狮的肚子里

又去溜冰打陀螺，耳朵冻成红薯干
花灯闪闪，老鼠娶亲。阳光洒到美梦里

开岁不宜嫁娶。旋风吹响唢呐
祭祀河神，大片乌云里全是捉迷藏的雪

羊羔出生，站不起来却一直在站
如同银柳珍藏的秘密，水滴知道

杏月

二月二，压在山下的龙王抬起头来
小小三杯酒，唤醒土地公公的长和宽

松鼠伸过懒腰，在想私藏松子的地方
积雪叠起棉被，几毫米的脑袋探出一片

大雁一路向北，一路叫开杏花
河水解冻，放牧着醒了又眠的羊群

大人背着大包小包，又要闯荡世界
小妹躲在地窖里，把泪水藏进圆周率

昼夜平分。冬小麦的叶子渐渐变绿
种子埋进土里，还有一位老爷爷

他要穿平时衣服，不用棺木不留坟堆
很多年后，我才知道这与家族的血脉有关

桃月

冬至河唱着童谣，你在河边梳着长发
一轮红月亮，讲述着一个部族的变迁史

雨在赶路，东南风带来大海的味道
祭扫祖坟，孩子们紧闭嘴巴跟着磕头

桃花坡上，十万个酒窝一起闪光
满脸粉红，十万个铃铛挑逗八荒

踏青的男人，风筝飞向水库一方
俯首花丛的女人，做着蝴蝶的梦

雨水生出五谷。云朵吉祥百花如意

丁香君临，浓烈的芳香霸占肺腑

连同所有的花香，我的匆匆行色
今生来世，千年风云万里星空都是你

槐月

黄白色的毛毛虫，眼看着爬满枝头
久违又清甜的香味，映出老家的大槐树

老牯牛大声哞叫，布谷鸟不断啼唱
身后的杜鹃花悄悄绽开，比血还红

催促植树，大营川没有偷懒的土地
蚯蚓帮忙。民谣把太阳从河东背到山西

禾苗破土，捧在手心的宝贝疙瘩
捡苦苦菜的小妹，站在绸缎的方程里

机井转动，水渠淙淙。冬小麦扬花灌浆
大阴山在西，日夜守护着一幢幢新房

麦到小满日夜渐黄，半月之后便要收割
唯愿东南西北的风，都停在我写的作文里

榴月

奇异的种子来自石头城，来自长安园林
石榴开在窗前，一个个红脸蛋透过轻纱

门上挂着柳枝和艾条，清香的体积
我计算不出。阵雨敲打出泥土的气味

彩虹横跨东西，一段秦腔划过树梢
公鸡鸣叫，门外的老黄牛竖起耳朵

人们挥汗抢收，风在身后捡拾麦穗
一把麦粒阳光闪闪，十万蜜蜂尽情飞舞

柴火噼啪作响，炊烟一直升向天堂
风停了，停在哪里？是停在长河落日

还是露天电影，两只手轻轻拉着
最短的一夜，摇篮曲把星星变成婴儿

荷月

所有的狗尾巴草，都耷拉着脑袋
狼毒花肃然挺立，顶着荣枯的罗盘

荷花一脸慈祥，绽放于万花之上
冬至河水库，我曾经玩水的无忧之乡

蜻蜓悬在水面，蝴蝶来回飞舞
牛羊都已圈养。成群的麻雀往返城乡

大暑炎热，轻风吹进我的出生之月
一个由月亮守护，仍然常感不安的星座

铁石之壳瓜瓢之心。哎，我看见你

躲在草丛掩映古色古香的温馨之室

小妹唱着采蘑菇的小姑娘，跑回家里
把书包一扔，本公主数学考了一百分

兰月

兰花生在幽谷，不为任何风雨而吐芳
王者之香，我闻过一次却说不出来

翱翔的苍鹰之心与明亮的夏夜女王
金风玉露相逢，花间长出十万个耳朵

鹊桥无语。水库一夜之间顿感新凉
哎，多想与你携手，但莲灯已经点燃

初一到十五，解救蝙蝠一样的倒悬之苦
不可错过。我反复默念：诸善奉行诸恶莫为

雷声滚过，大雨关上另一扇大门
门旁的麦草垛，珍藏着一年的风风雨雨

一片闪着金光的稻浪，突然出现
分明提醒我，该去看望黄河岸边的姐

闰月

太阳月亮是天上的日历，宇宙之道
时间的运行方式，溯之无始追之无终

给阴历加上闰月，元旦春节才会相近
冬末春初，年终岁首，阴阳合成农历

哎，闰月就像你的梨树长出苹果枝
万里尘清，你的一帘旧梦再续缘分

小妹名叫闰月，过生日提前在七月
若等下一个闰七月，便会过了十六岁

兰月还在散步，桂月已经走来
尤其是鲜红的玫瑰和月季，都在盛开

神秘的月份，小妹分不清爱情和热恋
但懂得爱，不是名词，而是最美的动词

桂月

八月桂花，九里飘香，十里酿酒
千万里从月宫降临，千万年惹得秋菊含羞

谷子抱成一团。一地南瓜泛着金黄
抱起四个滚落三个，一个就是我的小傻瓜

晚霞如画，长宽、厚薄和浓淡融为一体
一道无解的题。只待中秋月冉冉升起

哎，你如月的眼睛无比清澈，望着我
月饼贡在桌上，一缕酒香让我回到前世

秋分的赤道上，阳光下站立没有影子

身高等于身影，在北纬四十五度的黄金草原

黄狗大声吠叫，我跑出大门却没有人影
也没有月亮，但星星明亮，党项就在其中

菊月

树叶落在眼前，一阵莫名的心神不宁
菊花傲霜怒放，又让我顿感生命的活力

花中隐士露珠闪闪，相遇多么神奇
我望着花瓣，希望南山挡住严寒的脚步

呱呱鸡南飞，鸣叫响亮，一路都在掉队
刨出的土豆堆成小山，天黑也要运回家里

土豆胡麻油，使人聪明的首选食品
我一直记着。学习的革命就是现在创造未来

青女素娥互比冰清。玉米谷子豌豆全部归仓
我家正在夯筑院墙，小妹忙着烧水端茶

小草已经枯黄。六角形的霜花凝在窗上
晴朗的月夜，一声婴儿的啼哭响彻沈家泉

蓉月

孟姜女千里寻夫送寒衣。十字路口
一堆堆火苗猎猎作响。这个大千世界

最需要安慰的莫过于离世。人非草木
却又不如草木——今年去了，明年何在

百花杀后，芙蓉拒霜而开
时间女神的微笑，傲视所有阴晴圆缺

今年的第一场雪花落在晚秋，田埂阡陌
都是棋盘，平时对弈的人们不见踪影

小河一夜冰封，山上山下一片死寂
冬天难过，整个村庄是一只蜷缩的灰犬

一夜大风，树叶尽落，还有麻雀
我猛然感觉长大，几何图形打开另一天地

葭月

南方葭草吐绿，北方芦苇还被冰封
充实之月，在于田野上耀眼的积雪

大雪并非雪大，是降雪的可能性增大
上学放学之路，我都披着星光拥着寒风

知道地球运动，但习惯于日升月落
经纬线交叉成网。要做一支思想的芦苇

雾凇创造童话，一场雪仗没有输赢
只是冻僵了手，扔掉了几块心里的石头

麻雀稀少。墙角空着，不见晒太阳的老人

偶闻喜鹊喳喳，给懒散的村庄鸣响闹钟

老牛喃喃谵语，最短的一天开始数九
树木傲立。长着三个舌头的媒婆走乡串村

梅月

晓日初长，井边的滴水结成坚冰
花中魁首凌寒怒放，暗香透出积雪

大鼓隆咚，锣声铿锵，娶亲的队伍
叶绿花红。我不知酒力，醉得月暗星淡

家人终于聚在岁末，还有远房亲戚
火炉正旺，烤土豆烤馒头熬砖茶温白酒

又是一年，春意蛰伏于最冷的一隅
秋收果实，冬收命运，病弱老人驾鹤西去

把冰块磨成凸透镜，阳光便能点燃干草
祭祀之月，对苍天大地的敬畏占据心灵

哎，你是我永远的依恋，并且超越生死
就是因为爱，也只有爱才是不落的太阳

星座（十二首）

白羊座

春季之始，公羊之角也会发芽
狂奔于草地，只为一朵含苞的花
哪怕掉入陷阱，饕餮在胸不会受伤

又有火星始终守护，激情不会熄灭
与传说中的男子有关，他与一朵花有缘
瞬间到达任何地方，再现所有往事

烈焰清洗灵魂，可时间不被征服
斗篷幻化，一声长啸挑起世界之光
长风咆哮，不自控又不被控制

英雄末路，但未知之域永远迷人
一条无尘之路，一路绝尘而去
一抹娇羞于心可见，只是不能言说

金牛座

西天晚霞弥漫，青山依旧趺坐
反刍之余的一声哞叫，有过即无
但传递能量，天地灵气无所不在

所有星星与芸芸众生之间，命脉相通
金星不算遥远，牵牛花拥有清晨
来回耕地与静卧树荫之间，没有距离

土能生金，牛角尖只属于自己
宁静之地与心安之处，不分黑白
被女神守护，勤恳可与三足乌相比

春心已经萌动，花苞还在深藏
即使花开，也会被草浪层层覆盖
唯有一湾清水，值得一生相守

双子座

两颗孪生之星，融为一体
一心二用，一枚硬币的正反两面
具备仙人掌的坚强与紫玫瑰的神秘

风趣幽默之中尽显冰雪聪慧
水星围绕太阳高速奔跑，投下影子
成为穿着飞鞋手持魔杖的守护之神

来去快如念头，保护所有行者
能使万物入眠也能唤醒沉睡之石
看人说话，又如长不大的小孩

眼里尽是好奇，心上天马凌空
九尾狐旋起凡尘，顿时又无影无踪
原来阵风躲在角落，蜷缩如猫

巨蟹座

两只对峙的螃蟹，诞生于月明之夜
躲在海藻里或沙滩下，不分昼夜
不被融化的冰里包裹着一个火苗

钢铁之钳守护着一颗柔软的心
偷偷举首望月，慨叹丛生疯长
但不会狂奔山野，只是缓慢横行

也能走到终点，把昙花盛开的瞬间
写成献给恋人的歌，哪怕心血耗尽
相信百合的相互吸引，再现美妙情境

深得麒麟爱护，意念超越生死
想象力没有尽头，母性情怀容纳万千丘壑
会在任何地方创建家园，包括天外

狮子座

黄道十二宫中一条狮子的尾巴
象征权力的符号，释放清醒能量
雄狮所到之处，留下强烈的气味

圈为领地，对接近者发出咆哮
得益于太阳守护，与神龙有关
霸气天生，王气具足，令百兽俯首

占有并且支配，却如时间无声流逝

英雄的火花时常闪烁，设计完整程序
梦想之光不会涣散，向日葵没有说出爱意

黄昏的金盏花，将惜别之痛深深埋葬
不再回首，继续奔跑是在缓解疲劳
掩饰内心的脆弱，每一个角落都是舞台

处女座

女孩握着一串麦穗，分析麦粒
如何凝结着阳光和雨露，隐藏了新芽
春天还很遥远，沉迷于自身的纯洁

传达神的旨意，心灵犹如水晶
紫薇盛开，蜂蝶纷纷围绕
文心兰舞动艳丽的花瓣，一派吉祥

在色与空之间左右为难，又无法言说
完美之巅难以触及，除非骆驼穿过针眼
天生缺乏自信。能够体贴入微的神兽

唯有看守地狱之门的九头蛇。面对险境
会爆发出水星的力量，敢于奉献
成就无名英雄，却怕意外之事突然降临

天秤座

一架天平，可以称量物体的质量
利用杠杆原理，呈现古老而简单的公平
可心上的砝码并不相等，致使另一端的事物

存在特别的轻重缓急，可以衡量但无结果
一颗耀眼的钻石，也可以是一个砝码
出现于黎明前的东方，或黄昏后的西方

站在金星上望去，太阳真的从西边升起
另一个小太阳，正是活力四射的非洲菊
还有貔貅的守护，尽力保持平衡

知道哪些属于自己，哪些与自己永远无缘
站在十字路口，直到大风吹来
走上一条无路之路，灵敏的直觉无法测量

天蝎座

一只蝎子翘着尾巴，谁都不敢接近
一个身影一闪而过，留下神秘的气息
一树梅花被雪覆盖，绽放的能量正在聚集

文竹与剑兰陪伴左右，怀念不变的时光
还有真情流露，可越是在乎越是受伤
正如写诗者被诗所写。自己最为可信

洞察力非常敏锐，将四周的真伪尽收眼底
加之冥王星的影响，顿生孤傲天下的冷酷
占有并控制情感。幸亏能够听懂

昆仑山上雪白神兽白泽的一次次忠告
思考也是力量，驱除妖魔鬼怪
积雪山巅远在天边，但脚步决不停留

射手座

这支箭是谁制造？现在谁手？会射向谁
被时间凝固至今，只想飞翔却被束缚
射出的可能性很小，可并非没有

如果得到一只凤和一只凰同时陪伴
浴火重生。或许只是一种直觉
但攻击性的一面不可否定，如同自由

探险的意念、挑战的信心不断萌芽
哪怕是力所不及的事，也要赌博一把
不管南北又踏征程，像自转最快的福星

如展翅欲飞的天堂鸟，幸福飞来的蝴蝶兰
一个天真的符号，一个半人半马的小兽
一头撞进未知的领域，一发而不可挽救

摩羯座

一种古老的象形符号，释放着坚韧
一只骨骼嶙峋的岩羊，还在攀登绝壁
顽强与固执之间相距多远？一个念头

永远不会从表情泄露出来。孤独如山
没有一声鸟鸣，在最重视颜面的时候
需要准备好酒，战神白虎便会出手相助

还有土星的守护，六边形旋涡的无比神奇

风风火火之内，有一颗铁石般的野心
不解风情之外，是拒绝心灵上的往来

桃花不会盛开，一见钟情只是传说
满天星的灿烂，没有留下一丝痕迹
可山茶花瓣的凋谢，怎么会如此小心

水瓶座

从水瓶中倒出来的不是水，而是眼泪
是具象又抽象的波，貌似规律却又无形
可以适应任何环境，但天生的叛逆犹如洪水

还有革新精神，可金石可镂与其无关
陶醉于水仙的清香，听不见别人的声音
把恋情放在一边，能为朋友两肋插刀

这离不开玄武的守护，北方山川尽是仁义
内心冷热交替之后，每每走出一步
都是出乎意料，我行我素已达极点

与天王星有关？难道来自天外
成就不了独一无二的自己
却成了大地上异想天开的流浪者

双鱼座

两条游鱼，一条向上另一条向下
却被绑在一起，无论怎么游动都分离不开
时常做梦，幻想与水有关的艺术世界

离太阳最远的海王星，蔚蓝而且严寒
一根火柴就能点燃？以氢气为主的大气层
或者被飓风吹灭？却又想起神兽九色鹿

水波顿时荡漾，一种奉献的精神油然而生
可又彷徨于十字路口，分不清南北
紫罗兰迎风绽放，重回不可言说的梦境

此时此刻两情相悦，天长地久以后再说
渴望奇迹出现，被牵手的瞬间成为掌上明珠
一路狂奔，哪怕跑到另一个星球

传统节日（三十二首）

春节

当习俗约定时间，当纪念具有仪式
一年中的这一天，会显出自身的独特

鞭炮声脆，足以抚平一年的闹钟
新春愉快，一年之际的睡意顿时烟消

过年，从我们回家到等待他们回来
辛苦一年，一家人可以团聚几天

旧去新来，水饺里的一枚硬币
不管谁吃到，全家都有福

藏历年

在林芝，我遇上藏历年
遇上一位背水的藏族妇女

她从雅鲁藏布江背回一桶吉祥水
太阳升起，脸上的汗珠熠熠闪光

佛龛上贡着青苗、油馃子、五谷斗
我吃了麦粒、人参果做成的酥油八宝饭

喝了奶茶和青稞酒。她叫白玛央金
会说简单的汉语，我会说扎西德勒

元宵节

闹花灯，猜灯谜，耍龙灯，舞狮子
还有踩高跷、划旱船，都在电视上

我陪着亲人吃上几个元宵，窗外雪飘
谁的面灯已经点亮，驱除自己的黑暗

昨晚，谁会在家点燃蜡烛
明晚，谁会提着灯笼走到郊外

每个人都有灯呀，关键在于点亮
不管遇到狂风还是暴雨，均不会熄灭

目瑙纵歌节

正月十五，景颇族各村各寨
皆着艳丽的民族服装

一条条色彩的小溪汇成海洋
锣鼓齐鸣，十万朵浪花不断绽放

长刀银光闪闪，彩扇上下翻飞
成千上万的帅男美女纵情歌舞

竹筒米酒穿梭其间。我只是观赏
可蓝天白云和芒市广场都在旋转

添仓节

正月二十五，满族的民间节日
填满食府之仓，在太阳升起之前

人们一手端着簸箕，一手敲打木棍
在场院，用灶灰画出一个个圆圈

其间十字相连，旁边还有梯子
每一个囤里都填满五谷，压上砖瓦

十字中心，放上面条、鞭炮和铜钱
来年肯定仓廪充实，天下平安

刀杆节

二月初八，在怒江畔的六库镇
傈僳族男子赤脚走在烧红的木炭上

模仿鸟兽的飞翔和奔跑。他们裸露上身
抓起炭火在身上搓揉，可是对灵魂的洗涤

他们空手握住刀口，赤足踩着刀刃
攀上绑有三十六把锋利长刀的高梯

个个神情坦然，手脚丝毫未伤
从明朝至今代代相传，无法解释

引水节

开春时节，塔吉克人砸开坚冰
雪水汩汩流过，馕粥更加香甜

吹响鹰笛，敲响手鼓
双臂展开，如鹰盘旋而又青云直上

春播开始，尊敬的长者念念有词
将麦种一把把撒向田间，撒向人们

牵牛犁地，唤醒冬眠的土地
帕米尔高原的风也在祈祷丰收

歌圩节

三月初三，大榕树下，歌圩场上
刘三姐的手帕穿过石头

绿水绕过山寨，青山望着白云
花朵尽情绽放，蜜蜂肆意飞舞

一个个彩蛋相碰，一个个绣球抛起
一对对男女悄悄离开。人山人海

壮歌依旧。眼看着一个绣球飞向我
可就是没有看见抛出的人

姊妹节

三月十三，苗族女子采撷姊妹花
做成几碗黑红黄蓝白的糯米饭

用竹篮盛着，一来二往
可以送给青年男子，也可以等他讨要

一碗里藏着一对筷子，或藏着树叶
一碗里藏着葱蒜，或一根筷子

一切皆在不言之中，男子自然明白
清水江畔，月光流淌，情歌燃烧

三月街

三月十五，苍山之上白雪耀眼
山间的杜鹃绽放出一团团红晕

白云织成飘带，湖波微微荡漾
岸柳轻拂，正在垂钓洱海之月

大理古城，色彩悬挂，斑斓铺陈
药材的异香和食品的味道充满街巷

大青树还在对歌，赛马场依旧沸腾
我没有找到观音石，空手而归

清明节

这一天，似乎从来没有晴空
烧山大火之后，所有柳树都在披雪

可人间需要烟火，连接天堂和地狱
传递生活之艰难和心灵之无助

此刻，桃花杏花梨花全部怒放
可欣赏已是奢侈，踏青有些残忍

雨水悬而未落。中断三年的祭祖之路
倒映出一片寂静无边的荒野

泼水节

这一天是傣历新年，划过龙舟
在澜沧江畔，当阳光洒向黎明之城

人们穿着盛装，端着清洁的水
汇聚广场，树枝或鲜花蘸水皆是祝福

不久，人们端着脸盆，提着水桶
嬉戏追逐，尽情泼洒，银花怒放

一个个全身湿透，但战胜了火灾
包括躲不过的我，带水回家

母亲节

全世界的各种语言差别很大
唯有婴儿叫妈的发音极其一致

叫出妈妈是人生的第一句话
是最美妙的诗，是最动听的歌

我们都有母亲，却没有母亲节
孟母三迁、断机教子的故事流传千年

四月初二是孟子诞辰，应为中华母亲节
可山东邹城的倡议，何时能被认同

展佛节

四月初八，在人群中观看晒大佛
天空阴沉，一行喇嘛吹着法号

众僧扛着卷拢的大佛，群众自发加入
直到塔尔寺东侧的莲花山坡，徐徐展开

当大佛的额头出现时，乌云散去
正好遇到第一缕阳光，顿时一片辉煌

法乐齐鸣。人们念念有词，频频叩首
连身边的蒿草也在鞠躬，瞬间泛绿

西迁节

四月十八，锡伯族官兵一千多人
连同家属，聚集于太平寺祭奠祖先

挥别故土，从盛京踏上西迁的征途
历时一年多，行程万余里，到达伊犁

二百多年间屯垦戍边，抵御外侵，平息叛乱
曾随父母西迁的总管图伯特，率领民众

开挖察布查尔大渠，浇灌万亩良田
在永镇边疆的钟楼前，我伫立良久

端午节

北方五月初五，没有龙舟竞渡
没有雄黄酒，没有戴荷包

没有把艾叶或者菖蒲插在家门
没有在孩子手腕系上五色线

诗人节倒是不少，奖项更是繁多
炫目的包装里，粽子已经变质

众声喧哗，谁在纪念被消费的自己
谁会站汨罗江畔，草木莽莽

瓦尔俄足节

五月初五，茂县的羊角花绽放出
火红的花瓣，以及云朵上的歌声

一位名叫萨朗的羌族女神，传授歌舞
系着挑花围巾，守着永不熄灭的火塘

从羌族中分离出来的党项羌族
以黄河为永远的阿妈，从玛曲到陕北

从塞上到八荒。万千白石时隐时现
激起浪花，婴儿的啼哭断断续续

独木龙舟节

五月二十五，清水江畔
鞭炮声声，把精致的红绸系在龙角

先向鼓主敬酒，再敬龙舟上的苗族汉子
每个龙头上都挂满嘎嘎直叫的鸭鹅

竞渡开始，三十二名桡手分成两排
站立于子舟，按照锣鼓的指令统一划水

龙舟是龙的化身，女子不可接近
在岸上远远观望：山神来了又去

那达慕

曾经每年六月初四举办那达慕
有些地区几年或十几年才举办一次

参加射箭、赛马、摔跤的人逐年减少
传统的实物奖励已经没有踪影

不再祭祀火神，不会想起路神
不请喇嘛焚香点灯，不求神灵保佑

夕阳沉入敖包，马头琴婉转低回
篝火燃起，一圈跳舞的人们有些虚幻

哈节

六月初九，人们高举龙旗护卫龙车
敲锣打鼓，从大海的浪花上接回海神

宣读祭文，向诸神敬酒，献上礼品
祈求风浪平静，鱼虾肥壮，人畜兴旺

在哈亭，京族少女头顶瓷碗
碗上的盘子里，两手端着的酒杯上

都是点燃的蜡烛。海浪打着节拍
乐声悠扬，一片烛光映出天堂

查白歌节

六月二十一，得知查郎遇害
一袭白衣的白妹，纵身跳进大火

爱情之心皆能看见：那绝美的一瞬
就在夜空，查郎的血就在梨中

村前寨后挂满被帐，白云缭绕
从查白井取水净心，到查白庙上香敬神

查白树下，布依古歌传遍山川
土地神允许亲友相聚，通宵饮酒

火把节

六月二十四，搭建祭台，钻木取火
火把蜿蜒于田边地沿，驱鬼除虫

把太阳种进自家火塘，传说不会熄灭
一年一度的美男靓女，头戴花冠

彝歌回荡山谷，火把堆成山头
这一天也是印第安人的太阳节

点燃圣火，献上黑羊驼的心
哎，这里的一个秘密是否与你有关

雪顿节

藏历四月至六月，为避免踩死虫子
喇嘛要在寺庙安居，静修，读经

当虫子长成了草，他们可以下山
牧民纷纷敬献酸奶，成为佳节

卡垫铺在地上，摆上青稞酒、酥油茶
还有风干牛肉、藏式点心。多么荣幸

他摇着转经筒，我捻着佛珠
在罗布林卡，一起听着我听不懂的藏戏

七夕节

在银河西北，三颗星星中的亮星
是青白色的织女，编织着四颗星的云霞

银河东南边，一颗微黄色的亮星
是牵牛，肩上的扁担星挑着一对儿女

牵牛与织女相距十六光年
但人们坚信爱情，鹊桥已经搭好

金风玉露正在相会，哪怕只有一天
心灵的圆满融合，无天无地

中元节

又称为盂兰盆节，为解救倒悬之苦
这一天夜晚降临，不能晾衣服

不能把筷子插在饭上。不能拍照
不能熬夜。不能把风铃挂在床头

出门在外，不能多看多言
不能吹口哨。不能捡拾路上的东西

不能靠墙站立。听到喊声不能回头
只是城市匆忙，顾不上这些

祭海

马年转山，羊年转水，猴年转林
鸡年七月十五，我在青海湖

巧遇祭海仪式，把五谷装满宝瓶
得到活佛的加持——系了飘带

天空蔚蓝，湖水澄澈，心里没有杂念
我捧着宝瓶，走上九百九十九米的栈道

湖面上，我的宝瓶与另一个宝瓶
结伴沉下，一起打开所许的心愿

中秋节

银川中秋之夜，乌云遮住月亮
阳台的圆桌上，贡着月饼和水果

我打开一瓶白酒，在神秘的传说里
父智明如万红月，母美亮似千白日

望着窗外，一阵桂花香使我相信
乌云正在散去，月亮即将出现

酒瓶已空，我却毫无醉意
三只酒杯里，是酒是水是月光

望果节

青稞成熟，拉玉乡的太阳也会早起
藏族村民穿上新装，聚到村头寺庙旁

男子从衣襟里掏出酒碗，女子用手捧酒
两位仙女在前，开始转田，桑烟缭绕

再转村庄，老阿妈站在屋顶摇动彩箭
黄昏降临，人们在帐篷里席地而坐

拿出转了一路的食物、酥油茶和青稞酒
互相敬酒，歌声飞扬，丰收在望

重阳节

固原秦长城上天高云白，不闻雁鸣
西北风阵阵吹拂，不见萧萧落叶

迎风远眺，沈家泉就在眼前
还能归去来兮？塞上塞下皆是血泪之曲

茱萸无处可寻，野菊花绽放山坡
辞青令我茫然四顾，浊酒杯不能新停

我放声长啸，敬天敬地敬老人
敬无始无终的时间女神

盘王节

十月十六，在阳明山脚
火枪三响之后，鞭炮齐鸣

瑶族村寨的长者纷纷献上祭品
正中悬挂的盘王像前，众人默默祈祷

盘王舞由鼓乐伴奏，粗犷豪放
激活了祖先耕种狩猎征战的情景

而盘王歌须唱七天七夜，谁能完整唱出
需要神授？可谁是人选？又在哪里

腊八节

雪山苦行六年，得到牧女熬粥供养
体力渐渐恢复，于菩提树下目睹亮星

悟道成佛，在两千多年以前
后来各寺院都要煮粥敬佛，施舍信众

见性成佛，性即自己的本来面目
即出生前或死亡后的模样

没有妄想，也没有杂念
可我今天喝粥时想到了粥

除夕

贴上对联，大门之福不可颠倒
偿还债务，还有所欠的安慰和道歉

说话吉祥，不责怪亲人不呵斥孩子
暂停吃药，相信一切都会向好

白天洗澡换衣，晚上不倒垃圾
不慎打碎碟碗，说句岁岁平安

亮灯守岁，挥别一年的奔波辛劳
不再回首往事，要把敬畏留在心间

卷 二

| 此时：微粒飞旋 |

秒若禾芒（二十四首）

这一秒

这一秒如同稻穗上一根细微的芒刺
现在，我把这根芒刺分成十段
每一段就是我的一次眨眼
是我对回声的一次分辨

我再把另一根芒刺分成一百段
在显微镜下，每一段的名字暂且称为分秒
排在第一位与第五十位的每一段
没有分别，只有先后

这一秒是一千个毫秒
一毫秒是照相机最短的一次曝光
比眨眼之间快了一百倍
五毫秒是蜜蜂翅膀的一次扇动

这一秒是一百万个微秒
一微秒是高速频闪仪的一次闪烁
是光跑过三个足球场的路程
而足球仍在原地

这一秒是十亿个纳秒
一纳秒是光在真空走了人的一小步

在一纳秒之内，光已不再奔跑
像个古稀的老人散步在河边

这一秒是一万亿个皮秒
在一皮秒之中，光被黑夜吞没
或者说，光一直在赶路
一直被相同的城墙挡住去路

这一秒是一千万亿个飞秒
在一飞秒之内，光速消失
会有一两次可见光的振荡周期
一个原子完成一次典型的振动

这一秒是一之后跟着十八个零的阿秒
是一之后跟着二十一个零的仄秒
是一之后跟着二十四个零的幺秒
是量子力学中最小的时间切片

这一秒是无数亿个无量秒
是一的后面跟着无数个零，是另一个世界
可以无穷地小，小到一切都不存在
快到可以归于无，甚至连无也无

树叶

当我看见一片树叶时
我会转向那棵树，用一秒
用你的心注视这棵树时
树叶的沙沙声中便隐藏了一个秘密

这就是我所发出的声音
称呼你刚刚逝去的一秒
这是一个微小的动作
但一次注视已经超越了一秒甚至一分

树的叶子是繁茂还是稀疏
是桃树还是李树或者是杏树
是否有风停留还是经过
或者风在赶路，根本没有在意

这一注视便构成了另一个时空
只是这棵树依然站在那里
被你的舞姿所环绕
被你的光晕所笼罩

无迹

此刻，我不知道自己的面部表情
只是目光已经离开那座楼房
在想一个与你有关而重大的问题
我有一秒能做什么

一次心跳，一次呼吸
投向或者接受一个带电的眼神
一个面庞的出现，一个香味的萦绕
一个情感片段，一个生命历程的特写镜头

一秒，我什么都不能说出
也做不了一件哪怕是最小的事
只能呆呆地让你的一秒擦肩而过

如一个火车头带走无数个秒的车厢

一个词

一个词的闪现与秒有关
由词引出的画面与你同在
想起云，眼底出现一朵血色的晚霞
只是从来不曾想到要看多久
一个词与一幅画之间没有时间
或者词与画已经融为一体

打开一个酒的词
就打开了白酒、红酒、啤酒、黄酒以及洋酒
各种颜色、口感、味道一齐涌来
各路豪杰的言行举止回荡如初
画面便躲在记忆之后
这一秒被那一秒所遮蔽

仿佛这一秒不曾有过
直接从一个水渠跨了过去
碰倒一个还在做梦的词
人生如梦，也如秒般短暂
在地球五十亿年的生命历程中
平均七十五岁的寿命仅有零点四七秒

芸芸众生，只是长河中的一朵浪花
盛开一次就被另一朵所取代
短暂得不到一秒
来了又去，谁会把你放在心上

谁会用沙粒建造城堡

拯救沙粒般卑微的自己

三个字

一秒，可以说出三个汉字
说出一句：我想你
与听见一句：我也是
都可以是一秒
而看见这样三个文字
要比一秒短暂得多

而说出世上最美的三个字
可以是一秒，可以是比秒更长的时间
也可能是一生，甚至一生也不曾说出
文字与声音，哪个更为真切
与感到的快慢有无关系
直接与间接，顿悟与渐悟

文字经过书写便会附上念头
还需多看几遍加以确定
而声音可能不用思考什么
就袒露了内心的秘密
犹如学着说话的婴孩
说出的都是本性

不断

可以从任何语言中取出一秒
只是刚刚取出就已流掉
还有取不出的一个个下一秒

犹如一条山间的小溪
只是不断地流淌
不管两岸的花开花落

此刻，我伫立岸边
把这一秒凝固下来
不用相机，不用语言。只一眨眼
一头牦牛望我的眼神已被铭记
无数个秒后，还可再见
你深藏不露的忧伤

小溪中的那朵浪花已经流远
这不断中的一个断
犹如石子滞留岸边
我尚不明白，这是否与语言有关
哎啊，这可以感到却无法言说的东西
到底该怎样才能显现

描述

最难以描述的莫过于时间
无法直接言说，只能用江河比喻
但所有的比喻都不能抵达时间
仅仅是一秒一秒地经过
而描述一秒需要一个怎样的语言体系
在一秒内把一秒说清

或者不限时间，阐明秒的意义
与速度有关，累积成分钟以至小时
但这似乎说明不了什么

从一分钟里抽出三十秒
并不影响这一分钟的完整
比如用三十秒打完一个电话

曾在酒场对一长者不够尊敬
之后打电话表示歉意
他说，没有的事，那天喝得很开心
如此一来，同样的三十秒
一个在一分钟之内
一个在一分钟之外

第三十六秒

这次，不从一分钟里取出第三十六秒
让它处在第三十五秒与第三十七秒之间
排着一队向前奔跑
现以一个门槛为界
让每个秒跨过时都发出声音

当第三十六秒跨过门槛
它去了哪里？是消失了，死亡了
永远地离开了人们，乃至宇宙
还是复活了，回到一分钟之内
开始了又一个轮回的奔跑

消失与轮回都有可能
这个第三十六秒过去了
发了一个单音，像一个汉字
下一分钟的第三十六秒即将跨过门槛
会发出怎样的声音

一百零八秒

我面前是一百零八秒
从一到一百零八的颜色
是白赤橙黄绿青蓝紫黑
比如白色就有纯白、乳白、月白等

秒的形状和大小一样
再编上从一到一百零八的序号
将一百零八个秒予以区别
便于从中取出任何一个

就像一百零八颗石子
按颜色串到一起就是念珠
在我的左手，每拨动一颗，大约一秒
只是境由心转，烦恼依在

存在

秒存在于何处，你肯定知道
会被切割为分秒、毫秒和微秒
一直被切到与光速无关的渺秒
用来记录天才的一个个幻想
建造另一个微观世界

对普通的人来说，秒缘于被想到而存在
或者成为一个记录或者目标
比如百米短跑，汽车百公里加速
航空航天技术，量子力学

还有我这样一个孤独的流浪者

如果秒不被想到
就在任何地方都不存在
会以分钟、小时甚至一天的形式
就像由砖石砌成的高楼
被忽略的恰恰是砖石

但秒存在于万事万物之中
把一滴雨放进一秒，或者把一秒
放进一粒沙子，并没有改变秒的形态
下雨了，秋雨淅沥
一秒一秒地回到大地

失眠

这样一个极静的午夜
或是凌晨。我没有看表
谁会在我不能入眠的尽头
与我一样，在我不知道的时刻
不知道的地方

失眠与时间、地点有关
可与秒呢？只有失眠者知道
那是一只只数过的羊撒满草原
被羊带走的秒飘成天空的云
而我依旧，秒如小时漫长

只因为躺在床上突然想起了秒
想起一秒能说几个字

由声音带出的文字会在哪里
还有难以说清的语速
对你无边无际的想象

地点

秒与地点会有什么关系
一片杨树叶子落在我生活的小城
一个微笑盛开在记忆深处
一秒，从北京出发
覆盖了北京时间的所有地方
就像一场普天而降的雨

如何将这一秒放进银川
让这一秒留下可辨的足迹
比如节日夜空绽放的焰火
或者把银川放进这一秒
哪怕只放进去银川这个地名
让地名闪烁出时间的光泽

夜深人静，你在一秒一秒地流淌
流入银川的身体
经过街道、楼房和奔跑的车辆
进入我的血液之中
拍打着细菌、病毒、血小板和白细胞
还有故乡的那缕炊烟

握着

把一秒握在手心像握着一滴水

这一秒因此有了重量
并且一秒一秒地在长大
二十滴水长到了一起
就是一毫升，也是一克
二十滴雨水同时落在水面
会荡出与秒有关的涟漪

把一滴水换成一颗念珠
这颗念珠是在手里
还是仍在一百零八颗之中
或者就是一种惭愧
由明亮到暗淡，长过所有的秒
即使放手，手上没有你的任何痕迹
心却能清晰地感知

这一路上，我从东向西风雨无阻
却忽略了自己灵魂的提醒：
我向所有因我受伤的生命谢罪
我向所有和我相遇的生命致谢
哎啊，我对你的认知还很肤浅
年华虚度过，但已尽心尽力
碌碌无为过，但也无怨无悔

一把沙

手握一把沙子，不管是松是紧
都会有沙子从指缝漏出
如果一沙是一秒
我能数清手心留下的沙粒
只是数完六十粒沙子

可能与你的六十秒无关

我去过腾格里、毛乌素、巴丹吉林
知道塔克拉玛干、鲁卜哈利、撒哈拉
尤其是恒河沙，每一粒沙子
都蕴含着无穷的能量
但我仅仅只是知道
并不真正懂得

形状

水漏、沙漏都可以计时
但与时间的形状无关
且用一条小溪来比喻，但需要设计
一个把水变得像秒一样纤细的两岸

每一滴水滴下悬崖时
与另一滴水之间正好是一秒
六十秒的水滴汇到一起成为一分钟的水滴
然后跳下悬崖。如此汇聚

三千多万个水滴便汇成一年的水滴
三十多吨水该是多大的一滴
该怎样从悬崖滚落下来
怎样的大地才能承受这剧烈的一击

小溪依旧向东汇聚，流向今日
我在人群中向西而行，走向明天
蓦然回首，灯火阑珊，却没有一个人影
只有浩瀚无涯的海洋

声音

你的声音会在哪里
在逆风奔跑的马群之间
在河水与石头的冲击中
在钟表不停的滴答里
这些只是风声、水声和表声

心跳，有点像秒的声音
可又不是。但不是并不在
我能感到秒的声音一直在响
只是不能被我听见
或者被其他的声音所遮蔽

秒声就像一种音乐
一百个分秒连成一个音调
如哆来咪发嗦啦西的哆
九十九个分秒之后出现一个来
五十九秒之后出现一个咪

秒声更像巴黎圣母院
那个长长的单音，一股强大的电流
瞬间击穿心灵，又迅速缝合
并且源源不断，又了无痕迹
被击一次便终生响彻

颜色

这一秒没有颜色吗

这里是否包含了一个问题
下一秒也没有颜色吗
这就不仅仅是问题还有或许本身

所有的断言必将受到怀疑
包括秒的没有颜色或者无色
由此假设，秒具有各种各样的色彩
犹如白色的阳光，在雨后折出彩虹

于是，我把这一秒写成赤色
把下一秒说成橙色或者黄色
甚至绿青蓝紫，这并没有什么不可以
恰恰是你的意念不断涌现

味道

你的味道在抗衡时间的食物里
比如腌肉、腊肠、酱菜、卤豆干、风干肉等
其中有食盐、山水和老家的味道
还有一双双勤俭而皲裂的手

你的味道在潜意识里
平时一直沉睡，直到遇上曾经的味道
像久别的恋人终于重逢，互相娇嗔一番
之后是不断唤醒不尽的往事

可秒的味道会在哪里
会令人想起什么，是一个人还是一件事
谁能回答？谁能对此进行命名
我想到了五味，可一味也没有露面

触及

你从心头划过
我能感到那一道道或深或浅的划痕
而秒会在心头留下什么
是铅笔一画一画的描写吗

关键是你有无痛痒
怎样才能证明，就像庄子的鱼
我已称呼你为女神，称你为哎
哎，你有感觉，只因秒像你的细胞

你一秒一秒划过无量之心
划过血肉与铁石，山谷与天空，流星与黑洞
但你的脚步会触及不同的世界
会缓慢一些或一闪而过

可能

假定过了一分钟，秒就消失
或者没有被我在意而躲在墙角
如一点一点落下的灰尘
这里有无规律可循
我又能说出什么，比如一个词

我首先想到的是隐秘
一秒一秒地躲藏于角落
可这不一定就是可以找寻的踪迹
尤其当隐秘成为灰尘之后

秒，早已在灰尘之外

如此，每一秒都是消失
每一个隐藏都是你的暴露无遗
只有顺序，我说与不说都在行走
像无数个秒之外的不可能
为生锈之铁赋予你烈火锻造的可能

开合

这一秒大门敞开，下一秒大门关闭
在这一开合之间会发生什么
是一个人的离去还是一阵风的进来
或许不能确定大门是否开过

问题回到原点，可这一秒已经离开
像一个人离开了这个世界
他的大门从来没有开过，甚至没有门窗
也没有留下任何记忆。即使留下也是漆黑

而风可以从大门进来，从窗户出去
拂过树梢，经过楼顶，栖息在鸟羽上
还可以在我的心里，掀起一秒一秒的浪花
然后，旋成另一时空的黑洞

在此

秒不在，或者把秒抽出
那么分钟、小时就会塌陷
就像一堵墙，去掉构筑墙的砖

墙，是一个与历史甚至传说有关的词

对秒产生怀疑会延伸秒的极致
最快的无量秒和最慢的无量年
就是对我自己的反思：肉体与灵魂
我在此，秒也在此，反之亦然

秒以人的生命形式而存在
只是常被忽略，没有看见树叶飘下
但一片片落叶已经铺满昨天
从枝头到大地，秒在树叶与落叶之间

在意

秒是什么，以前从未在意
过去半个世纪，我才想起
才想认识一下，可始终没有感到
秒无时不有，但已没有此时
秒无处不在，却又不在此处

秒在何时，又在哪里
在我注意之中还是认识之外
不因我没有想到而不在身边
更不因我一直在想而回眸一笑
但秒的无情无义只是一种现象

秒是时间的细胞，是你的组成部分
在你眼里，芸芸众生皆为平等
一棵树，一匹狼，一个善人，一个魔鬼
都有生命，隐藏其中的就是死亡

不管生死怎样转换，都逃不脱你的安排

在心

我指向什么才能说：这就是秒
用六十个排成一队的玻璃珠
质地、形状、色彩、大小都一样
但我的玻璃珠里还有石子
没有排列，只是一堆

这并不是说我的秒混乱不堪
而是我想到了一堆难以分辨的东西
像玻璃珠，但不是石子
更不是大豆、树叶、水滴或者火苗
从像到是，是永远无法抵达的距离

就像时间，我可以沐浴你的光芒
让你永驻心间，但你的心里会有什么
恐怕只有空。也只有空，连空也空
方能容纳所有：无数个平行宇宙
无数个无量年无限伸展的你本身

闰秒在外（六首）

闰秒

北京时间二零一五年
七月一日七时五十九分五十九秒之后
不是八时，而是五十九分六十秒
这加上去的一秒就是闰秒
是全世界自一九七二年以来
加上去的第二十六秒

原子时来自铯原子的振荡
精度是一百万年误差一秒
世界时源于地球的自转
可由于潮汐的摩擦越转越慢
两个最接近的时间也会出现差异
于是加个闰秒等下地球的脚步

流浪的闰秒

闰秒不在一分钟里
与六十秒组成的分钟没有关系
不像其他的秒，比如第九秒
会出现于第一分钟里
也可以在其他的分钟里不断闪现
并且不断地生活下去

闰秒只在加上去的那个时刻
永远被卡在逝去的那个点上
出生就是死亡，只有一秒的寿命
灵魂就在无边无际的中阴界
下不了地狱，升不到天堂
只有大地仍在分秒必争地赶路

闰秒，二十六个孤独的流浪儿
又都游荡于一分钟之外
仿佛时间之岸的二十六颗石子
只为与日出月落一道同行
承担了人间发生灾难的可能
自身却永远无家可归

不加闰秒

闰秒不在日常生活中
可以被所有的人所忽略
也不在你的序列之中
你依旧慈眉善目地鸟瞰着人间

但一秒之差，飞船已在八公里以外
可使一个电网的停电甚至瘫痪
让全世界的电脑感染时间病毒
连黄河都有决堤的可能

如果不加闰秒，五千多年后
原本六点升起的太阳会睡到七点
六万多年后，原子时的正午
大地上却是星光灿烂的夜晚

日出而作将成为神话
人的生活将远离天地日月
只剩下无比孤独的行走
在原子时的轨道上

秒回

发出短信或电邮，留言微信或 QQ
能否迅速收到回复
收到，不一定有心跳的感觉
迟到，也不是轻视或疏远

秒回只是一个新词，像个顽童
不是运用，而是成长于运用之际
怎能测量人间最复杂的关系
三秒与一分钟回复没有本质区别

而我要避开陷阱，拐到最初的位置
她可能在开会？在开车，在接电话
我还要检查一下手机是否静音
第一时间回答与我同样的等待

秒变

微博、微信、微店、微电影、微视频
快速到秒的分秒，微小到碎片的碎
再返回生活，切碎了所有的整体
高楼大厦也不能逃避

闪客、博客、播客、换客、晒客

都被秒拍。连秒拍者也被秒拍
十秒拍出大片可不是软谣言
皇帝的新衣最为流行

还有秒赚，正在招收穿越的兵马
秒赞交给软件，潜伏在朋友身边
秒评千篇一律，散发着炸鸡的味道
秒删已是职业，瞬间删除一片森林

更有秒变，人的正常反应是零点五秒
可有人把百元钞票变假只需零点二秒
人为非人，慢生活只在天堂
我在这个秒时代无所适从

秒杀

瞬间击杀，游戏中的一个名词
一次攻击，只是一秒或几秒
就将对方杀死，死亡不要过程

进入生活，同样用了一秒或几秒
倒计时，人们等待秒杀一件物品
谁都不会相信抢到的却是尸体

进入战争，同样不会超过一分钟
但会成为未来战争的主要手段
连尸体也会在几秒内化为烟尘

一闪之念（六首）

一念

一昼夜是三十须臾，是二十四小时
一须臾是二十罗预，是四十八分钟
一罗预是二十弹指，是二分二十四秒
一弹指是二十瞬间，是七点二秒
一瞬间是二十刹那，是零点三六秒
一念就是一刹那，是零点零一八秒
一秒就会出现五十六个一念
或多或少，由你主宰

我从一个梦中醒来是凌晨三点
这是耶稣逝世的时间
假发疯长，将一对情侣牢牢捆绑
先赚一个亿的后面是薛定谔的猫
沈家泉无地可耕，粮食从天而降
艾依水郡，像一个婴儿睡得正香
谁是下一个轮回里刻骨铭心的人
哎啊，我怎么就醒了呢？还是在梦游

这些一念没有因为别人而有损自己
也没有缘于自私而伤害他人
非善非恶，该是没有多大意义的杂念
这过去的一天，我有无损害别人的念头

有无怨恨别人的想法，有无贬低别人的言说
有无对你的遗忘或不曾想起
即使没有，我也要忏悔
为一念之间的善与恶

念头

面对一秒，犹如光速
每秒三十万公里，一秒多
就可从大地到达月亮
可比光速更快的还有念头

一念之间穿越了太阳系
以金木水火土命名的行星一闪而过
大禹的青铜巨斧劈开山梁
汹涌的黄河流成银川平原

而从天堂到地狱的距离
无法用里程丈量，也不能用时间计算
就在一念之间，比一秒还快的一念
犹如一个眼神

显示着心灵的有所需求或有所拒绝
或者是躲避善恶之间的河流
是的，当脑海闪现一个个念头时
心已是你波涛汹涌的海洋

心想

　　当我想到心时

是想到心这个词还是心的跳动
或者想到心里的一个人
第一个想到的人会是谁

这是一个比念头还要短暂的难题
难在几个人同时闪现
你也分不清先后，又来不及思考
只是她们都像十六的月亮

一个人的心可以比天高比海阔
只是不知能住几人，能住多久
时常想起与偶尔想起的人
想时都短，与是否在心关系不大

除非刻意地想，努力地回忆
往事的碎片一秒一秒地呈现
一些人被放下了，而放不下的人
就在血液里，在心的最深处

恍惚

贺兰山间的一条无名小溪
是另一种时间，从太阳神的峡谷
叮叮咚咚地流向千里戈壁
我逆流而上，小溪却突然消失

难道没有小溪，只是我的幻觉
眨眼之间，耳边又传来溪水的另一种声音
我蹲下来，果然触到水的清凉
一捧溪水从指缝间轻轻滴下

小溪一直都在山谷轻流
突然消失的，可能是我的感觉
是一念还是万念？或者此刻才是清醒
其余皆在你的梦里，包括清凉

冥想

今天下午，我只做一件事情
设一闹钟，关闭手机，盘腿坐在沙发上
闭上眼睛，集中注意一朵盛开的花
花还在开吗？在看与不看之间
窗外传来犬吠，一声紧似一声
汽车经过的声音也响亮了许多

不看不听，更不能乱想
我立刻转向那朵花，却见墙上的绿萝
一幅一幅地闪现于眼底
四月残酷吗？河西走廊的西北风带来沙尘
幸亏银川已绿，丁香正在绽放
再大的风也不能吹落绿叶上的绿

我仍然分心，排除不了美好的杂念
直到蜡烛上的火苗像街灯亮起
我才敢掐断一个又一个冒出的念头
似乎有些残忍，但没有什么大事
我什么都不想，只要火苗不停跳动
在漆黑而无垠的旷野上

瞬间

现在可以用电脑发邮件
用手机发短信、上微信
但传递一本书
即使快递也还需要几天时间

而将来可以用量子纠缠态
进行隐形传输
即使我在地球，她在火星
传递一本书也是瞬间到达

一瞬间是零点三六秒
如果我用一万个瞬间想念一个人
你知道，不管她在哪里都会感到
即使她不在人世，也会在梦中留言

快慢远近（三首）

快或者至小

一年四季，我生活在第五个季节
一季三月，银川的春和秋都比一个月还要短暂
一月四周，说不清每月与每周谁在被谁分割
一日二十四小时，昼长夜短在于夏至
冬至是最寒冷最漫长的夜晚
可一小时为什么是六十分钟

如果说一分钟里有一百秒
不管是分钟不变而把一秒压缩成零点六
还是秒不变而把分钟撑大三分之二
都会使人的世界天翻地覆
但花开花落与此无关
云卷云舒依然自在

且让我从六十个秒中取出一秒
是第三十六个秒，随意想到的数字
正是这一秒，地球绕太阳旋转三十公里
一秒多些，月光从月亮跑到大地
不到一秒，我的心脏跳动一次
比别人快了一些，比大象快了更多

这一秒在上一秒与下一秒之间

如同身着校服排成一队的学生
让一个学生出列，因被取出而显现
并不影响后面学生的奔跑
或者一滴雨从五六米的空中落下
第二滴与第三滴的雨之间隔着五六米的距离

无量秒，是我对这个极端之秒的命名
可以无穷的快，快得一切都不存在
就像一截草茎，被无限切割
最精密的仪器也无法测量
短到不能再短而成为零
成为无。但能无中生有

慢或者至大

年是一个人背负着成熟的五谷
是人与神一起驱除了凶猛的怪兽
一世是人的一生，百年之后便是死亡之讳
唯有精神还会在人间逗留
而千年万年亿年则是数字的叠加
是人的一切都化为尘埃

宇宙年约等于二亿二千五百万年
来自印度教的卡尔巴相当于四十三亿二千万年
是世上最长的时间单位
但还有一个无量年
是一的后面跟着数不清的零
也是我对这个无穷之年的称谓

慢到无边的无边，大至无际的无际

无边地猜测过去，无际地想象未来

人的灵魂聚成旋风，游荡于天地之间

犹如在一个巨大的蛋壳里

蛋清与蛋黄未分时的混沌

怎样开始终将怎样结束，时间何在

至远或至近

时间已经神话为女神——哎

已经成为与我对话的你，且让我也从人

回到我自己，在银川的一个小区里

让另一个我乘坐特殊的飞行器

以每个念头十倍的速度垂直向上

远离在阳台躺椅上望着天空的我

哎，你在我的速度里，我在你飞翔的风声中

十米时，我缩小，阳台和楼顶出现

一百米时，我更小，阳台被楼群包围

一公里时，我看不见我了，小区处在田野之中

十公里时，我看不见楼房，银川尽收眼底

一百公里时，我看见黄河、长江和中国

一千公里时，我看见亚洲、太平洋和印度洋

一万公里时，地球完整呈现

十万公里时，地球像蜡烛上的火苗

一百万公里时，地球成了一颗米粒

一千万公里时，地球已与其他星星一样

一亿公里时，地球消失于茫茫宇宙

　　地球直径是一万二千多公里

太阳的直径是地球的一百零九倍
WOHG64 恒星的直径是太阳的一千五百多倍
是地球的二十七万倍。在无限的宇宙
地球消失于距离，更消失于自身的微小
变成一颗无比遥远的沙粒

在远离地球一亿公里的星空，我在吗
还是一粒小到不能再小的尘埃吗
在地球的那个阳台上，我在吗
还在躺椅上望着天空吗
哎，星空与阳台上的你一致吗
天上一日是地上一年吗

这不是神话传说
星辰的一个时辰是地上的一个月
宇宙飞船光速飞行的一天是地球上的一年
但比光速更快的还有意念
我在我的意念里，离开了飞行器
在另一个无我之中自由自在地飘荡着

我感到地球阳台上的我，像一块磁铁
如量子纠缠，在同一时间传递着
同一个信号。我成了时空隧道的一股风
一念之间回到仰望星空的我
从鼻孔进入身体，进入血液
进入红细胞、细胞核、再到染色体

碳原子就像星云，电子围绕原子运行
核子和电子之间是一个广阔的天地
我看见了碳原子核，几个小圆球紧紧抱在一起

面对质子，我进入想象之域
而夸克粒子成了我最终抵达的边界
还有哎，你像一个无形的界碑

我前面的物质已经不能再小
或者小到尚未命名。向前望去
你不是物质，而是不断运动的能量
是吸引、创造和放任的自然之力
是放下执着直奔自由的彻悟
是在此刻又在彼时的无我

时空之旅（十三首）

零维

且在白纸上想象一个黑点
具有几何意义，可由此想出一个坐标
实质上没有横轴纵轴，也无数据

可以是标明地理位置的一个点
一个精神家园，还处在追寻之中
是一种未知状态，也无标志性建筑

一个已知原点，却没有物质便无空间
没有大小则无维度，一切皆无
只是表示存在无限小或无限大的一个点

画出的点会有大小，便非此点
应像奇点，是时空的无限弯曲
一个从无到有的点，既存在又不能被描述

仿佛一闪即逝的念头，像本来面目
人未出生的样子。可在光气水土火相遇之前
根本就没有念头，只有灵魂如风

一维

一个点已经存在，像出生的村庄
再加一个点，如上学的城市
放假后，返回故乡就成了一条线

从银川到原州三百三十七公里
只有长度，可以延伸到祖籍大槐树
以及心灵向往的圣地或殿堂

一条线从银川出发，到达拉萨
若在线的两端各加一个点，便可将其关闭
再无可能向巴黎圣母院延伸

一条没有宽度的线，无法画在纸上
即使可以画出，也因为没有深度或高度
只剩下两个时隐时现的点

这条线只有前后，没有左右
仅是两个点的连接，但创造了空间
使一个点有了超越另一个点的可能

二维

从原州到银川的这条线上
交叉一条从盐池到中卫的线
或者是银川长方形的绕城高速

出现两个方向，上下和左右

只是不存在前后，谈不上立体
但多维空间，可以在纸上任意虚拟

长宽组成平面，得出面积
如一张人像照片，没有高度或深度
可以测出一张纸的厚度，却测不了人像

没有厚度的平面便无生命迹象
细胞与细菌，树叶与花瓣，风吹与雪飘
包括对人像的观看，都在此外

谁看自己的照片，往事历历在目
而被照片所看，自己就成了一张纸
看与被看都需过程，可时间不在此处

三维

一块石头，一棵柳树，一间房屋
都有长宽高，是人们最熟悉的空间
是一生都无法离开的处所，哪怕是离世

可以用一张纸折叠一个盒子
也可以用一张照片卷成一个圆筒
头脚相遇甚至重叠，只是没有过程

一间房子，里面什么都没有
没有阳光的照耀，也没有漆黑的降临
甚至没有空气，但仍然不是真正的空

空的无限被长宽高的墙所固定

如无边的想象被自己的经历所局限
我在房间之外，房间在时间之外

正如无比神秘的灵魂，不敢轻易提及
尽管不被感到，但确实主宰着人的空间
还有三维之外的时间、意识和价值

四维

建造一间房屋，需要金水木火土
需要阳光、空气、食物和劳作
建成后空闲多久，只有时间才能回答

我现在银川，一秒前一分前也在
可八小时前在彭堡，八天前在原州
八月前在北京，八年前在巴黎

这之间的里程已被时间代替
之间的线已无法看见，还有过去的自己
未来的我会在何地，不可预想

从出生到离世，谁也说不清楚
走过了多少路程，所有仪器都测量不了
唯有时间，可以把人的一生精确到秒

生存于四维空间的人，是三维生物吗
人的灵魂本身和所创造的精神世界
应在另一个维度，包括天堂和地狱

五维

心理空间呈现，时间迎面走来
在大学门口，同学们依依惜别
从这个新起点走向四面八方

我回到原州，到一家医院当了大夫
为高中女同学做了阑尾炎手术，缘分天定
磨亮一把刀，一台台挽救生命的手术

我留校任教，在校门口目送同学远去
依然在银川，在学校，把东西搬到教工宿舍
然后是教书，谈恋爱，写论文，当教授

一条回到原州的线与另一条留在银川的线
都是时间的交叉。似乎看见大夫的我
和教师的自己，以及未来成为编辑的分支

好像已被赋予时间旅行的能力
可以让我的时间倒退或者加速
对周围是否产生影响，别人并无感觉

六维

高中毕业，我经过培训成了厨师
在一家宾馆掌勺，被一名服务员所迷
开了一家自己的餐馆，也没有当上老板

整天围着锅台。生活不该是这样

我要把这条时间线弯曲，去见曾经的自己
回到高中毕业，我不要当厨师，要考大学

于是，选择复读，选择另一条时间线
拼命一年，我考进医学院临床医学系
一个隐藏的空间，卷曲在不可感知的点中

回原州还是留银川？再弯曲一条时间线
我现在北京，以编辑的身份回到大学门口
对自己说：送君再久终有一别

回望自己走过的路，预测未来的时光
改变平庸的现状，仿佛得到一种神力
冥冥之中，我让所有的玫瑰绽放于蓝天

七维

现在看来，大学毕业有两条时间线
是回乡行医和留校任教
而高中毕业便有厨师线或其他线

那么初中毕业呢？可能是回家务农
可能成为街头一霸进了少管所
也可能走进少年体校或少年科技大学

小学毕业的选择，本身就是可能
虽被压缩，但所有的时间线都由此向外辐射
并因选择而走向截然不同的人生之道

116　这只是人生的轨迹，显得有些平面

真正的这一空间，已是神灵的天地
可以改变过去和未来，但没有思想感情可言

这已是维度的重叠，或空间的交叉
可以对任何时间线上的事情进行修正
整个宇宙运转都是万能之神的意志

八维

连起四十五岁在北京与大学毕业在银川的点
高中毕业在原州与初中毕业在彭堡的点
只是两条线，可一旦交叉就会呈现奇迹

从彭堡出发，不一定到达原州
可能走向银川、北京或上海。如果卷曲
北京与彭堡、银川与原州便会相逢

散步于黄昏，想起她的迷人
手机响起，她说很想回到从前的蓝月亮餐馆
我说速度、温度、电磁力和万有引力

每个点都是开端，也就成了无限点
像宇宙的奇点，大爆炸之后诞生无数星球
每个星球都有互不相同的时间

已经没有此刻，撬动地球的支点放射极光
已经没有生命，高维空间不存在低维生物
众神欢娱，一个眼神便可捕获全部的惬意

九维

从北京到巴黎九千八百公里，飞行十个小时
把飞机悬空，等待地球自转将巴黎送来
这不可能。从高鸟瞰，飞机和地球同时在转

把大地像纸一样卷起，北京就会拥抱巴黎
虫洞出现，一个连接黑洞与白洞的时空管道
空间转移和时间旅行皆能实现

回到从前，可以向自己的祖父开枪
是否击中要害，像薛定谔生死叠加的猫
永远未知，一个超越时空的无量宇宙

没有止境，一个庄严清净美妙的世界
心空明朗，没有阴晴寒暑之变
心地平静，高山深渊也是万里平原

山水如画，鸣叫如乐，话语如诗
凡到此者均具至真至善至美至爱的品格
心灯常明，不断散发着光辉，还有芬芳

十维

当灵魂修炼到所需的能量级别
可以接近光速圈，遥望另一空间
一睹千万年天界神仙的生活情景

但人只能幻想，想出一个强大的灵魂

进入一个时空隧道，一套相对静止
又可以倒流、加速的时间体系

有人出海打鱼，在海上只过了两天
回到陆地，人间已过去二十年
他还是出海的样子，比儿子还显年轻

这两天犹如太空的时间膨胀
以最短的时间到达最远的地方
接近光速时，时间却会变慢

在这一空间，物质已无差异
只有振动频率不同的弦，从星际到粒子
能量与物质互相转化，使一切成为现实

十一维

谁能抵达这一空间，就能永生
记忆成为客观存在的物质或能量
自己过去所有的经历也可复制

能看出任何一种分子的本质
能从一粒种子看见一棵大树的形状
甚至知道树上的十万叶子，不差一枚

回到现在，人所感到的世界仅是三维
不包括时间、灵魂和鬼神。令人敬畏
乃至恐惧的神秘存在，或许掌握着人类命运

他们可能生活在时间维或更高维

甚至就在身边，只是不让人们察觉
突然失踪的飞机、船只、地铁就像小白鼠

维度所限，人类无法了解高维度的智能
正如蚂蚁面前的人，我想象的时间女神
哎啊，怎样才能超越光速这一分界点

十二维

宇宙的最高时空限度是十一维
是被光速控制在这个稳定的范围
或者被更高的文明所驾驭，以免时空扭曲

银河系星云密布，地球已如沙粒
而十二维在上，已经摆脱宇宙的束缚
成为一个没有空间的空间，时间静止

时间并非不在，而是时空融合
宇宙膨胀的速度超越了光速
以无法想象的静止到达宇宙之外

宇宙之外并非还是宇宙，而是未来
是一无所有，但会无中生有
一个念头，时间女神就会站在眼前

然而没有念头，因为没有生命
也没有光气水土火五大元素构成的物质
唯有所有想象无法触及的存在

天时（五首）

黑洞

黑洞是真正的无底洞
是绝对的黑，无论多强的光也不能照见
像无比巨大的貔貅，只进不出
连宇宙间最快的光都被瞬间吞噬

一颗恒星渐渐衰老，缘于它的心力
正在耗尽，没有足够的力量
承担身体的运动和意识的活动
于是，内心开始坍缩，吸引所有细胞

把内部的空间和时间全部压缩
最后凝聚成体积接近无限小
但质量和密度几乎无限大的怪物
可以吸入一切，但一切不能逃出

所有的光在经过黑洞时
由于时间扭曲而偏离了原来的方向
一部分消失于黑洞，另一部分侥幸绕过
因此，黑洞的背面能被观察

由于引力极强，黑洞周围的时间
非常缓慢，一秒可能就是地球的十年

黑洞能将已知的任何物质撕为碎片
而没有东西落入黑洞时，时间趋于停滞

白洞

是黑洞坍缩到了极限，密度巨大
不再吸引物质，内部发生裂变而且爆炸
还是源于整个宇宙的大爆炸
只是核心的爆发时间延迟了一百亿年

白洞是一种超高密度的物体
有一个封闭的视界
向外喷射各种物质和宇宙能量
就像太阳源源不断地发出光和热

白洞可是黑洞的时间反转
物质被吸入黑洞，最终被白洞喷出
只是此物已非彼物，能量并不守恒
电荷飞出视界，旋转已无可能

白洞的时空曲率为负，对外界的排斥力
达到无穷大，能弹回最强烈的光
任何物质都不能靠近，包括时间
快到以光年来计算，并超过人的想象

白洞不断喷射与生命无关的元素
无论质量多么巨大，也会有终结的一天
那么，黑洞的底与白洞的底是否连在一起
或者说两个底，实质上就是一个

虫洞

虫洞可是连接黑洞与白洞的时空隧道
物质进入黑洞被极度压缩，成为基本粒子
经过虫洞而到达白洞，又被极度扩充
还原成进入黑洞时的物质，喷射出去

虫洞像一个圆柱形的巨大磁铁
粒子进入后就转换为波，在管道运行
在出口处又还原为粒子，但有一些波
进入白洞，成为水中气泡般的空洞

虫洞没有视界，源于负能量而存在
还要保持分界面的始终开放
并由此形成一个特别的时空闭合区
才能与黑洞、白洞进行超时空连接

虫洞的时空曲率并非无限之大
可以成为宇宙的一列高速火车
但所有进入虫洞的物质都会被毁灭
宇宙旅行的梦想根本不可能实现

比如在一张纸的两边各画一个点
然后将纸叠起来，使两点重合
用笔穿透两个点，这个洞就相当于虫洞
此时在虫洞入口，也在虫洞的出口

奇点

奇点是时空无限弯曲的一个点吗
是宇宙大爆炸之前的存在形式
还是恒星坍缩成黑洞里的一个点
密度接近无限，几乎没有形状

奇点是一个存在又不存在的点
却凝聚着巨大而无形的能量
存在多长时间，永远是谜
又是什么东西打破了平衡，同样无解

可能是宇宙不断坍缩，达到无限密度
遇到一个破损的点而发生了大爆炸
结束了宇宙的混沌状态，时间从此开始
无限的能量转换为源源不断的物质

奇点是一个绝对真空的点
是时空隧道的入口，也是时空终结之处
凡是接近的东西都会消失
除非能够超越光速，不被捕捉

奇点使一切物理定律均已失效
也使人类探索宇宙的目光充满无奈
当宇宙再次坍缩，达到无限的密度
时间就会终结，人类会在哪里

虚时间

如果说实时间是四维时空中的一维
是一条奔流不息的历史长河
具有独立性、连续性和不可逆转性
与人一生的方向背道而驰

那么虚时间就是与历史流向垂直的天地之江
无始无终，与实时间形成直角
好像是贯通天堂、人间和地狱的非常之道
是人的另一世界，可以双向而行

实时间是人类创造的一个概念
用以表现物质运动的持续性
成为记载事件发生过程的一个参数
帮助人类描述万物，探索宇宙的边界

而虚时间恐怕才是真正的时间
宇宙就是存在，既不创生又不毁灭
不存在奇点，也不存在边缘
历史没有开端，也没有终结

实时间开端于大爆炸，终结于大坍缩
但经常让人感到是一种幻觉而被忽略
而虚时间的宇宙完全自足，物质即是能量
那么，万物的创造者可是人类的创造？

時間歇詩

卷 三

|命时：日升月落|

翔者（七首）

苍鹰

从朝霞中飞来，翅膀上闪着
殷红的光晕，在草原的上空低飞盘旋
飞过蛇行的河流
飞过走出栅栏的羊群
飞过炊烟的冉冉升起

猛然，苍鹰发出一声刺骨的鸣叫
划了一道别致的弧线
便腾空而起，剧烈地扇动着双翅
撕开迎面扑来的风云
笔直地飞向上午的太阳

秃鹫

秃鹫盘旋天空，石头如鬼低泣
偏有一头迷途的耕牛，盲者一般
庄严地走在曾是草原的荒漠
这是牛的记忆还是垦荒者的不幸

群鹫云集，拉响暴风雨的前奏
大漠缩成餐桌，西山恍若老妪
每一道皱纹里都填满痉挛

太阳不是红烛，无泪可流

群鹭把牛钉在旋转的黄昏
冰雹一般集中射向目标，予以覆盖
它们收拢翅膀，放纵长脖
伸展血红色的目光，撕破所有的挣扎

这是大地上空前绝后的一幕
闪电之间，在如火燃烧的大漠上
群鹭徐徐离去，天空乌云翻滚
牛骨的旁边，仿佛顿生水草

丹顶鹤

风声依旧，小河依旧，芦苇荡依旧
从这里飞起的丹顶鹤，翱翔于哪片蓝天
栖居于哪方水土？谁能知道
那个最可爱的女孩，她在哪里

在这个无名的芦苇荡，她梳洗过长长的发
偷看过彤红的脸，倒映过遥远的梦
她听见一个声音，一声微弱的鸣叫
她看见一只丹顶鹤在泥泽地里苦苦挣扎

那个最可爱的女孩救了丹顶鹤
给鹤一棵常青的树，自己却带着
绿叶的眷恋，轻轻落下又悄悄升起
所有的芦苇都在默默肃立

很多年了，一朵朵芦花都为她盛开

所有芦苇荡都为她荡起歌声
那个最可爱的女孩写在地上的一首歌
风在唱，云在哭，小河在流淌

雁

是谁击落了大雁，一颗血淋淋的头
从这座小城的上空沉重坠落
人字荡然无存，雁阵顿时无首
头发和羽毛都是落叶，纷纷飘落

那可恶的目光隐于何处
是街旁的树下，是阴暗的墙角
是一个邪恶的窗口
还是一颗射出黑光的心

南归的雁，寻找越冬之处的雁
向着太阳飞翔的雁
在北方，在这座小城的上空
被闪电冲散，被雷鸣撕碎

我要找到那双眼睛一样的猎枪
将其钉在这座小城的中心广场
敲响人们心上的警钟
照亮大雁南归北回的航线

喜鹊

喜鹊可能是与人结缘的鸟
在劳作的农田，在热闹的公园

人多的地方，就有喜鹊的叫声
白天四处觅食，傍晚飞到树上休息

喜欢把巢筑在民宅旁的大树上
我站在阳台就能看见它的家
外部枝条纵横，比较粗糙
里面肯定舒适温馨，超过我的想象

一条来自黄河又流向黄河
唯一经过银川的河，曾叫爱伊河
现叫典农河，可我称它为喜鹊河
并会一直坚持下去

乌鸦

如果没有乌鸦，世界失去的
不是一种声音，而是一座地狱
能预测大自然的灾难的乌鸦
随旭日出发，衔落日归巢
不管人间烟火怎样茂盛
只在村头荒郊拯救游魂

乌鸦，阴阳间的信使，无处不在
默记每一次诅咒，速写每一桩罪戾
洞察万物之毫，哪怕是一个贪婪的念头
也逃不出它的视野
昏鸦入林，所有的庙宇四周
一片哀鸣普度众生

麻雀

那是一个怎样的午后，麻雀的叫声
响彻梦境，窗外大雪变得零星
我在院子里用木棍支了一个笸筐
撒了一把黄米，拴了一根绳子

麻雀似乎看见了黄米，蜂拥扑来
好像用尽最后的一丝力量
但大多数只在笸筐的四周试探
一两只钻进去又迅速跳出来

雪后扣麻雀是村庄最大的乐趣
还有麻雀肉香死人的传言
我拉了绳子，应该扣了五六只
可一个声音传来：那也是命呀

行者（十五首）

虬龙

天底无光，面对灵物的吉祥之痕
她背对古树折皱的神秘
立于无形之洞，顶起巨型香火
将那条最原始的雄性之源吸入肺腑

于是，有人创造神话，有鬼破译传说
在太阳河的尽头，打捞顶天立地的根据
裸岩，裂变为巨大的最佳产床
生产一种图腾垄断天地

她来自远古，我们来自何方
为何总要炫耀先人之颅上淡淡的暮色
在洒满鲜血的祭坛上
一片非常虔诚的崇拜

牛

荒原也是一种风景，何须修饰
一头牛，敢于背叛遗传的犁痕
拉起这辆不能再破的历史之车
在没有路的路上蠕动着

九曲回肠，注定牛无法回头
反刍刀削的群山，解剖祖辈的蹄印
在赞美与咒骂之间，它的步伐
日益沉重，日益迟钝，日益缓慢

只是牛应该想到，此刻
不该停留，以免心中的荒原
被喜欢它的庖丁们开垦
被大块大块地拍卖

奶牛

在一家特别的奶牛场
奶牛早晨就在车间门口排队
门一开就自动走上自己的岗位
挤完奶就回到草场

多少奶牛，多大草场并不重要
关键是草场被一圈栅栏围着
还有一圈电线，平时并不通电
只有来了新成员的时候

一头花奶牛每次接近栅栏，牛吽四起
甚至被几头奶牛围住，并且顶开
可它并不甘心，寻找机会
便会像箭一样射向栅栏

虎

野山无虎就看打破了某种气氛

为了一个时刻，铸就天地之柱
山峦制作黄昏，印刷大标题的盛情
迎接那个爬行的时代

群鸟啼血，大林莽杜撰真实
从陨石雨的撞击声中，万兽齐鸣
震落碎石，抽象出一片燃烧的台词
以牙还牙地争论，这次该把谁喂入虎口

矛盾最终塌陷，在山的正常秩序之中
夜幕随之垂落，一根枯枝发出喁喁私语
白描期待，目光断裂又被希望焊接
一切就绪，只是老虎没有出场

狼

在雪原，轮回于最初的萌动
蛋青色的雪与天融为一体
早已空旷的羊栏，总是把母狼诱惑到底
可它独生的幼崽不翼而飞

母狼呆立了很久，突然暴跳起来
撕咬洞里的岩墙，随即一跃而出
在雪地上发疯地奔驰、哀号
是一团滚动的烈火，一河咆哮的洪水

一夜的狂奔使母狼瘦若远处的晨炊
却遇到一只仿佛从天降落的羊羔
它急切而缓慢地向羊羔匍匐过去
温情地舔着，让羊羔吮吸它外溢的奶汁

母狼好像找回了自己的崽子，轻轻叼起
跑向雪原尽头空荡荡的老窝
谁知一枚出膛的子弹
在它身后穷追不舍

豹

豹是群豹之首，也是草原之王
继续落荒而逃，是它最无奈的圣途
一步三顾，一滴滴鲜血
染红突然而至的立秋的黄昏

面东遥望，一堆篝火照亮草地
牛羊入栏，反刍着忽高忽低的犬吠
大碗喝酒的牧者，舞蹈着渐亮的星星
流星划过，所有的愿望都已成空

逃入深山的豹，舔着火辣辣的剧痛
老泪潸然而下。刀枪、火把令它战栗
它终于挣扎到西山之巅
俯视天地之炊，卧成花岗之岩

白龙驹

一匹额头有着黑色圆点全身纯白的马
它低头吃草，鬃毛垂到草尖上
它举目眺望，悠然地甩动着尾巴
它背部的轮廓金光四射

这就是天下驰名的白龙驹

是一代枭雄的坐骑
载着主人出入三大战役
凯旋后，被放生于贺兰山麓

传说白龙驹成了野马
然而，九百多年后
白龙驹竟然在贺兰山东侧的旷野上
嘶鸣不已

狗

他只是误入一个魔幻的庄园
那些出逃的呼吸，被守门的狗残缺为冰
他剩下的另一半在另一个地方
偶尔与它们仿佛，卧如严冬

日子堆成石山，他一瘸一拐地望着
它们云集一团，或歌或舞地占据
每一扇大门或者某一个角落
他没有衣衫也没有立锥之地

他双手扶地，用墙壁的回音
半生半熟地重复，那个狗变人的故事
就像织好一块尸布，又一针一针拆掉
向爬行的主人暗示盛大的黄昏

只因他是庄园里唯一的人
被狗咬伤便是最真实的生活
而复杂的是他还活着
并且要像狗一样学着做人

黑狗

在我居住的小区，老家的亲戚都来了
麻雀、喜鹊、布谷鸟
各种各样的狗，下午打鸣的公鸡
尤其是晚上的一声声犬吠

大狗要叫小狗也要汪汪，这属本性
起初没有在意，也就似乎没有听见
尤其是来自别墅的狗叫，两声短一声长
很有规律，一般都在零点之前

晚上零点是我的生物钟
之前是入睡，之后是失眠
最好是遗忘，可一旦想起就盼着狗叫
就像等待楼上脱下另一只靴子

从声音来判断，并非小狗
昼夜叫声不同，是狼狗还是牧羊犬
是对时间敏感还是经过训练
但在深夜，可能与另一个世界有关

羊

霞光，染红小村的鸡鸣
犬吠惊起枯叶一片
一位天真的男孩
背起爷爷最后的一线希望

山路是爷爷用牧鞭抽出来的
一鞭落地，响声如风荡满山谷
羊群蜂拥而来随即四散觅草
他在爷爷的皱纹里翻过一道道山梁

可爷爷的叮咛是连绵的峰峦
每一个山顶都立着一块石碑
上面刻有血红的字
山外的世界很大

爷爷知道山外是海
只在山里牧羊。男孩寻遍深山野岭
不知道自己的鞋子丢在哪里
只发现到处都是十字路口

眼前的霓虹灯，就像饿狼的眼睛
他恍然觉得爷爷的羊群雪崩一样
席卷着他向小村奔去
听见爷爷最终的叹息冥冥传来

男孩裸露着双脚
在逶迤不绝的雪原上发疯地奔驰
在他小小的脚下
山峦就像爷爷的羊群跳跃如斯

藏羚羊

这只小羊应该出生在卓乃湖边
跟着母亲返回羌塘，边走边停
走了一个月，就是要与它的父亲会合

高原七月，同行的羊群都已走远
这一对母子显得特别耀眼
尤其是穿过云隙的阳光聚在身上

面对涵洞，小羊停止不前
经过时还在母腹，现在横亘南北
被母亲用头推着，它索性坐在地上

越来越近，又越来越远
我清晰地看见这一情景，只是眨眼间
两只藏羚羊变成一个小小的黑点

滩羊

贺兰西侧，阵阵林涛上传天际
东麓扇面之上，堆满大小各异的岩石
海水退去的痕迹成为岩画
白色的浪花翻卷其间，依稀可辨

并非海市，是闻名的宁夏滩羊
九道弯的羊毛可与九曲黄河有关
或者羊群从黄河岸到贺兰山
可山麓并无水草，只有风声

牧羊人躺在巨石上，在他四周
羊群舔着岩石，也会换个地方
但都是向阳的一面。后来才知
滩羊舔食的不是海盐，而是阳光

兔

当生命的追求达到顶点
死亡便会尾随而来
谁的追逐使它孤立于天空的边缘
俯视深不可测的现实之渊

爬山是它自己的选择
有别于同类，不再平庸，找回自己
留下一声精神的感叹
因此，它付出整整一生的孤苦

在山巅，它淡然回眸
不知道追逐它的是猎人还是时间
哪怕是一条狗，它也不会求生
走上一条铺满光芒的大道

猫

把猫关进一个特制的盒子
放入一定的放射性物质
在一定的时间打开盒子
猫可能死了，也可能活着

时间越长，猫活着的可能性越小
可猫不知道为什么要被禁锢
而且与死神同处一个狭小的盒子里
更不知道要过多长时间才能出来

关键是时间，一定的时间
猫活在走向死亡的路上
死亡活在猫的身体里
或者说猫根本不知道自己是生是死

鼠

夕阳的跫音，勾勒香火中升起的延续
狗贴于门外，无权害羞

群鼠出洞，穿过月亮的缝隙
光明正大地嬉戏，泼墨焦黄的饥与渴

血，汇在一起，紊乱了天地的自然相配
欲望繁殖，如巨潮将世界渐渐吞噬

猫在无穷的鼠嘴里
为自己的命运最后一次涨价

游者（五首）

蛤蟆

一颗流星划过天际
在稻田的尽头，蛤蟆将尾巴
退给宁静，坚强地跳到水外
向不远处的路灯走去

一声寂寞了冬日的鸣叫
顿使夏夜如冰碎裂
任凭我身上的鸡皮疙瘩
像青杏子一样硬硬地生长

蛤蟆不喜欢远足，只有远行的梦
但它看见了光，却没有感到灾难
仅仅一瞬，是什么样的车轮
辗它于天空般的坦途，血肉横飞

蛤蟆不该鸣叫，在初夏的芦苇荡里
随便想念一座青山，一道阳光
难道湖水已死，芦花不肯绽放
难道忘了那个被血染红的祖训

蛤蟆不该上路，路与它没有一点关系
它的四肢弯曲，紧紧抱着一个启示

眼珠射向湖边，一丝欲断未断的血痕
成为它走向光明的全程

不是一只蛤蟆，而是众多的蛤蟆
横尸于通往路灯的路上
仿佛是我的罪过。我不屑一顾地问天
为什么有路就有被踩的万物

乌龟

远山如黛，秃着冰冷的肃穆
乌龟来自海底，沿着小溪逆行到此
旧梦破了新梦，春夏秋冬只是一瞬
触须还在，路却断若寸肠

海滩是家，每一滴泪水都在向往
抵挡风浪的安然。船夫的号子远了
望夫石倒在无期徒刑之外。它在墙的一角
发现所有的死亡都萌芽于生命深处

以壳为天，以足为地，一睡百年
再睡便成为屹立的风景。它唯一的生活
就是守着这个沙堡，让灵魂入海拼搏
让躯体永远饥饿，让自己拥有另一种自由

稻田蟹

九月，银川的稻田蟹上市
个头较小，最大也就三两
我买了六只，放到锅里的笼屉上

每一只螃蟹都在向上爬行

互相踩踏，互相拉扯

但都无法越过自己的壳

一只螃蟹仰面而躺

蟹钳蟹腿撕扯在一起

蒸汽之下，寂静无边

鲤鱼

一条夕阳的鱼，在森林的天宫遨游

一群幽灵注满无声的陷阱，大气黏稠

一个名字，仍在很有节奏地滚动

我望着死去的鱼，刮了鱼鳞

刨开胸膛，经过油煎和慢炖

我吃了最后一块鱼肉，鱼刺正中咽喉

这时，鱼说我与时间同在

光的伤口消失于声音的山后

鱼却留下这个声音的夜晚

三文鱼

在淡水河流长大后就游向大海

每年夏季，成千上万的三文鱼

又逆流而上，回到童年的故乡

以时速四五十公里的速度

冲过浅滩，跳上急流，跃过龙门

一路上破浪向上，不休息也不进食
常常跳进熊的嘴里，或被鹰叼住
快速游动十几天，身体被撞成红色
最终抵达宽阔而平静的河面
产卵后，三文鱼用尽一生的力量

三文鱼的尸体成了动物的美食
三文鱼的卵有幸躲过鸟嘴
小鱼孵出，渐渐长大，顺流而下
几年后，它们踏上父辈之路洄游而上
找到母亲产卵的河面，准确无误

昆虫（十首）

蝴蝶

走出小区，就是喜鹊河
河边树木林立，绿草遍布
阳光透过树隙，洒在花朵上
一抹跳跃出来的明亮令我一颤

月季的粉红色犹如闪电
但不是夜空，背景已被隐去
也不是一闪，而是一直停在那里
还有一点金黄，更令我不敢直视

我挪动脚步，换了一个角度
原来是一只黄蝴蝶立在花上
十分钟前，它曾与另一只黄蝴蝶
互相追逐，双双飞过河水

我不知道那只蝴蝶的去向
也不知道这只蝴蝶静立的原因
只能惊动它，让它去找那只蝴蝶
我也可以离开，已经站了很久

蜻蜓

一只悬停在空中的蜻蜓
长着一头的眼睛
有一对复眼，三只单眼
一只复眼最多可有二万八千只小眼睛
只需百分之一秒
就能看到物体的全部

它颤动着透明的翅膀
好像在判断我是什么物体
有没有它需要的食物
能否让它停下小憩片刻
或者在找我的第三只眼睛

蜜蜂

蜂王和工蜂本无差别
就在于幸运地入住王台
成为具有生殖能力的雌蜂
统治家族的众蜂之母
一个蜂群只有一只蜂王
如果两只雌蜂同时破蛹而出
必有一场你死我活的王者之战

一群雄蜂追逐蜂后，飞出蜂巢
进行一场繁衍后代的比赛
为实现一生的使命，成为蜂后
唯一的如意郎君，雄蜂不顾生死

可仅有一只幸运者。众多的失败者
垂头而归，可又不会采蜜
还要消耗蜂蜜，时刻都会被驱逐

工蜂是儿歌中最勤劳的蜜蜂
一生短促，似乎从来没有停歇过
酿出一两蜂蜜，需要来回飞行三千多次
把身上几十万个花粉带回蜂房
但蜜蜂在减少，依赖它授粉的粮食
还有水果和鲜花，产量也会随之下降
不敢想象蜜蜂一旦消失，人能存活多久

瓢虫

可以确定是一只七星瓢虫
在办公室的窗台上，它从哪里进来
排除了纱窗、空调、楼道等各种可能
唯一的可能是趴在我的身上

但我如何能让它再次趴到身上
把它送到落在我身上的地方
让它从我身上起飞
回到它的天空，它生活的地方

苍蝇

一间小屋，寒冬的气息
已经塞满每一个缝隙
门窗紧闭，可有一只苍蝇
在小屋横冲直撞，撞向玻璃窗

是从何处进来，又是怎样穿越晚秋
我心烦乱，承载着弥散四野的焚烧

夜如锅盖，只一瞬间就无比漆黑
打消出门的念头，就着一盏昏灯
我捧起别人的故事，并成为故事的部分
可今夜不同从前，无关夜晚太黑
也无关瑞雪未至或者无人敲门
只因这只苍蝇入侵了我的领空

我没有清香或者腥臭可留
只是一杯淡淡的水
当我映出它滚圆的眼睛
它正好落在书上，所有的字都已复活
黑压压的蝇群嗡嗡乱飞
并且无边无际地穿越我的心身

我猛然把书合上，不管它变成书签
还是标本或者几个文字
随即躺在床上，盯着天花板
为故事设想一个美好的结局
等待自己的伤口再结一块黑痂
可苍蝇竟然在房顶倒挂如钟

我闭上眼睛，它仍在眼底飞舞
发出萤火虫的绿焰，又如跳动的鬼火
还有耳畔永远嗡嗡嗡的叫声
我将书扔向屋顶，又掉在地上
我找遍了小屋，没有苍蝇
不知它从哪里进来又从何处离开

蚊子

今夜，城市的喧嚣
永远响彻着我唯一的天地
西行之途布满荆棘
我逃到郊外，却被蚊子尾随

西风已去，吹散先行者的疲惫
一面回音之壁横亘如初
夏日的歌谣已是往事之秋
墙里墙外只剩下等死的轰炸

在黑夜无边无际的追捕中
我始终逃不出嘤嘤嘤的声音
没有离开城市的我
倒在地上的我，被嘴覆盖

我身上的奇痒和剧痛犹如钻杆
向心地一寸一寸加深
我紧抱着大地，保护着眼睛
就让吸血者蜂拥而至吧

飞蛾

扑向篝火的飞蛾
是否只看见光明而没有看见火焰

飞蛾想扑灭篝火还是因为夜晚的寒冷
或者嗅到了火焰的香味

假设飞蛾不知道火会烧身
为何没有从被烧的同伴身上得到启示

假设飞蛾知道火会烧身
为何还要向火扑去并且前赴后继

一只飞蛾在篝火的周围飞了几圈
猛地一扑使火苗为之一闪

我望着篝火，只顾发呆
没有在意篝火发出的叹息

桑蚕

从伏羲开始，经过嫘祖的家养
几千年来从卵到蚕，仅食几片桑叶
情愿成为人们所说的作茧自缚
也要吐出全身孕育的丝线

直到吐尽最后一丝，变成僵硬的蛹
由淡黄到黄色，由黄褐到褐色
某一时刻羽化成蛾，破茧而出
只为留下生命的种子，死也无惧

没有比桑蚕更伟大的虫子
不仅吐出了多条丝绸之路
而且在传播世界大同的理想
顺应宇宙生生不息的自然法则

153

蝉

谁说蝉是大自然的歌手

居高声远，餐风饮露

谁说蝉能带来凉意、情趣和心静

一棵无蝉的绿树便显得无情

唯恐无人相信蝉的高洁

一通赞美，却并不知道它的本性

蝉的鸣声发自腹部的瓣膜

它的嘴像一只硬管插入树干

腹部正在鸣叫，嘴在吮吸汁液

还会招来其他昆虫，可以吸干一树的血液

雨水丰沛的季节，若有枯萎的树

还有小小的孔，肯定与蝉有关

蚂蚁

一只蚂蚁行走于北纬三十八度

贺兰山下的戈壁滩上

土粒、杂草、石头都是巨人

翻越、穿过或者绕开都没有停留

从夏天走到秋季，一路向西

蚂蚁背着一颗米粒，碰上一片枯叶

阵风吹来，蝴蝶飞起

树（五首）

柳树

无边的草原上
就这么一棵古老的柳树
树干粗壮，树冠突兀
曾在即将旱死之际
得救于党项人羊皮袋里的水

几百年过去了
小小的叶子依然荡着绿意
断裂的树枝露出骨碴
身上被雷电留下的黑洞传来风声
但一直活在坟墓之中

胡杨树

在旱透的大地上
由绿变黄、由黄变红的胡杨
每一个节疤都在渗出鲜血
每一片落叶都是胡杨的泪

绰约多姿，倔强不屈的胡杨
不死是因为需求太少
不倒是因为扎根很深

不朽是因为奉献了全部

我在额济纳面对一棵胡杨树时
却想到了黑水城当年的繁华
祈祷弱水不再断流
而要浮起胡杨树成千上万的叶子

槐树

在茫茫戈壁滩上，有一棵树
应该是槐树，据说已有百年
最初的模样已被一圈圈年轮深深包裹
但时间的影子不断向外延伸

在缺水的地方，槐树生长缓慢
是为自己不被蒸发。可在另一时空
一条粗根生出细根，再长出微小的须
网一样深入地下，汲取向上的力

山峦挡住一些寒流与沙尘
可挡不住从天而降的风霜雨雪
头颅如伞，躯干屹立，紧抓大地
任凭寒来暑往，也要顶起一片蓝天

这棵自然生长的树有不少斜枝
可都渐渐曲折向上，包括每一片叶子
尤其是主干，不够笔直却还挺拔
仿佛天空就是它无边的梦想

太阳偏西时分，我又来到树下

所有的树枝似乎向西伸去，没有风声
树叶簌簌作响，仿佛在与阳光告别
一片叶子落在面前，我一时不知所措

榆树

榆树已经成为一种回忆
在城市很难找到它的身影
是榆木疙瘩不能成材
还是形象达不到景观树的标准

可在老家，最多的树就是榆树
非常容易存活，还耐晒抗旱
除了榆钱，榆树皮也能充饥救命
老人说榆树也是粮食，以防万一

白杨树

这是一棵冬天的白杨树
经历了一场秋风，还有稀疏的叶子
一场霜降后，叶子每天都在减少
一场大雪后，枝头只剩一枚叶子
像一只失散的麻雀

今天是冬至，我不知道
再经历一个寒冷而漫长的夜晚
叶子能否坚持到天亮
但我知道每一根树枝都在向上
挺拔的树干从来都不会屈服

花（十首）

干枝梅

生长在荒原上的干枝梅
青紫色的枝条聚在一起
没有叶子却举起一朵朵密集的小花
从紫色到粉红再到白色

从春到冬都在绽放的干枝梅
在大旱中盛开，冰雹击不落花瓣
在寒霜中盛开，狂风吹不尽花香
在冰缝中盛开，暴雪压不弯枝头

没有雨露依然灿烂的干枝梅
折断枝条而不枯萎的干枝梅
根茎干枯也不凋零的干枝梅
只要有阳光就会怒放

柳絮

不是落花。落花回不到家园
但还有几根干瘦的骨头
不是羽毛。羽毛失去了身体
但还保护着一丝丝血缘
不是雪花。雪花是水做的天使

千万里飘落，只为了滋润万物

而柳絮离开柳树，一身绵软
没有一根哪怕是最小的骨头
即使无风，也只剩下飘浮不定
直到身上落满尘埃
才有可能遇上另一团柳絮
然后相拥，缩在某一个角落

油菜花

在山丹，一野黄绿相间的油菜
无边无际。整齐得令人不敢相信
同时盛开金黄色的花

盛大的金色之中透出绿意
透出花朵内部潜在的力，由近至远
金黄渐浓，直抵隐隐约约的远山

这里可能有一个巨大的秘密
仅仅一想，我便不敢再看
在心里说，请原谅我的打扰

牵牛花

整整一夜，牵牛花努力爬上栅栏
在太阳升起之前织出一道花墙
一个个小喇叭朝着天空
吹响我最熟悉的月光曲

乍醒又眠，竟然还能续上前景
所有心形的叶子都在静静倾听
几朵粉色、紫色、蓝色的花
聚在一起，似乎要表演一个节目

一朵白花开在我梦里还是开在曾经
没有感到花瓣上露珠的缓缓滚动
轻风吹来，一排排小姑娘跳起芭蕾
追光灯下，一个个小精灵折射异彩

这个周末，又见熟悉的栅栏
太阳升高，牵牛花已经合起花瓣
我回到久别的老家吗？几声犬吠
在似真似幻之间，我不知道身在何处

格桑花

格桑梅朵，美好时光之花
也是幸福之花，生长于青藏高原
枝茎纤细，花瓣瘦小
可被大风吹倒又举起笑脸
被暴雨敲打而花瓣不会凋落
被太阳久久曝晒却更显灿烂

年年如约，传播天籁之音
在罗布林卡格桑嘉措的花盆里
季节变换，编织色彩之海
在高原洒满阳光的脸庞上
不管是波斯菊、翠菊，还是金露梅
绽放于圣洁之地，都叫格桑花

花开见佛，格桑花不是一种花
是吉祥如意的信物，正如转经筒
珍藏着生命不息和灵魂不灭的秘密
谁历经风霜雨雪，把自己当成泥土
就能感到格桑花，随时随地
都在盛开，还能数出八个花瓣

狼毒花

在夏天，在山坡或草丛
一丛丛或一堆堆灰绿色的草
绿叶簇拥着一束束红色的火柴头
开出的花却是白色，像五瓣丁香
看到一片白红环绕的花，觉得很美
但知道是狼毒花时，竟有一丝恐惧

不论土地多么贫瘠都能扎根
不管气候多么恶劣都能开花
根系粗壮，汲取周围所有的营养
遇到干旱，身边的花草就会枯萎
全身大毒，牛羊马驼不敢靠近
霸占一片草原，不需要多长时间

昙花

当一枝昙花即将被大风吹断时
得到一位白衣男子的扶持
他离开时的惊鸿一瞥
昙花内心风起，开始无边地等待

一百年一千年，他没有出现
昙花痴迷其中，却被岁月修炼
终于见到他的熟悉的影子
跟着走过四季，回到曾经的那个花园

大风已过，一朵莲花从天而降
他坐在其上，双目紧闭
昙花娓娓倾诉，九天九夜
却没有换来他的一眼相望

夜晚来临，花园极静
昙花似乎悟到什么，耗尽毕生精力
绽放出一朵花，洁白无瑕，娇艳无比
一滴泪水落在花上，温暖如初

野菊

在街头等车，一团金黄撞入眼角
路牙的缝隙里，一朵野菊正在怒放
被落叶簇拥，被夕阳镀上异彩
我蹲下欣赏，引起行人的好奇

百花已杀，所有的菊花都已开过
这可是一朵最迟盛开的花
是撑开水泥，还是找到一个裂缝
但肯定有土壤，有深深扎下的根

或许缘于零星的小雪，化为雨露
一直向下，遇到干渴已久的根
加上阳光的抚摸，隐忍的力量

瞬间爆发，声音微弱却像一声雷鸣

眼看着一个个花瓣尽情舒展
争夺着每一秒，似乎要在日落之前
全部打开自己。然后披上夜色
缓缓睡去，不管是落英还是灰尘

月季

霜降时节，银川下了一场小雪
只在天空飞舞，落地即融
现在已经立冬，我从长城路下车
经过绿化带时，被一朵花吓了一跳

不是假花不是玫瑰，而是月季
傲过霜沐过雪，又非常鲜红
挺立于枝头，真正地怒放着
似要放出体内所有的色彩和芳香

修剪整齐的榆木丛，叶子干枯
周周的月季只剩下零星的花瓣
时刻准备落下，即使没有风
一声汽笛或一个影子也能碰落

这一朵月季，这一位花中皇后
仿佛在守护或者等待着什么
花朵微微一颤，似乎暗示我
回到一念未生的状态只需刹那

米兰花

太阳升起后，会有火红的光彩
月光明亮时，会有天蓝的光晕
可有一天，同一个茎上
开出红色与蓝色的小花朵
香如幽兰，久久萦绕

这不是传说，是一盆米兰
发丛间散发着初恋的幽香
面庞已经模糊，香味却被唤醒
四十多年前的一段往事沉睡至今
小花朵状如米粒，闪着金黄色的光

草（六首）

艾草

古人将冰块磨成凸透镜，聚焦阳光
点燃艾草取得天火，是为神圣
西夏人用艾草熏灼羊胛骨
灼裂纹路的程度和走向，呈现吉凶
端午时节门悬艾草，避邪驱鬼
一年无灾无殃，福禄伴随左右

艾草遍布全国，灰白茸毛覆盖叶子
叶子有长椭圆形裂片，裂片又有小裂齿
汲取天地至阳之气，散发特别馨香之味
绿叶可做美食，艾灸能治百病
把熟艾装进布袋紧贴肚脐
那种感觉就叫妙不可言

没有比艾草更神圣的草
敬称老人为艾，赞扬年轻貌美为少艾
诗言养育为保艾，史说太平为艾安
那个采艾的姑娘，一日不见如隔三秋
一株朴素的艾草，一株充满爱意的草
无畏生死，灰烬也是芬芳

车前草

传说与东汉名将马武有关
戏曲中的云台二十八将之一
马武率兵出师，被困在荒凉之地
时值盛夏，又遇天旱无雨，人马患病
几匹马吃了牛耳形的野草而病愈
草就在大车之前，故而得名

车前草长在田边、路旁
似乎一生都在蒙受灰尘
几株直立的穗状花序并不显眼
椭圆形的叶子大多贴着地面
有野草的卑微，却无野草的野性
即使被车马践踏，依然是救命之草

苜蓿

十年九旱的黄土高原
一块苜蓿地是收获不尽的庄稼
初秋播种，一个月生根一尺多长
似乎知道自己生在贫瘠的土地
还要宿根越冬，每年经受多次收割
好像才对得起牧草之王的美誉

集希望、幸运和名誉一身
三叶草枝叶颤动，萧萧有声
碧绿的海面上，紫精灵轻歌曼舞
连同扑进去的风，也沉浸其中

我摘了一些苜蓿芽，用来治病
却又恍惚如梦，不知何年何月

蒲公英

从春到秋，不断开花结果
锯齿一般的叶子中间，生出
笔直而高傲的茎秆，顶起金黄色的花
阳光之下尽显灼目的艳丽

仿佛只有一天，花瓣凋谢
毛茸茸的圆球上，小伞一样的种子
随风飘荡，只要落在有土的地方
就能生根，也能熬过漫长的冬季

蒲公英是长在地上的草
是叶子微苦、茎秆香甜的药
是可以凉拌、生炒、做汤的菜
但蒲公英不管这些，只是春华秋实

冰草

小区里最大的声音
莫过于割草机的轰鸣
孩子的嬉闹声、喜鹊的叫声都被遮蔽
关上窗户也减弱不了几分

绿地上冰草疯长，时间一长
就要修剪成一块块地毯
只是看着平整，谁都不会踩在上面

我打开窗户，闻到久别的青草味

进入冬天，除了几棵松树有点绿意
其他的树只剩下线条一样的树枝
冰草渐渐干枯，可立春后不久
新芽从枯草的身边，纷纷钻出

薰衣草

一列列半圆形的草丛一片碧绿
但有两三株茎秆高出草丛
顶出蓝紫色的花朵，使绿叶更绿
连天上的白云也在脉脉凝望

进入六月，薰衣草铺开紫色的花海
穗状花序亭亭玉立，又随风摇曳
条形叶子，流露出举手投足之间的气质
纤手舞动，指间留住所有的风

还有奇特的幽香，在似与不似之间
能驱除不洁之物，也能使心灵得到慰藉
又有些忧郁，令人想到秋天的月光
寄托一种单纯的思念，千山万水

時間歇詩

卷 四

| 物时：风云捭阖 |

物语（九首）

灵武恐龙

叉背龙体型巨大，体长十二至二十米
生活于侏罗纪时期，距今约一亿多年
化石最早出现于非洲坦桑尼亚

叉背龙化石首现于赤道以北的亚洲
中国西北，成为北半球第一龙
两地相距遥远，却被化石相连

叉背龙是食草恐龙，却不咀嚼
直接将草叶吞下，几乎全天都在进食
需要多长时间才能越过赤道

是大陆漂移，还是地球被行星撞击
只是猜想。在亿万年的时间长河
一代一代的人，犹如浪花绽放

鎏金银壶

固原有一件镇馆之宝
名叫鎏金银壶，距今一千五百多年
是波斯萨珊王朝的金属酒器
壶身的图案却是古希腊神话故事

可能出自被俘的罗马工匠之手

一只金苹果，刻着献给最美丽的女神
这一选美难题，摆在特洛伊王子帕里斯面前
赫拉要给他至高无上的权力
雅典娜要给他无人能及的智慧
而阿芙罗狄忒要给他最美丽的女子

利之所在，无所不至
应该是说着波斯语的粟特商人
沿着丝绸之路，将丝绸运到波斯
把银壶、东罗马金币带到原州
沉睡于北周李贤墓，直到八十年代

帕里斯把金苹果给了阿佛洛希忒
海轮与帕里斯一见倾心，宁愿被拐
头戴盔帽的墨涅拉俄斯迎回妻子海伦
这是壶身腹部的三组图案
十年之战，特洛伊城一片废墟

鎏金铜牛

这只通体鎏金的铜牛
四肢屈曲而卧，身体健壮
牛角对称，如一对月牙
椭圆形的双耳精美而且可爱
鼻孔似乎还有青草的气息
眼睛望着前方，充满坚定
好像随时都会站起，奔向
几百年前的贺兰山麓

瓷片

一个圆形的青釉刻花瓷片
像一个底座，从中向外散射线条
又如盖碗茶之盖，光线是盛开的马兰花
散发出黄河泥沙的味道

曾经抟泥、刻花、烧制和出窑
仿佛一位新婚的西夏女子奔赴沙场
是被马蹄所踏还是被刀击裂
已成举头仰望的神秘

流落人间的这块瓷片
表面已经找不到王国的泪痕
但党项的血脉激起浪花
该是对另一半的不断呼唤

此刻，这一半的马兰花
在太阳西沉、青草渐枯的西夏故地
被啸啸秋风吹出阵阵马鸣
归去，归去，同归瓷窑去

琉璃瓦

九十年代，我住在新市区
曾在西夏陵捡到半块琉璃瓦
擦去浮土，有几道菊花纹
水洗之后，色彩碧绿
放在书柜上，为朴素的书籍

增添了一种神秘的气息

周末与朋友喝了一场酒
半夜起来喝水，却见琉璃瓦
闪着绿光，像夜光表那样
我睡意全无，没有找到原因
天亮之后，我骑上自行车
把琉璃瓦还到原来的地方

家门

家门从一推即开的篱笆
到装有三保险暗锁的木板
再到镶有猫眼的钢铁防盗门
还会换上指纹锁或者扫脸机
但我依然想着：夜不闭户

麦草人

糜子已割，田地犁过
偌大的山坡只有一个麦草人
斜阳之下，显得非常醒目
似乎凝聚了土地上所有的孤独

麦草人戴着黄帽子，穿着旧衣服
腰上扎着麻绳，只是未穿裤子
从糜子开花前就站在田里
但吓唬不住见过世面的麻雀

麻雀最喜欢糜子，乌云般铺下

一顿狂啄，但闻声响腾空飞起
我也喜欢糜子，尤其是垂首的样子
咸韭菜、黄米饭的味道犹如早恋

乡下的麻雀好像都已进城
手架鹞子的汉子走进民间故事
地要倒茬，不种糜子
但麦草人衣衫破烂，依旧站在山坡

高尔夫球

一只银球飞向天空
在蓝天下划着弧线
几乎撞上一只飞鸟

鸟儿匆忙扇了几下翅膀
飞向远处的白云
成为白云里的白

银球消失于我的视野
不知道落在何处
但肯定砸倒了几棵小草

小草挺起了身子
好像什么事也没有发生
依旧轻荡着绿意

树殇

一棵树倒下来，下降的树枝

碰断身边的树枝，空地上
一片怒放的花被砸进泥土
树上的鸟巢碰到兀立之石
几只黄嘴的雏鸟被鸟蛋淹没
巨大的鸟鸣响彻山谷

此岸叶欲落（六首）

一幅画

可能是大漠、夜晚和灯光

可能是身体的某个部位

可能是望穿秋水的目光

可能是与西域有关的一个幻觉

但仅是可能，根本无法确定这是什么

只是这幅画带来楼兰的气息

来自远古的呼唤穿过八月

一钩月牙静卧心底

十万朵荷花在默默祈祷

一株罗布红麻开出了内心的秘密

一道火光

昨天下过一场小雨

云层依旧，遮住中秋的月亮

我走在街头，竟然显出一个湖泊

好像是一座大学

一片寂静犹如渗入骨髓的冷

湖上飘荡着燃烧的红浊

去留一无所系

不知从何而来的火光
划着弧线落入湖中
仿佛扑哧一声，便是无声无息

风停何处

黄昏时分，走在棋盘一般的田野
被风簇拥，我也是走在风里的风
就像水渠中奔跑的一滴水
可能会渗向岸边的一株稻苗

一个树林突然出现，我停了下来
怔怔地望着树叶，竟然一动不动
风也停了？可能被截留一部分
不可能是全部，更不可能为我而停

那么，穿过树林的风停在何处
是稻田吗？接纳了跑累的风
平时只知道风停了，从来没有想过
风停的地方，何处是风暂停的驿站

风从何而来，向何而去
显然不是起于青萍，止于草莽
而是时间女神的呼吸，如来如去
如风的我，行走或暂停都在风里

蛛网

我在等车。站牌的一个直角
结着一片蛛网，显示着两个黑点

靠近仰望，是一只蜘蛛和一个蚊子
蜘蛛的前足正好触到蚊子的喙
就停了下来，一直停到霜降
让我等到车来，也没有看懂

节日伤口

镶着彩砖的步行街高楼林立
萨克斯和流行音乐此起彼伏
各大商场的门口挂满灯笼
一声声吆喝使节日身价倍增

几个牛仔扔下手里的烟头
提着大包小包的人们绕道而去
几个嬉戏的小孩突然停下
花衣女孩掏出兜里的零钱

一位白发老人跪在街头
双手捧着破旧的罐头盒
他的左腿流着脓血
只有夕阳把他留在暗处

食物

不管是肉蛋，还是蔬果，它们都有细胞
在被杀死或被烹饪或被咀嚼时
都会感到惊恐，甚至非常愤怒
尤其是肉类细胞，从生到死到熟

已经发生本质的变化，转化为能量

即使蔬菜，细胞也会经历生死之苦
即使生食，它们也会被胃液烧死
分布到全身的每一个地方

可人生在世，又不能不吃不喝
尽管我从不吃奇怪的东西
也要乞求被我伤害的所有生物原谅
包括一切维系我生命的食物

尤其是被我杀死的动物，比如钓过的鱼
还有我爱吃的白菜、土豆和羊肉
我愿意转世为土豆被埋在土里
也愿意成为一只羊，偿还今生的债

人的一生能吃多少东西都有定数
适量限食能延长寿命，与细胞自噬有关
让自己感到饥饿，也是一种修炼
更要怀着感恩之心，请求食物谅解

感谢它们是世上最重要的能量
为了更美好的存在，为了精神的创造
牺牲了自己的生命，贡献了自己的身躯
我存在，也是为了更有意义的存在

物是或此在（九首）

沈家泉

这是我生活了十八年的老家吗
那棵送我的大柳树不见了
涌流的沈家泉变成一个地名
麦穗被冰雹砸进地里
大哥和乡亲们蹲在地头
看不见喜鹊、燕子和麻雀的踪影

我走进村子，没有惊起一片犬吠
也没有碰到牛、马和毛驴
门口的井还留着当年的辘轳
一把铁锁看守着水窖
家门大开，院里没有猪、羊和鸡
一条狗伸着舌头，懒得理我

农家小屋

在农家小屋，我好像在发呆
几乎没有听见羊群进院的声音
房门开着，挂着塑料珠串成的帘子

阵风吹过，叮铃作响
还吹开一扇窗户，放进一只鸟

我不认识，麻雀大小

好像有几种鲜艳的颜色
小鸟一直乱飞，碰到另一扇窗户的玻璃
我赶紧打开所有的窗，小鸟来了又去

也就一个瞬间，留下一根羽毛和几声鸣叫
是因为寒冷、饥饿还是小屋的灯光
初冬的北方，黄昏已经铺盖下来

小院

没有多少土壤，只是一个墙角
却扎下了深深的根
没有多少天空，只有一个支架
却延伸了长长的蔓
小院的果实高过青瓦之屋
黄花弄影，绿叶如醉

天空映射淡蓝的远山
场院上空回荡着孩子的笑声
白杨树托起屋顶
成串的紫葡萄才是永不凋谢的花
还有可爱的小板凳
在等待黄昏的到来

老龙潭

一百多眼泉水注入山峡
峡内冲刷出三个绝清的龙潭

三潭出峡便成了泾水
龙潭便是泾水的源头

不管是山雀啼鸣还是卷帘悬空
不论是万马奔腾还欲界仙都
传说当长龙正在腾空的时候
龙头却被斩断

龙不该是恐龙或四不像
也不该是像蛇那样的东西
更不该是泾源的这条长龙
否则，我怎么能当好龙的传人

古城

我从凤凰城到一个凤凰古城
吃着姜糖，走完青石板街
住在江边客栈，看了陀江上的吊脚楼
而凤凰八景需要缘分

这样睡上一觉就可打道回府
可被附近酒吧的声音折腾到零时
我只好寻声而往，不是去找事
是要把自己灌醉，结果遇上最难喝的酒

析支

途经兰州、合作到达玛曲
就是要看一眼党项族的发祥地
析支的天空和大地

我十八岁前生活在固原
之后在银川
出差去过的地方几乎都是城市

当山坡和草甸无边无际
小溪牛羊散落其间
第一次看见蓝天的蓝和白云的白
还有天地间徐徐穿行的风
又不仅仅是风
是我用所有语言都难以说清的风

我只有沉默，沉在酒中
望着星空，为什么要离开
这么壮美的故乡
我写下：
一只大地上爬行的蚂蚁
穿越着陨石如瀑的时间隧道

艾丁湖旁

在艾丁湖的草地上，遥远的雪峰
隐藏了翅膀，把空间让给花蕊
把下午留给采撷

只是另一朵花的幽香惊醒了
蝴蝶的梦，还有湖边的这个房舍
曾在梦里反复出现

我跟着一群头戴花环的孩子
追蜂逐蝶，涉过荡漾着金波的溪流

在草丛中踩出鼓点

从一个男孩的身上，我发现了我
我的喊声有一种特别的嘶哑
穿越时空的歌声穿越了我

巴里坤草原

我走在巴里坤草原上
四面望去全是绿草
零零星星的小花点缀其间
没有犬吠，没有羊咩，没有牛哞
甚至听不到一丝风声
只有青草的气息弥漫心间

我小心地走着
踩在没有花草的地方
举首间，无边的淡绿涌向天际
没有旌旗，没有营寨，没有羌笛
更找不到古战场的痕迹
十万战马都化成了草

塞罕坝的阳光

五十六年前，他们走进荒原
一棵孤零零的松树散发出阳光的味道
他们看见一片绿野由此漫向八荒
我伫立时间对岸，白毛风呼啸而来

马蹄坑上，千军万马从山坡铺挂而下

汗水包裹的落叶松回到土壤
他们的孩子，向着太阳的方向
冰凌来过，但先锋的骨灰挺立如初

我在林间倾听鸟鸣，树隙漏下阳光
这片从大兴安岭引来的樟子松
松芽破土时，没有稻草人，没有驱鸟犬
他们围着苗圃，敲打铜锣，转山转水

夫妻望火楼高矗于目光尽头
十五分钟瞭望一次，时间占据一切
孩子五岁了，只会叫妈妈、爸爸
不舍昼夜，一座座望海楼格外醒目

三代地球卫士把自己种在高岭
阳光如瀑，一个众生平等的家园
他们的孩子叫禾禾、苗苗、花花
长大后就成了花原和林海

五十六年后，我走进塞罕坝
又遇阳光的味道，像晒过的棉被
寻找不沉的精神，如绿色的太阳
源源不断献出生命的气息

仰望山河（十四首）

卧佛

二月二十四日下午六点十八分
我正从石银高速经过
在金山乡的观景台

夕阳从贺兰山上落下
山巅朝北仰卧的大佛
轮廓清晰，光芒四射

王陵春雪

春天和雪一起来到银川
我一直想看黄昏披雪的西夏王陵
感受围炉而饮的温暖
我最想听白发苍苍的智者
讲述党项人的尚白之梦

辉煌之后的宁静无边无际
九只雪白而饱满的乳房
哺育着万千子民
从白雪覆盖到夜色笼罩
那该是荒凉之上的绝代繁华

西夏王陵尚未开发
贺兰山麓的戈壁滩上，只有几座
高矗的陵台，方圆杳无人烟
偶尔掠过昏鸦的几声鸣叫
穿透寂静无边的旷野

面对陵台、贺兰山和雪花之后的夕阳
还有另一个世界，共饮了一瓶白酒
一条地毯式的金色光带
从西天斜伸过来
我站起身，天已全黑

清水营古城

登上城堡的木头悬梯
掠过断裂的城砖和瓷器的碎片
通向一个名叫清水营的村庄
越过黄土夯筑的城墙和四季花开的马市

骏马与粮食、皮毛和茶叶成为兄弟
跨过潺潺北去的黄河
贺兰山麓歃血为盟的烈酒汉子融进大地
只留下光秃秃的头颅

登上悬梯尽头的哨台
大伞之下是沉寂的无边无际
不管怎样倾听都没有雨水的淅沥
小河早已改道，牛羊逐草而去

十八匹快马遁隐于时间之后

只有旷野之上的朔风依旧鹤鸣
一点一点吹散墙体的黄土
还有一声声微弱的感叹

广宗寺

贺兰山后的广宗寺，俗称南寺
传说是仓央嘉措的圆寂之处
就在见与不见之间

从山前到山后，我来过多次
默念六字真言，转动时间的经筒
我是俗人，只为缘分修个来世再见

福因寺

福因寺也在贺兰山后，俗称北寺
二十年前来过，没有似曾相识之感
建筑还算气派，可殿门紧闭

一秒一个台阶，我一直登上
最高的亭阁。透过缠绕的五彩经幡
蓝天白云与山溪松林之间，香炉高矗

车马坑

六师之重陷在中河乡
一陷就是三千年
车辕、车厢和车轮已经腐朽
这些来自大地的树又回到大地

而车辖、轴饰和马衔依旧完好
只因被火附上了另一种气息
尤其是銮铃仍在发出清亮的响声
状如旋风，直冲云霄

曾经的一条道路
一场百年不遇的大雨
陷过穆天子的一只脚
现在长满了金黄的麦子

黄陵

在黄土高原之下
仿佛埋葬的不是黄帝
而是山丹花、马兰花、牵牛花
在弥漫的大雾之中，一个红得发蓝
一个蓝得泛红，另一个躲在身后

站在桥山的古柏之下
从树冠漏下的阳光
比丝绸纤细，比老家温暖
一丝一片地缠绕在身
心却成了一枚柏叶，被阳光穿透

无字碑

身由一块青石雕成
首有八条螭龙互相缠绕
侧有两条巨龙腾空飞舞
座有线刻的狮马图

还有许多花草纹饰
只是阴阳两面都没有碑文

不管是德高功大非文可表
还是罪孽深重非字能尽
一碑无字的空白
功过是非由谁填写
但有人在碑上刻下了
到此一游

石窟

无法说清，到底有多少工匠
历经多少岁月，凿刻了多少石窟和佛像
一生的时光、生命和寄托
可能都在其中

也无法说清，到底有多少人
用了多长时间，削掉了多少佛像的头
悬崖上的石窟门口
生长着淡绿的小草

塔尔寺外

明洪武十二年，鲁沙尔镇，莲花山坳
香萨阿切，一束白发，一封信
三滴血，白旃檀，菩提树
十万声狮吼，十万片叶子，十万尊佛像
宗喀巴，格鲁派，黄教
大金瓦，小金瓦，花寺

大经堂，九间殿，大拉浪
如意塔，太平塔，过门塔
堆绣，壁画，酥油花
我走遍了塔尔寺，记下了这些词
但寺里没有我。我在寺外的小摊旁
磕着等身长头

墩台

从武威到山丹的高速公路
在一个名叫边外的地方切开长城
人们把车停在巨大的墩台下
饭馆、商店和汽修铺沿路排开

电线横跨城墙，水泥栅栏隔开草滩
三角形的小彩旗格外醒目
我换了几个角度
也没有拍到一张原始的长城墩台

长城断断续续地走到嘉峪关
高速公路却一直向西
抵达伊犁河畔
还会抵达更远的远方

长城内外

此刻，我蹲在一口古井旁
开掘于明嘉靖年间的古井
是筑城和守卫的生命之源
也是最深刻的疼痛

此刻，我站在金子山烽火台旁
注视着长城内外
祁连山下旋起一阵匈奴的风
点燃一堆干透的狼粪

此刻，我登上烽火台的废墟
汉明长城向南蜿蜒而去
我看疼了眼睛
也没有看出一条长龙

锁控金川

这是开凿在悬崖上的丝路
仅容一队人马通过的栈道
抵达甘州和西域的独木之桥
兑现梦想的必经咽喉

我牵着驼队走过唐朝
进入由鼎盛走向衰微的西夏
电闪雷鸣，石头不断从山顶滚下
大雨倾盆，马背上的丝绸显出重量

峡谷的洪水在涨
一头毛驴被席卷而去
我们一行三人，白马三匹，骆驼九峰
还有一身烧红的铁

天现鹿羊

雨过天晴的巨崖上

突然现出鹿羊的影子
我们知道是明万历年间都司甘胤所见
并命笔而刻勒。至今依然

同样是五月，同样是雨过天晴
可我只见四个遒劲的大字，没有看见
鹿羊的影子。我即使想看也不要看见
即使看见也不能说出

塞上风情（十八首）

贺兰晴雪

霜降与立冬之间，鹅毛雪花纷纷扬扬
天空一片纯白，地上雨水轻轻汇集
孩子的欢呼声不断传来，中午放学
遇上天赐的节日，仰着小脸承接清凉

太阳偏西，风云散去，天空湛蓝
越过灰黄色的山麓，贺兰山轮廓清晰
与天相接之处是一抹耀眼的皑皑白雪
该是神灵创建的宫殿，天使唱着喜悦的歌

云朵相聚也会饮酒？夕阳醉卧山后
山巅竟然喷出火山？把众云烧得通红
罕见的冬季晚霞，还有一匹腾飞的天马
风梳长鬃，双翼闪光，四蹄没入深蓝之后

滚钟夏风

行宫远去，琉璃瓦散布于山麓之野
别苑已别，隐身于遍布伤口的柱础之后
远嫁蒙古，空留茫然眺望的公主台
看破红尘，放下身后所有的石台佛塔

滚钟口，一对彩色的蝴蝶栖落脸颊

三面环山而面东敞开，状若大钟

钟铃山上，夏风吹奏着一匹驳马的长歌

清泉涓涓流淌，使红花绿叶一片争宠

远望群山，三峰峭立一如笔架

陡峭的小道描绘出一幅幅青山绿水

山巅上的白云驻足鸟瞰，仿佛曾经沧海

一天经历四季，一心遍览群峰

苏峪松涛

在峭壁，一棵棵松柏斜出而向上生长

贺兰山的头上戴着洁白而神奇的王冠

俯首是万丈悬崖，深邃漆黑一如地狱

仰望是一线洞天，漏下天堂之光和漫山鸟鸣

苏峪口，开口便是西风但已轻柔许多

原始森林吻响的一波波绿浪，呼吸均匀

一股清泉淙淙流淌，前面就是黄河

茫茫云雾，两岸野花隐约可见而更加迷人

长车并未到此，马鹿、岩羊跳跃于林海

山阙也非一游，蓝马鸡漫步于樱桃之谷

杉林幽径，通向无人涉足的世外桃源

两旁的奇花异草双手合十，乌云为雨

贺兰岩画

匈奴、鲜卑、突厥、回鹘、吐蕃和党项

在绵延五百里的贺兰山上，刻下
放牧、狩猎、祭祀、出征、人面像
女人、动物、抽象符号、西夏文字

尤其是太阳神双眼滚圆，头顶发光
法器铮铮，游牧着羊牛马驼豺狼虎豹
跪在陷阱里的牧羊犬念着咒语
海枯石烂。一声声鹤鸣穿越盛酒的胸膛

白狐之后，一支永远追不上的木箭
梅花鹿的身上怒放着车轮、盾牌和天体
连臂舞抖掉血肉，贺兰石露出骨骼
八座佛塔，万千香火升向天国

王陵夕照

九座中国的金字塔，屹立于荒凉之上
曾经的万马奔腾只剩下岁月的骨磈
蒸熟的黄土，把所有的神秘筑进陵台
金色的佛光在天空之外骣骑白马

九颗天才的头颅，使山麓更加倾斜
兴庆府周边的长发迎风飞舞，一道道内伤
圆面高准的王国燃尽最后的一滴碧血
四散而逃的灵魂被群鹰驮向青藏高原

九颗射落的星星，落在时间女神的梦里
身体融入大地，干瘪的乳房暴露在外
秋风萧萧南下，一路掐断祭祀的香火
羌笛披霜，诉不尽一个民族消隐的悲壮

六盘秋景

饮水的梅花鹿饮出一条盘山道
秦皇祭祀朝那湫的鼓乐荡在风里
一片白云投下太阳的轮声与鞭影
贮冰藏玉的老龙潭梦见小溪

一代天骄在凉殿峡策马而去
开着豌豆花的喂马槽一线通天
一溜溜南归雁写着小楷的家书
淹心的花儿使二龙河九曲回肠

绝壁生出劲松，溪水绽开荷花
泾河岸的龙女峰把石头牧成羔羊
丝绸上的秋千架荡起大海的回音
红桦林拨亮一山的缤纷与鸟鸣

须弥春色

万年巨石一觉醒来，于黄土高原
弹落身上红尘，坐成一尊脸如满月的大佛
一山松柏更加苍翠，阵阵松涛也在说法
微微含笑的嘴角，使太阳默如黄金

诸山之王，十万朵莲花托起过来人
世界中心，第三只眼睛镶满峭壁
寺口子河上一线蓝天，野桃花被风点燃
赤壁丹崖，几棵葱绿的菩提树本身就是奇迹

伎乐飞天，于琵琶声中长出金色的翅膀
一座座天梯，脚踩夜叉的天王怒目如炬
师傅背着女子涉过小溪，小和尚却没有放下
还在桃花洞里闭目冥想，岁月已被风化

青铜峡光

大禹挥舞巨斧劈开牛首，颜如青铜
冲开栅栏的野马踏平重峦叠嶂
大河上躺着形同鸟蛋的三个夕阳
九渠之首，开辟了雄浑秀丽的塞上江南

一百零八座彩绘的砖塔趺坐山冈
一百零八个党项的头颅想秃白发
一百零八位实心的喇嘛回到天堂
一百零八种人生的烦恼留在此岸

一道鹊桥架通两岸而发出雷电
一叶飞舟溅起朝霞而挥洒古铜之色
候鸟生息滩涂，翅膀挨着翅膀
秋去春来，红柳枝头孵出一缕缕炊烟

水洞迷幻

水洞沟，三四万年前一双赤裸大脚
走出洞穴，在石头上反复踩出火苗
骨锥被血浸透，将鸵鸟蛋串成项链
十万宝剑找不到主人，回不到剑鞘

大峡谷，兀立的怪壁与土柱构成奇观

哨兵登高望远，僧人手持念珠低声自语
一对恋人相对无言，千行泪水已被风干
战马昂首，士兵列阵，凡被想到皆会呈现

藏兵洞，峡谷悬崖上三公里的迷宫
上下相通，左右盘旋，处处设有陷阱
年年沟底洪水暴发，也未曾淹过
小龛上的油灯，指向将士的生命之源

黄沙古渡

自古一道的渡口，绾住东西南北
是黄沙生出大嘴，还是渡口吐出扁舟
当第一勇士伫立渡口，就已放马漠北
昭君自此渡过长河，落了大雁

扑灭大漠狼烟的旌旗猎猎作响
残存的烽火台释放着内心的孤独
月牙湖仰望贺兰山巅的积雪
风声从中穿过，讲述着前世与今生

滩涂卵石，汀洲新绿，毛乌素黄沙
都在共享德水的轻轻抚摸
筑在枝头的喜鹊巢，使蓝天更加旷远
鼓乐响起，祭河的仪式化金为水

黄河金岸

逐水草而居，是为小溪不竭、草原不枯
沿江河而居，源于母亲的乳汁而生生不息

白云远处，天上之水状若长龙飞舞
冲出黑山峡，突然变成一群转场的牛羊

秦渠汉渠唐徕渠，将荒地变成沃野
两千年引黄灌区，新天府记录沧桑
牛羊塞道，稻浪翻滚，瓜果映红脸庞
渔歌对唱，月沉湖底，蓝宝石仰望星空

十颗明珠镶嵌河边，一道银河蜿蜒南北
长河落日，水韵吴忠，塞上湖城，山水园林
滨河大道守护波涛，座座鹊桥架通东西
喜鹊河流过银川，也流过千金时光

喜鹊流润

来自黄河，银川平原的绿色飘带
穿过银川，经过沙湖又回到黄河
几次更名都没有想到银川的市鸟
我命名为喜鹊河，一条喜庆吉祥的河

一条湖泊连起的碧水，流过家门
胸腔里回荡着不尽的鸟语花香
一条星光闪烁的银河，贯穿凤凰城
城里萦绕着不断相守又不断离别的仙乐

不忍泛舟，不忍垂钓，不忍戏水
喜鹊把上善若水的故事讲给两岸
只是静静望着，从芦苇摇曳的光晕里
映出一座唯心所现的积雪之巅

201

古塔凌霄

海宝塔，塞上最古老的塔高矗湖滨
可能建于后秦，赫连勃勃有过重修
风吹铃铎，诉说怀远镇一千多年的沧桑
太阳升起，为坐西朝东的大佛镀上黄金

立于大雄宝殿和韦驮殿之间的赫宝塔
九层十一级方形楼阁式砖塔，棱角闪耀
四壁出轩宽眉突出，吉祥如意立体呈现
桃形琉璃塔刹直冲云霄，天路向西

沿着一百五十四级木梯，攀登而上
黄河潺潺流过平原，一条蜿蜒的长龙
贺兰山绵延五百里，一匹斑驳的骏马
这只是想象，芸芸众生不敢登顶

长塔铃声

承天寺塔，塞上最高的塔挺立凡尘
建于天祐垂圣元年，秉承天意面向东方
密檐式八角形砖塔，一身挺拔一心简朴
塔尖与空中倒垂塔影之间，祥云环绕

承天之巅的宝石，珍藏着九百多年的阳光
千万工匠的灵魂，镶嵌于八角形的壁面
塔基之下，金棺银椁里顶骨舍利默如惊雷
酥油灯超越时空，照亮前生与来世

翻阅大藏经的西风，念着六字真言
回鹘高僧的演经声，仍在三界回荡
菩提树无风自鸣，清澈的铃声洞穿喧嚣
哎，人们会说我心即佛，不一定心怀慈悲

长城无泪

秦长城，由甘肃而来又向甘肃而去
坍塌之顶被踩出一条小径，白得刺眼
还有羊群游荡。凸出墙外的墩台
已被蚕食，一大片玉米即将漫上城头

明长城，宁夏境内相对完整的一段
沿清水河而筑，紫塞蜿蜒于冈峦层叠
城内水草丰茂，城外布满品字深坑
墙台与敌台，一双鹰眼日夜巡视漠北

三关口长城，沙土石块夯筑于贺兰山间
所有险峻都在其中，所有敌台至今寸草不生
采凿山体外侧的岩石，使烽火台高耸山脊
采石场里，玉石皆碎，被岁月掩埋

沙坡晴空

铺开一页发黄的纸，风声呜咽
画上草的方格，写下树的汉字
一篇治沙的长篇大论，使世界为之震惊
横贯腾格里的大动脉恰是标题

头顶丽日滑下月牙儿一般的沙坡

桂王城里警钟长鸣不已，将士云集

公主的泪水从沙坡下汩汩流出

沙子于一夜之间返回坡头

乘坐羊皮筏子漂流黄河三峡

明灯夜照，转动的水车洒珠吐玉

柳枝垂钓，浑圆的落日把水天镀成金色

白马拉缰，臂弯里的水仗还在进行

沙湖云翔

这是一千对古代的白鹤从天而降

还是一万双农家的小鸭变成天鹅

芦苇荡于眨眼之间孵出满天星斗

阳光下，天使的翅膀把天空擦得锃亮

北方雄浑旷野，怀抱南国秀丽小桥

民歌粗犷如风，眺望对岸温柔似水

在沙里、在湖中都是阳光之浴

久居城市的心灵透出乌云之后的蓝天

轻风铺开锦缎，小舟缝成嫁妆

绣上跳跃的鱼，镶上金色的沙滩和铃铛

一湖铜镜摇曳着桃花的倒影

一位顶着红盖头的新娘坐在轿上

影城雪飘

一部不曾出版也无法盗版的名著

点荒凉成幻景，化腐朽为神奇

字里长满风鸣马啸的枯树
行间空出深巷日出的幸运之门

一卷黄昏底色上原始拙朴的画幅
镇北堡的每一声羊咩都能托起明星
与雪同舞的酒帘上剑光刺骨
月亮门拍摄的电影名叫世界

一本历经八十一难取到的真经
摊晒于爬向黄河的灵龟之背
睡在雪上的婴儿，使时光在此停留
让人听见天籁而空手还乡

崂山协奏曲（十二首）

巨峰观日

历经千山万水，终于登上巨峰之顶
却不敢左手指天，右手指地
没有什么比坚守本我更为艰难
也没有什么比海上日出更加辉煌

站岗一夜的星星踏上回家之路
灯火频频回首。天海相吻之处
难舍难分的鱼白之唇，透出一丝鹅黄
一片橙黄之后跳出一点羞怯的红

旭日跃出海面，滴着淬火的水
唯我独尊的光芒使崂山身披袈裟
使所有的鸟儿睁开第三只眼睛
使我不断变矮，变成海滩的一粒粗砂

龙潭露珠

一滴露水从塞上的白杨树上滴落
风已吹过。从黄土高原翻滚而下
雨未停止。裹上一层层凡尘的铠甲
有别于溪水，不溶于江河

露珠被洪水席卷，滔滔东去
直到梦里的八水河，纵身跳下悬崖
秋雨淅沥，雪花飞舞，三百万玉龙
是战罢还是飞起？确无一片败鳞

前方就是黄海，那里有另一颗露珠
曾是青藏高原上空的雪，一路滋润万物
又重新聚合，已成为不可言说的晶莹
而一颗布满血丝的露珠正在赶路

明霞洞前

面对两棵高大的银杏树，时间伫立
只有一丝海风拂过树叶，了无踪影
但树叶感到了清凉，只是不用说出
生命的艺术自此轻雕细刻，由绿变黄

席地而坐，不在乎各种声音的交织
知止是天，不注意身影的来来去去
时间女神的足迹留于石板。巨石叠架
我与树上的一只长尾雀久久对视

天半朱霞已经淡去，明天会是怎样
洞里是一片漆黑？是另一个时空
还是有人修炼成仙？异香不断萦绕
我只是猜想，没有进去

太清望月

丁酉年九月十六，等待海上月出

坐在太清宫的台阶上，把心地清空
一张不染纤尘的白纸。让目光返回
弯曲成两支饱蘸秋意和黄昏的笔

我在海角，放下千里之外的塞上
不想故乡月明，不忆大漠月圆
不管离愁的月色，金樽里有无月光
只是凝望海面，连凝望本身也已不在

可我没有看见月离海面的瞬间
没有吻别。一只海豚突然跳起于半空
我猛地站起，东南风迎面扑来
送来一幅窗前望月的倩影

八仙墩上

多么狂妄的巨斧才敢在崂山一端
劈出一个大厦倾斜、色彩层叠的截面
多么惊天的大浪才能拍断崖岸
落下十几块不被海水淹没的石墩

只有时间，方可完成这样的旷世之作
可其中的神奇，一千年也难以说清
不舍昼夜的鲸涛鳄浪，一万年也无法计数
还有八仙，小憩石墩之后，过海去了何方

芭蕉风起，葫芦荡舟，白玉避开海浪
横笛云游，莲花怒放，长剑直指苍穹
我在石墩上小坐，不为成仙
只想纵酒三百杯，独自醉卧天地间

那罗延窟

茫茫海面飘来一叶小舟，禅杖伫立
一双芒鞋踏上海滩，深秋瞬间逆转
崂山所有的莲花全部绽放，清香四溢
整座山峦也成了一朵巨大的莲

在海岛上，在群峰间，在花岗岩石洞
石壁盛开花瓣，地面展开莲叶
佛龛在上，跌坐如石不知何年何月
袈裟金光一闪，一朵莲花顿绽九霄云外

大师修成正果，破洞而出
留下通天的圆洞，漏下直指心灵的天光
我从窟里出来，秋雨依旧淅沥
旁边的松树显得更加翠绿

白云洞旁

不言天高云淡，不谈地广野丰
在崂山，只是观海，借一棵古树
稳住疲倦之躯，尘封的心绪浪涛汹涌
拍打不可没有的傲骨，回声如初

漫山的石头都在静修，仙气如冠
尤其是青龙、白虎、朱雀和玄武
架成一个四方星宿的洞天福地
白云源源出岫，大鸟尚未飞倦

洞前两棵相伴千年的银杏树
树冠庇荫着鸟儿，我的故乡却无踪迹
树根紧紧连在一起，在岩层深处
叶落归根，大地上的漂泊者何处可归

狮岭云飘

崂山之石已非石头，而是无边遐想
神龟探海，竹雀栖息，窈窕虔女，经书搁崖
还有太平宫东北的山岭，几块巨石叠在一起
便是狮子峰，卧在缥缈的云雾之中

顺着雄狮微张的嘴，找到一只跪乳的羊
羊的后面是一只朝天吠叫的犬
只是片刻。不管怎样横看还是侧望
都在云中。谁在云外手捧一枚红叶

崂山的白云与石头一样，如心所想
一顶绒帽，一条玉带，一朵百合，一幅人像
在像与不像之间不断变幻。云后的风
我无法描述，只想到阳光里的天使

华楼叠石

层层奇石叠成三十余米的方形高楼
孤立于华楼山顶，高矗于松涛云端
四壁刀削斧劈，顶部莲瓣铺展
常有白云打坐，又有霞光镀金

异石从何而来？又如何叠加

伫立山头多久？目送过客多少
王母娘娘在此梳妆？八仙曾经一醉方休
是谁攀上叠石？青玉碗、白玉像又在哪里

这些都没有答案，也找不到好像
只能传说，留下一道道永远无解的谜
神秘的力量从石缝中透露出来
一座未来的石佛，怎样才能去掉它的身外之物

九水画廊

在崂山，无需一个苍山如海的高空
命名漫山奇石，指点九水十八潭
条条涧水也无需一个走向世界的梦想
一味向前奔涌，不顾两岸饥渴

涧水并不宽阔，遇石也会拐弯
或者积成潭水翻越而过。水下的水
默默渗入土壤，抵达草木之根
又悄悄向上，仿佛回到生命的源头

逆九水而上，直到巨峰北麓
在一棵树下，在一块岩石上
我翻阅一路的作品，竟然没有涧水
只有小草嫩绿，叶子舒展，花朵绽放

岩瀑三叠

崂山涧水，流向一切低于自己的地方
也如一把闪光的铁锯，永不停息

锯开岩石，甚至一座座山峦
所有的锯痕之上都是蓝天白云

来自天乙泉的水，穿山越岭
在北九水的尽头，纵身跳下
又再三折叠，一个靛蓝色的水湾
一波波浪潮与我的心跳互相协奏

暮色一遍遍涂鸦峰岭，包括金菊
从车马之喧到百鸟之鸣。潮音瀑
均匀地呼吸着。渔归的灯光越来越亮
转身之后，一双杏眼闪烁于西北夜空

蔚竹观望

在凤凰崮下，在蔚竹观，望向四周
透过通天的香火和殷红的枫叶
一块巨石岌岌欲坠，令人不敢仰视
一把石剑直插苍穹，分开横跨之虹

一千座峰峦，一万重山色，十万个奇石
一百里荷花，三十里鸣泉，十几里清溪
一把黄伞移动于翠竹成林的小径
一棵八百多岁的银杏树金光灿烂

几棵苍郁的松柏谈论着虚仙世界
一棵耐冬树等待飞雪，续写亘古文章
一阵轻风从庵到观，由道姑而道士
一杯清茶也有真意，只是语言不能触及

卷 五

| 当时：江流河涌 |

红炉一点雪（六首）

戊戌春花

迎春花、桃花、杏花、梨花
还有海棠、丁香、白玉兰、郁金香
有的推后，有些提前

全都盛开于太阳升起之际
在银川，整个世界一片缤纷
却在黄昏遇上清明的雪

空

早晨醒来，突然想起：空
是一个字，是我的四周
还是我的内心或者脑海
我感到自己的陌生，想法的奇怪

这个空，会有什么样的暗示
一个个念头飞速划过，快如闪电
却一直没有听见雷声
小区一片寂静，不闻犬吠鸡鸣

天已大亮，可今天怎么非同往日
那些匆忙的脚步声隐于何处

偶然听见一声啼哭，耳朵没有问题
我翻身而起，望向窗外，下雪了吗

雪落窗台

我在医院，隔着玻璃
看银川飘雪，一片苍茫天地
在风之外。雪落在窗台
一瓣一瓣，轻轻落在积雪的上面
每一个角都没有碰断
但我分明听见痛苦的呻吟

雪落城市

雪落城外，大多落到冬眠的土地
融化之后，还有叫醒冬小麦的可能
哪怕是落到树上，也不能排除
可长相一样的雪在城市上空
除了落在可怜的树和瘦小的草坪
还有更小的楼顶、车顶及头顶
其他的雪都落在了大街小巷
被车轧，被人踩，成为黑雪
太阳出来，又化成水，积雪无声
带走凡尘一点一滴的黑

雪水

雪在融化，化成浅浅的小溪
几乎没有声响地流着，触到岸边的雪
便一点一点地带走

雪水渗入土壤，钻进草根
带着阳光的味道和花朵的彩色
还有回到天堂的梦想

雪水触到石头，蹦跳几下绕道而去
石头有了四肢，一群卧着反刍的羊羔
一个个睁大了眼睛

小区绿地

一场秋雨之后
竣工的住宅区
楼与楼之间的空地有了绿色

郊外的农田一片暗黄
街道两旁的冰草都已枯萎
住宅区的草却长得茂盛

一场大风刮过，草绿着
一场白霜降临，草绿着
一场大雪落下，草依然绿着

那不是草，而是小麦
满脸挂着六盘山的泪水
至今依然晶莹

四月深处（九首）

四月雪

银川的四月并不残酷
只是供暖结束，家里冷于室外
春色由此开始，在大地上铺开一片缤纷
迎春花小心翼翼地开过昨天
一场迟到的雪花飘在天空
舞得比任何时候都要缓慢而又抒情

把我从老家舞回县城
是一场鹅毛大雪，舞白了整个世界
一个最后的牵挂成了断线的风筝
我生活在春寒的最深之处
盲目于无人的街头方知身不由己
我不敢停步可又不知该去哪里

我踩着影子踽踽独行
街灯下的雪地闪着幽灵的紫光
仿佛点燃了我心里的一盏油灯
使我看见了无限延伸的小路
雪越下越大，我是一块被雪温暖的冰
自此，我年年都在盼雪

是的，一冬无雪该是多少个如隔三秋

春雪突然而至又是多么令人惊喜
春风温柔，吹着丁香，拂过叶子
从小小的花芽上一再抚过
雪花落在无数个努力伸出的小脑袋上
一个激灵，整个塞上伸直了懒腰

我又一次被东南风簇拥
成为风中一朵大夏的雪
带着花香，跑向西北，在贺兰山麓
仿佛与另一朵最美的雪，撞个满怀
是携手飞翔？还是碰断翅膀
或者是雪飘空中，雨流大地

九滴水

今天是周末，醒来却如平时
不闻鸡鸣，几声犬吠显得单调
晨星渐渐隐去，沙尘远在贺兰山外
没有散步或者锻炼的习惯
可一个出去走走的念头一再闪现
难道是我梦见又忘记了什么

微风习习，出了单元门
就向着西边，在小区走上一圈
顺时针转一次自己的山水
感觉被指引却又一片茫然
一阵旋风送来浓烈的芳香
将我团团围住，并且沁入肺腑

是丁香的芬芳，是我最熟悉的味道

顺着香味找到一棵丁香树

更是一棵高过红尘的菩提树

正在盛开紫色的花瓣，一共九朵

其中两朵五个花瓣，便是传说的幸福

开在浇水之后，阳光未照之前

我相信丁香花的绽放与浇水有关

如同万物皆有生命，也有灵魂

更相信渗入树根的水，通过枝干

不断向上，走进绿叶，直抵花苞

一滴水，足以从内部撑开一朵花

并在花瓣上留下清晰的湿润

小区的浇花之水来自喜鹊河

来自黄河。撑开花瓣的九滴水

一定来自巴颜喀拉的雪，来自天堂

一直等到春天，率先融化成水

不舍昼夜地奔波几千公里

绽开丁香，便躲在艳丽和芬芳之后

五瓣丁香

一到四月到处都是盛开的丁香

在公园在绿化带，一树白色一树紫色

奇异的芳香和神秘的传说

使众多的年轻情侣来到树下

寻找或白或紫的五瓣丁香

寻找他们凡尘的幸福

绝大多数丁香花都是四瓣

找到一朵五瓣尚有可能
而找到两朵相依的五瓣那是奇迹
怎能由此测验是否真心相爱
只能测出传说的魅力和青春的活力
还有我路过时由衷的羡慕

五个花瓣的紫丁香
我曾陪着女朋友找过
她还写了一篇散文，写到一对老夫妻
后来，我们一家三口也找过
我们心里都很清楚
都听女儿话，这是秘密

湖城的春天，因为丁香怒放
才让我感到了大自然的气息
也只有丁香强烈而霸道的芳香
可以穿越林立的楼房和拥挤的大街
并且超越任何的味道
哪怕堵在路上也能钻进车里

任何一棵丁香树都是我的菩提
每次相遇，我都在心里双手合十
尤其在塔尔寺，一棵六百多年的西海菩提
原名白旃檀树，又名暴马丁香
十万枚叶子四季常绿
十万朵五瓣丁香永远绽放

眼神

仅仅是擦肩而过，却让我停住了

匆忙的脚步。几乎同时回首一望
我无法说出心里的感受
只觉得隐秘了很久的一个角落
突然涌进一片清澈的光
不知相望了多久，说不清是什么原因

我转身离去。尽管我走得很慢
一直想停下来，还想回眸一下
更想追上前去对她说上一句话
但我还是走进越来越深的黄昏里
走进同样的四月。我突然想起
曾在乡间小道，遇到一位白衣女孩

那双在春风中闪烁的目光
闪电一般划破我的夜幕
清理着我走过的路
随后便是一眼来自大漠的清泉
荡漾着蔚蓝色的轻波，缓缓渗透我
所有的堤岸。仿佛流进陶罐的水

不仅挤走了里面的空气
而且挤碎了陶罐
很多年了，那恋人才有的目光
去了哪里？我整天都在忙些什么
陷入身外之事却浑然不觉
读书万卷如何，行路万里怎样

我似乎一直在远离自己
直到另一双目光出现于银川街头
一种蒙眬而清亮、温柔而坚决的光

直抵被我遗忘的一隅，引领我回到内心
唤醒那双遥远而凄美的目光
以及其中蛰伏的神性

味道

黄昏时分，我毫无目的地走在街上
大脑几乎一片空白，一股强烈的气味
扑鼻而来，使我一阵眩晕
我见过的花朵同时盛开
我到过的地方全部浮现
一种波浪轻抚的暖意之后

是一股透心的清凉。非常亲切的气味
只闪现了一下，可能不到一秒
我甚至怀疑那股气味不曾出现
而是我突然想起了什么
比如一个积雪的村庄
枝头的喜鹊叫了几声

一股炊烟走得太快而闪了小腰
或者那股气味来自很远的地方
一路风行而有别于风，仿佛只为回家
我是气味的家啊
所以当气味抵达我时
已经耗尽了最后的力气

任我怎样去嗅也不见任何踪迹
就像我已无任何痕迹的老家
此刻，我站在丽园巷口

迎着徐徐拂面的春风

一阵阵丁香的芬芳飘荡过来

夹杂着尘土和汽车尾气

还有说不上名字的香水

我在众多的气味中，极力分辨着

只属于我的气味，并且找遍了内心

好像是雪在手上融化的气息

又觉得是大年三十的香味

只是这股气味没有名字，也无法比喻

问候

面对一张白纸，我不知道

该怎样落笔，我怕写错而涂掉

怕听见揉纸的声音，更怕一旦下笔

就意味着一个无法挽回的错

可我最想写下一句话

你好，近来可好

我不知道你是谁，现在哪里

是四月还是遥远的故乡

是离我渐渐远去，还是隐身于茫茫人海

或者从天地的连接之处姗姗而来

关键是我把白纸举到亮处

看见一缕缕飘荡的烟岚

一朵朵静默的白云

一个个隐隐约约的面庞

以及神秘天空漏下的缕缕阳光

我听着笔在纸上滑动的声音
或轻或重，或快或慢
其中夹杂着我的一声声感叹

使我穿越了城市的头顶
一群白鸽在阳光下，飞得只剩下翅膀
不管你能否听见我的问候
已与这张白纸没有关系
即使写错而涂掉，但问候依在
这已足够，让我感谢北方偏西的春天

让我想起老家的年轻时光
而家里停了暖气，也没有火炉
接回上学的孩子，做碗热腾腾的面条
银川的阳光尽管灿烂
但我最想写下一场春雨
让我的问候随雨洒遍干旱的大地

泥土

乡下的亲戚先后进城，适应城市
布谷鸟一直在鸣叫，从春天到秋季
喜鹊立于树梢，成了银川的市鸟
带领成群的麻雀，在小区飞来跳去
燕子翻飞在玉皇阁四周
似乎坚守着什么

在小区，最多的声音就是狗叫
而不是犬吠柴门。大狗小狗此起彼伏
尤其是夜深人静，我正欲入睡

一声狗叫突然空袭，所有的狗
都跟着狂叫，铺天盖地的轰鸣中
还夹杂着公鸡的鸣叫

不能再静的夜，难以入眠的清醒
树叶悄悄生长，天亮之前长得更快
砖头镶嵌小巷，沥青铺平大街
就连街旁的树坑也盖上石子
或者用铁圈围住
凡有泥土的地方都种上花草

是的，城市改变了公鸡的鸣叫
需要乡间散养的笨鸡、山上野长的果子
更需要来自泥土的粮食，也能接受
打了农药的蔬菜和含有瘦肉精的牛羊
还有品种繁多的转基因食品
但城市拒绝泥土

没有泥土的城市
我一直都是满身灰尘
在此生活三十多年，依然两手空空
只有清明，走向老家，走在耕过的土地上
在两座长满青草的坟前，跪下磕头
我这块来自城市的砖头，无泪可流

繁星

我突然想起夜空，想起繁星
感觉没有模糊，一出现就无比清晰
漫天累累硕果，一片色彩缤纷

缀满穹顶，眨着大大小小的眼睛
放射着诱人的蓝光，直接渗透全身
我仿佛躺在小溪蛇行的草原上

星光源源不断，一只只温暖的手
似乎为我延伸。身边的野花有些暗淡
所有的小草还在沉睡
风在天外。没有一声虫鸣
但有一种流淌的涓涓声
像蚯蚓在泥土中穿过草根

身体与大地之间出现了什么
是衣服和皮肤，还是小草与花朵
或者是星光如手弯曲，织出一个飞毯
托起一个又一个的我
只是所有的小草都站立起来
成为我不能分离的一部分

一阵战栗，这是四月的黎明
手机的铃声仍然响彻耳边
我怎么就没有听见
反而只有寂静，只有满眼的繁星
可城里没有星星，都被街灯遮蔽
也与我睁开或者闭上眼睛没有关系

那么，繁星只能出现于老家的夜空
或者一直潜藏于我的记忆深处
今晨突然来访，好像只为了告诉我
我曾居住过的老家，房屋已被拆除
院墙夷为平地，连同门前的小路

都种上了花草树木

回家

我放弃很多外出的机会
游遍大好河山不是我的梦想
也无关曾经沧海。我喜欢安静
外出一周就是极限，我就要回家
回到一幢楼的六楼之室
那是我和妻子女儿生活的地方

黄土高原上一个名叫沈家泉的村庄
是我十八岁前生活的故乡
可一夜之间，老家轰然倒下
长出一片紫花苜蓿
时间久了，我要回趟老家
尽管每次回去，已无栖身之处

只因父母长眠在老家的地里
年年由土豆、胡麻、玉米轮流陪伴
他们曾经逃荒，一路北上落户于此
一生与人为善，与世无争
早已进入百花盛开的花园
不能尽孝的无奈是我带走的空酒瓶

回到甘肃静宁，一个更老的家
爷爷是清末秀才，是老家的文人
还有大伯和三叔永远留在双岘村
我要给他们磕头，与堂兄聚聚
还想看看珍藏的家谱，又是四月

可一出县城就走错了路

回到江河源头的青藏高原
找到祖辈放牧牛羊的地方
在离天最近的山峰
一块巨大的白石上铭刻着时空隧道
能让我这个大地上的流浪者
回到仰望已久的星空

柳枝钓浪花（六首）

长河莅宁

从星洒清露到月涌甘乳
她在青藏高原把羊群放到天边
从涓涓细流到胸纳百川
她在黄土高原唱出民族的心声
从万马奔腾到牛羊遍野
她穿过黑山峡而荡起母性的波光
从一河德水到百渠纵横
她的岸边枸杞吐艳，稻浪流金
从喜鹊河到凤凰城
她最小的女儿在银川盛开如莲
从塞上湖城到入海口
她一河的明珠辉映灿烂的银河

泥土之花

我在银川生活了几十年
第一次静静地坐在黄河岸边
望着一河竞相绽放的浪花
却没有看见任何一瓣的凋谢

一朵浪花在河心跳出，落下后
又在前面盛开，又一朵浪花开在河心

但已不是刚才盛开的那朵
那朵浪花已经挺立于突起的浪尖上

千万朵浪花不断地怒放
每一朵都在努力展示高原的色彩
无数朵浪花不停地流淌
每一朵都在泥土的芬芳中得以永生

河过家门

是的，我坐在黄河岸边
看了一个下午的河水
柳枝钓浪花，鸬鹚啄涛声
尤其是夕阳落在河里
我被一河的光辉淹没
又在黑夜之中得以复活

我一直以宁夏有黄河而自豪
也一直以银川没有河而自卑
现在，来自黄河流向黄河的喜鹊河
从我家门前潺潺流过
我常常和远方的朋友们
聚时品塞上，别后忆江南

水车

一个高大的水车立在河边
经流水冲击，圆轮缓慢转动
轮上的水桶逐个装满河水
渐次提升，转到顶端

便自然倾斜，将水倒入渡槽
润泽田野，昼夜不息

众多河水只是经过水车
奔向遥远的海洋，汇成时间之墓
有些河水被岸挽留
渗向无数个想象不到的地方
有些河水绽开花朵
一直向上，成为我永远的仰望

被水车提取的河水已非河水
如同取自时间长河的一分一秒
不再流逝，而是活在细微之处
在叶茎，在花蕊，在果实的形成里
阳光西斜，一野大大小小的眼睛
明亮而细小的波光不断闪现

渡河

我要回家，等待渡船到对岸
河水流淌平缓，显得有些宽阔
一叶小舟或者羊皮筏子也能胜任
望眼欲穿之际，从上游的雾中
露出一个小点，渐渐看清是一艘船
停在码头。一部分人下来
另一部分似曾相识的人向我招手
我犹豫片刻，还是上了船
船却顺流而下，下一站会在哪里

梦海

宜居之城最大的湖，依山偎桥
西部最大的城市湿地，河道蜿蜒
百荷映日，千顷苇荡，万鸟翔集
爬犁绕着陀螺，冰雪写着童话

伫立览山，灯火点缀四野
月光与湖水互相濯洗，轻波荡着宁静
可总觉得缺点什么，犹如一座大庙
已经建成，灯火辉煌，神却尚未降临

驻足阡陌间（八首）

一天

早晨被闹钟叫醒，赶紧刷牙洗脸

吃着一块饼子挤上公共汽车

最担心的是迟到

中午在街上吃一碗面条

趴在办公桌上，常被电话吵醒

晚上回家吃点凉了又热的饭菜

把电视频道换来换去

躺在床上翻翻闲书，难以入眠

今天就这样了，明天后天又会怎样

头脑异常清晰，想象无边无际

一直想到家里没有安眠药

起身饮下几杯浊酒，又从眼里渗出

想起

躺在床上，一旦想起你

我就会失眠，每个念头都是水上葫芦

还有婴儿般的猫叫，划开黑夜

又蛇一般游走，我对你无边的想象

又想起了你，只是猫叫未至

我在睡与非睡之间被紧紧夹住

分不清是眠是醒，甚至不知道你是谁
就像时间，躲在想起的尽头

画像

给他画像的念头又从墙上
生长出来，墙皮是他清白之上
一层泛黄的暗示，被我一把揭穿
像挖掘机那样拆掉红圈中的拆
排列亲密的砖石
生硬地扭动并且吱吱作响

墙向我倾倒，无比生动地
穿过了他，仿佛一只老鼠逃离洞穴
咬得白昼流出黑色的血
只有一个轮廓的头像化为烟尘
所有的颜料都被埋葬
但我看见他弃我而去的全部过程

转世

狼也会转世，转进我的身体
使我始终为它奔波，身心俱疲
两手无力，却又悬在半空
一枚回不到故乡的落叶

且把烦恼当成智慧
在拥挤而孤独的城市竖起耳朵
狼嚎的声音从山上倾泻而下
把我缩在一个不能再小的墙角

气息

乘车驰向贺兰山
一路上，我都有一种淋雨的感觉
靠着车窗，听着雨声，沐着清凉
呼吸着青草绿树的气息

久违的气息覆盖了城市
带我回到遥远的乡野
蒲公英的小伞飘过头顶
一个女孩的目光穿透童年

青绿的气息潜入身体
找到曾经的一蓑烟雨
系着夕阳的一叶扁舟
还有一曲霜叶纷飞的笙歌

钓鱼

不管是成就功名的机遇
还是鱼我影三者的幻化
不管是风中的浣女还是弄舟的未来

不管是蓑笠翁的孤傲还是一江秋色
甚至斜风细雨尽在钓上
而留给我的只剩下鱼本身

直到太阳西斜，我才钓了一条小鱼
恍然觉得另一条鱼正在流泪

流成一湖的泪水

夕阳西下

夕阳西下，晚霞由红到灰
被涂黑的山冈有些朦胧
雾气缓缓升腾，小树林渐趋隐约
眨眼间，小溪不再明亮
偶尔传来的鸟鸣也有些昏黄

闭上一会儿眼睛，再看天空
似乎一下子就完全黑了
黑得透不过一分一秒的跳动
除了几颗被挤出来的星星
除了很轻的风拂过脸颊

我在哪里
山冈，树林，小溪，它们还在吗
如果在，怎么看不见
若不在，明天怎么还在原来的地方
只是不知道原样有无改变

篝火晚会

当夕阳西下月未升起星未点亮之时
天是空的吗
天有空的时候吗

天空的时候是一种四大皆空的蓝
凡尘的我怎能看见天空

空出来的蓝呢

只见月牙挂在枝头
星星探出脑袋
篝火已经点燃，乐声和歌声混在一起

夜深且静，远处传来
奇异的鼓乐之声
还夹杂马啸、羊咩和鹿鸣

踽踽西行（十三首）

第一步

黄昏里只有一缕炊烟
但充满天空
是来自我肺腑深处的问候
面对大地，我要写下
一条属于自己的路，不管坎坷与否
我已开始了历险的第一步

当我踏上丝绸之路
一首告别的歌如影随形
身后是渐渐尘封的足迹
前方是正在盛开的梦想
在扑面而来的芳香里
一盏风灯为我而亮

空出的蓝

原州秦长城，在几个零散的院落之间
几棵白杨树使山坡更加倾斜

这片塞外土地，曾被蒙古人的赤兔马
重重踏过。风把响声送到天堂

一大片胡麻从天上铺挂下来
开着蓝蓝的花，我仅仅看了一眼

夕阳西下，长风轻诉
血红的蹄印下尽是盛酒的髑髅

背影

路边的胡麻花连成一条蓝色的飘带
一直飘上秦长城
一个红色的背影在我面前一闪
一页旋转的纸片被雨打湿
旁边的小树放飞内心的绿

我的喊声穿过雨丝
甚至碰斜了几个雨点
落在比原先稍远的地方
转眼即逝，背影消失在雨外
我站在雨里，迎着源源不断的西风

穿过黑山峡

蓝天白云之下，河西走廊以东
是一野无边的向日葵

所有的向日葵都迎向上午的太阳
而一朵高大的向日葵面向西部

所有的阳光都越过一个背影
洒向十万朵向日葵高举的笑脸

我在丝路上向西而去，恍惚之间
转过身来，拍了一张逆光照片

兰州遇雪

银川无雪。我一路向西
一盏酥油灯始终高悬前方
白银城外，一朵朵祥云现身于蓝天
相互拥抱，将电闪雷鸣隐藏在身后

宁静如初，乌云与白云融为一体
风从云边擦过的声音可是天籁
一匹巨大的丝绸，与我同行
或者一个眼神，顿使西天变成一色

越过皋兰之巅，覆盖黄河两岸
一棵棵孤傲的柳树仍在守护家园
金城之上，我一路念想的雪花
纷纷跳出，精灵一般肆意飘舞

黄昏时分，我和长大的小雪走在一起
天水南路年味扑鼻，红泥火炉近在眼前
不用多言，只有醉卧雪野才算归乡
至于前往敦煌，待到雪融之后

倒淌河边

从日月山到青海湖
一条从东向西的河
是文成公主西行的泪

还是女性的万般柔肠
是龙王的一根胡须
还是小龙女的第一百零八个烦恼

有人听见河水流淌的是
呢喃，叹息，低诉，呻吟
连藏民所说的汉话
大多是倒装的句子
此时，我望着清澈见底的河水
一尊未来佛就在日月山下

青海湖畔

越过金黄色的油菜花
我看见了青海湖
一望无际的湛蓝令人眩晕
更不敢面对
仿佛觉得自己内心的阴影
会被湖光照亮

十万只候鸟盘旋湖上
十万条湟鱼游荡湖里
我捧起湖水尝了一口
这咸涩的大地之泪啊
一浪一浪把沙子推到岸边
我成了其中的一粒

焉支山顶

我在山丹一直醉着

重游故园的感觉始终萦绕

被一群蝴蝶簇拥着，登上焉支山

曾给妇女增光添彩的胭脂山

与贺兰山、积雪山并称的大夏神山

走进还在修缮的钟山寺

仰望长于岩石中的焉支松

匈奴西去的歌还在林中响彻

党项在神山上祭天的场面仍在闪现

焉支山依旧葱郁，我只是来了又去

野餐

在羊鹿沟的草滩上

白云把蓝天飘得不能再蓝

我们先干为敬地谢过主人

吃了世上最香的羊肉

喝了世上最烈的酒

都喊出了最大的嗷嗷声

一伙来自城里的野蛮人

有的唱歌，有的跳舞，有的撒欢

我往草地上一躺

撞到一个泥塑的佛头

鼻孔融入草地

眼角还有水的痕迹

焉支蝶

七月，我带着一身酒气

来到焉支山下
草地，花丛，山坡上的松树
还有飘在山顶的白云

山野的气息扑面而来
到处都是各种颜色的蝴蝶
我在拍摄一只采花的蝴蝶时
另一只蝴蝶落在我的手上

两只可爱的白蝴蝶一起飞走
却让我看到更多的蝴蝶
我边走边看这些飞舞的野花
很快就到了山顶

一匹马

见到久违的草原，我就是一匹马
在山丹马场，我没有找到英雄
只能吃草，吃匈奴、突厥、党项留下的草
可草没有了当年的味道

这些冰草、苜蓿、老芒麦
好像受了什么熏陶。没有雨雪的芬芳
没有泥土的气息。没有锋利的草尖
吃草时，我根本不用闭眼

阿米娜

在阿尔泰山脚下辽阔的荒原上
阳光顺着山坡铺排下来

一个黑色的巨石似乎来自天外

我轻轻地拍了一下
一圈一圈的涟漪随手荡开
还有一种似有若无的鸟鸣

一户不放牧的牧民常年守护着巨石
一位黝黑脸庞里藏着妩媚的女人
她说这不是陨石，而是神的眼睛

大眼女孩

这只是一条山野小径
仅仅与她擦肩而过
我就成了天上落下来的西飞雁
她的微笑，她的声音，她的芬芳
在我心中绽放、回荡、萦绕
可我说不出她的美

我从几千里之外来到新疆
是为寻找一个辽阔无边的梦
只在一道栅栏旁停留片刻
便被她丢在了茫茫山野
我与她，一个眼睛又大又圆的女孩
注定只有一面之缘

碎片微光（六首）

风过处

天亮到达南站，碰上一个特殊的日子
出站时一脸茫然，进站都是行色匆匆
天空阴沉，无人听见我问路的声音

街道盲目，几棵零星的柳树一片死寂
但每一枚叶子上都留着风过的痕迹
一路碰壁，终于找到诗公的家

面对一桌子东北风味的菜肴
大家都没有胃口，我喝了几口啤酒
只是想着怎样尽快离开

一年无事

一年，似乎所有的事就是为一个人
送行——从银川到北京，然后一路南下
命中注定没有关系，才迈出人生关键一步

好像一年都在路上，停留只是逗号
每天都要吃饭，却想不起吃过什么
大概一年没有喝酒，或者饮过但没有印象

应该还有难忘之事，可只剩一个名字
即使刻意去想也只有轻轻的风声
是啊，时间把一年变短，变成虚度

吸引力

她把他发表于期刊的一篇文章
提及我的一段拍照发我
我回她，那小子够坏
泄了我二十一年前的密

我把她的拍照转给他
说，朋友拍的，转了我
他发了两个捂脸的表情
说，在银川开会，明天返回

我猛然想起她，十一年前
在杭州见过一面。忙问她在哪
她也发了两个捂脸的表情
说在沙湖到银川的旅游大巴上

时差

他们是同班同学，时隔三十年
终于相见，他显然要大她十岁
他们合影，在手机里仔细端详
寻找当年身影，怎么会有十年之差

可是因为他上了青藏高原
她留在天府之地？但都已成过去

那些误会、分手，还有失联
相逢的感慨一如锦江滔滔南下

可是因为海拔越高时间越快
经过测试，四百米相比零海拔
每天会快四纳秒，也就是十亿分之四秒
即使在珠峰，三十年也快不到一秒

不到一秒的时差，完全可以忽略
也影响不了人生，可十年的差异
深刻于脸上，显然与时间有关
但又无法证明是时间留下的痕迹

寂静之外

今天是大年初五，天空晴朗
我戴着口罩走出家门，小区空旷
街上行人稀少，偶有汽车驶过
阳光还算明亮，但心上乌云翻卷
寂静成了一种令人畏惧的无形之力
尤其是几声喜鹊的鸣叫之后

想做点什么，几次提笔未写一字
打开电脑，文字显出自身的苍白
拿起手机，各种信息轮番轰炸
公共卫生是我所学专业，却真伪难辨
我该相信什么，承认自己无能
摸下额头，一腔话语只是一声长叹

病例时刻增加，所在小区出现一例

市场、野生动物、传染源、谣言
甚至真相，都没有抢救生命更为重要
医疗队纷纷出征，望着他们的背影
我有了一丝战胜自己的力气
尽管条件不符，但我愿意参战

一座染病的城市不需要埋怨
更不需要道德名义上的自以为是
就像有人生病，白细胞冲锋在前
不能指责它数量增多，而需要消炎
需要医护人员的治疗和护理
更需要树立患者战胜疾病的坚定信念

这是一场发生于人体的大战
病毒的繁衍速度和传播能力超乎想象
白衣天使与死神搏斗，争分夺秒
哪有时间看手机，读诗文，听朗诵
他们需要珍重自己，需要热饭和睡眠
更需要医用口罩、防护服和防护眼镜

窗外异常安静，可我一直坐卧不宁
唯有奢望，所有的人都像白衣天使一样
即使在后方，也能付出一点真正的爱
一件急需用品，一句发自内心的安慰
点亮一盏洞穿黑夜的灯，救命要紧
求求大家不要制造风雨，反思有待来日

今天立春

今天立春，农历正月十一，星期二

时在下午五点零三分十二秒
属相猪鼠十二交替，己亥庚子六十轮回
是一个冬止春始的时刻
我企望成为一个关键的生命拐点

立春，二十四节气之首
一年之计四季序幕由此开启
熬过寒冬，白衣天使还在拼命奋战
走进新春，治愈率呈现上升趋势
一阵阵春风送来一个个新的希望

在这特殊时期，我们都要充满信心
请求冰雪消融，大江南北呈现新绿
请求黑夜隐退，明媚阳光普照人间
请求敬畏生命，所有伤口都能愈合
请求言行健康，凝聚必胜的精神力量

这一年的瞬间（二十四首）

排队

一年的大事莫过于回家过年
所有的希望莫过于一张火车票
网上可以订票，可取票窗口排起长龙
一个女孩乘坐的火车马上要开
她没想到，排在队前男子让她先取
更没想到，男子走到队尾重新排队

等待

十几位农民工背着大包拎着小包
来到地铁站，他们要去火车站
要回家过年，却忘了上班高峰
他们没有上车，怕挤占了上班族的位置
等了一个多小时，乘客明显少了
然后再等火车，他们走在时间之前

背着

火车站，一个男人提着很大的编织袋
肩头背着一只更大的玩具熊
黄色熊身使白色嘴唇格外醒目
这应该是他带给女儿的礼物

女儿开心的模样顿时浮现
让熊陪伴，他要打工养家

拂雪

街道一片洁白，购物广场门前
五名消防战士伫立风雪之中
一个十一二岁的男孩
身穿红白绿相间的校服
走上前去，在执勤战士身后
轻轻拂去他们肩上的雪

环抱

一名消防员一年未见家人
当他扭头看见妻子抱着儿子时
顿时落泪，原来是中队安排的惊喜
他伸手要抱儿子，却惹哭了宝贝
便一个环抱，把妻儿抱在一起
坚强有力的双臂，尽是柔情

紧抱

地铁上，挤满了奔波的人
一个穿着校服个头不高的男孩
踮着双脚，右手抓着扶手
左手把熟睡的妈妈紧紧抱着
不知道妈妈是累了还是病了
但他是保护妈妈的男子汉

捡拾

街头，一名男子将纸箱子
放在电动车上。途中不慎掉落
现金散了一地，被风刮起
附近的人们都来捡拾、追赶
他愣在原地。可人们都向他走来
把钱放进箱子，回家一数分文不少

举起

环卫工在清扫街上垃圾时
发现一条电线横落街道中间
正逢下雨，如果漏电就十分危险
他拿起铁锹，将电线高举
行人车辆从他身边通过
一位美发店的店员为他撑起雨伞

被偷

外卖小哥被偷怕了
在车上贴上这样一段标语
如果你也是被逼无奈，请别放弃
我也不容易，请别拿车上的餐
箱底有十五块钱，请你吃一顿热饭
生活总有希望，我们一起加油

听歌

送完餐的外卖小哥突然停下
因为一位截肢的小伙坐在街头
对着麦克风大声唱歌，地上铺着简介
他听着为梦想而奋斗的歌声
想起自己的生活，起码还有健康
他噙着泪水，留下身上所有的钱

敲鼓

街边，一个青年把干活的桶
当成架子鼓，微闭双眼
敲得目中无人，仿佛登台表演
他从小爱好音乐，梦想考入音乐学院
可生活跟他捉了迷藏，成了装修工
一间间毛坯房被他变成音乐殿堂

推车

人行道上，街灯明亮
一位穿着老头衫的男人推着三轮车
车上有一块收购旧家电的广告牌
一条黄狗把前爪搭在车后
不像玩耍，而在帮忙推车
两条后腿像人一样行走

吃雪糕

公交车上，乘客不多
一名三岁多的小女孩，梳着短发
穿着橘黄色上衣，双手扶着
蹲在一个不锈钢垃圾桶旁
小脑袋一伸一伸吃着手里的雪糕
只为雪糕水不要滴在车上

敬礼

地铁站台，小女孩被妈妈抱着
每次遇到武警，都要多看一会儿
莫非她的爸爸是武警或者军人
这次，她向执勤的叔叔敬了礼
尽管不够标准，但得到了
武警叔叔微笑而郑重的回礼

荡秋千

应该是中午，一家店铺正在装修
二楼的灰墙上镶着醒目的文字
一辆白色的吊车停在门前
一条较宽的带子挂在吊钩上
一个男人荡着秋千，他是司机吗
好像已经睡着，回趟童年倒也不难

托住

在小区附近的施工现场
建筑安全员突然听到尖厉的哭声
一个小孩挂在三楼的护栏上
他跑步过去，搭起梯子
双手托住孩子，直到消防员的到来
他一心要救孩子，哪怕违规受罚

骑行

一位身着黑色短袖衫的男子
左手举着吊瓶，右手握着车把
在街上骑着自行车，显得有些慌忙
会有什么急事，电话不能解决
自己正在输液，都不能停歇
还要赶路，显然不是为了自己

守候

一所宠物医院门口，架子车上
一条小狗静静躺着，输着液体
身上盖着一个麻袋片
一位衣衫破烂的老大爷盯着吊瓶
一点一滴，仿佛在对小狗说
赶紧好起来，不能丢下我

安慰

地铁站台，一位女子一直在哭
孩子病重，已经负债累累
还在医院，没有度过危险期
经工作人员一问，她放声大哭
一番搀扶，擦泪，安慰，鼓励
她说，谢谢大姐，我能撑住

救命

火车站台，人们排队等车
一个女子越过黄线，向铁道扑去
一位正在值班的工作人员
眼疾手快，一把抓住女子的右臂
用尽全力，从站台下拽了上来
摔倒在地，火车头从身边擦过

打架

夜晚路灯下，一个男人在打架
跟街边一个枯死的树桩
拳打脚踢，摔倒而又爬起
与树桩一起摇晃，但不像喝醉
或许受了什么委屈，要出一口气
相信他会想起明天，拍拍身上灰尘

运鱼

一位货车司机被交警拦住
因有几十条疲劳驾驶记录
他运送活鱼,每天凌晨往返两地鱼市
跑慢一分钟,可能会死几条鱼
他是顶梁柱,他累垮了家就塌了
听了民警的话,他转过脸咽回眼泪

托着

一个二十多岁的青年在城里打工
老家的奶奶摔了一跤而腿脚不便
把奶奶接到城里,租了一间地下室
今天出去转转,可奶奶不让他背
在奶奶身后,他从腋窝双手托着
一步一步走在冷清的街头

回家

天气寒冷,一位放学很晚的女生
在小区门口,一个水果摊还在摆着
她买了几个苹果,转身的瞬间
老奶奶一头白发被风吹起
她又扫了二维码,支付了所有的钱
帮老奶奶收拾摊点,送她回家

時間歇詩

卷六

|心时：莲花点灯|

第五个季节（十一首）

茫然

哎，你就像我梦里徜徉的一位女孩
秀发披肩，穿着洁白的连衣裙
迷人的眼角晶莹着整整一个冬季

我沉默已久，石头一般躲在遗忘的角落
在这个无情的季节，也只有你
如我堆起的雪人，在殷红的原野亭亭玉立

我曾带着梦里的你，海角天涯地寻访
想象你在某一个山巅小屋而坎坷上路
却被行人挤到如狼似虎的荒漠

乌云密布，你的目光缠绕万里昏黄之野
我双手合十，苍白的祈祷垂向峡谷
四顾无岸，孤独的海面风起云涌

追寻

你仿佛在山间的枫树上芬芳地红着
又好像用天空的琴弦弹奏海浪之乐
一股久违的清风，沁入我九死一生的肺腑

走出大漠，却被自己的旧草帽挡住去路
跋涉萎缩于行囊。我用头颅抬起天空
只见你的门扉透出亮光，我心如风

谁在轻抚我发烧的脸，在千年不遇的黄昏
在长满故事的花径，我捡起一个永生锈的日子
锁入暗室，把金钥匙扔向传说的湖

我欲返回，所有树叶都在为你缤纷不已
一叶满载暗香的小舟驶进脑海
你在翻卷的浪尖上，跳着一种原始的舞

经过

当我在城外一睹你晾晒的忧愁
就爬上一棵高大的白杨树，清洗海蓝色的窗
大风吹来，我是故事开头就设置的悬念

星星关上窗棂，月牙儿剪取一抹云影
我在你的窗上画满玫瑰，画上流逝的小河
天地仿佛融合，垂柳撑起一把多情的伞

从树上跌下，我一瘸一拐穿过阑珊疏影
在路边的一块石头上，凭吊一段追寻的情结
远方的林涛，一片一片地稀释着月色

住在小城里的你是否怅然如昨
我想你会知道，那个找不到城门的浪子
已经走向心灵的第五个季节

初见

已经很久了，我在感冒咳嗽中
每天都会想起一双迷人的眼睛
蒙眬中透出清澈，躲闪间尽显直接

就在对面，我一抬头就会遇到
可怎样才能证明，你看我的眼神
与看别人时，有着本质的不同

惊蛰破土，一个火炉使我们靠近
你坐在我身边，我却不敢转首
只好酒饮如水，窗外竟然飘起雪花

想问候你，可找不到表述的分寸
明天就去看你，面对面地看你
看懂你眼里的神，是否与我有关

想念

一面之后，我每天都在等你的信息
从黎明到黄昏，常有失望从门缝涌入
如冷冷的石头堆满小屋

没有你的话语，我靠着如豆的烛光
数着窗外点点秋泪，数不清的时候
叠一艘纸船，让其漂向相见的地方

我想忘却，实质上是一直在想念

你是否知道独挂枝头的不是秋叶
而是我对一年四季的痴痴守望

为等你的到来，我的千万种猜测
都成了飘着雪花的失眠，让一缕缕青丝
系于每一个时辰，令我频频回首

抒写

落叶飞舞，我的树上没有果实
静夜如绳，把我捆绑在你坐过的地方
因为有梦，我的生活才有阳光穿过云隙

信笺还在路上吗？我推开寒窗
把目光搭在树梢，缠住仅有的一枚树叶
陪我思念，陪我阅读空中的飞鸟

雪在天外，北方偏西的初冬
是一次漫长的分别，盼不到春风绿岸
一声犬吠随风飘来，留下无边的寂静

不知道度过多少寒夜，写下多少私语
设计了多少相逢的地点，相见的情景
直到热血将尽，你才像小水鸟栖于我心

话语

收不到你的回信，已经是三十一天
记忆深处的电话竟然成了空号
我怎么被你丢在这个冬季里

在两个相距不远又遥远的城市
电话是我们唯一相见的地方
那座城市因为有你，我才感到亲切

我想问你过得可好，是否把我想起
你的话语是世上最好听的声音
整整一个多月，我都病在等待里

回忆着你的语气，多少次与你通话
惊醒后只有漆黑、寒冷和寂静
我要去找你，哪怕一见面就爱上你

依恋

我们终于相逢，在灯光朦胧的一角
举起酒杯，不问苍天，只问各自近来可好
互相对望一眼，火花飞溅，心被焊在一起
你羞怯地垂首，我的目光被墙碰断
我想坐在你的身边，依恋成为一种习惯
一两杯淡酒，不管映红东方还是西域

我们秉着红烛，守着一方幽静
可相聚的时间总是太短
那就留长你的秀发，这就常留我的胡须

面对世界，我已经打开自己
走出火红的泪，吻你夜色一样的双唇
用分别美丽爱情，用孤独充实思念

望雪

这是我们相拥的第一个冬天
我守着海的诺言，透过玫瑰色的窗
望雪，你在雪中小立，雪在你手中融化

雪还在飘着。我穿上你用心织成的毛衣
用红灯笼的纱巾罩你，你像小新娘一样
融化了我的孤独，成了我一生的陪伴

温顺的常春藤缠绵着挺拔的常青树
蓝色的天鹅湖上，倩影重叠
七色的泪珠里跳出一朵鲜嫩的羞涩

相聚也是离别，你延伸我的目光
我把你的足迹串成项链，挂在岁月的胸前
你去了远方，乘着塞上的西北风

怅然

米色的月光穿过槐树之隙，洒在小屋
夜的长发轻轻飘扬，在空白的墙上
来回波动的影子都是你的万千叮咛

油画的夜，一笔一画地加深
我坐在书桌前，感觉流出血一样的泪
把所有的猜测涂成一片荒原，才渐趋宁静

遥望那片无雨的天涯，仿佛一幅水墨画

惆怅若古，在渐浓渐重的暮色中
我烈火中的相思连起一条哭泣的河

没有雨的夜晚感受不到生命的况味
我从最冷落的一角走进雨乡，高举灯盏
让所有的痛苦与幸福，都在心头淅沥不止

共舞

罕见的春雨越下越大，跟随雨点的节奏
我清瘦地穿越自己，抱起你的一沓素笺
潜入最深最沉的音乐，与你共舞

把酒瓶砸在地上，把鞋子扔向屋顶
双手揪自己的头发，飞向天空
血在燃烧，闪光的神话凭空而降

星辰明灭不定，闪烁一串浅浅的跫音
头颅低垂，苍白的脸庞磷火闪烁
再划一根火柴，一片钟声淹没世界

我似乎看见你从天上飘来，撑开花伞
脚步越来越近，还有那种特别的芳香
我打开房门，冲进三月的雨中

如雪飞舞（二十四首）

空悬

哎啊，我始终在想念
从春暖花开之时，想你如雪
无论是途经城镇还是荒野
我都能感到你，悬在头顶

太阳、月亮和星星轮流出没
而你一直都在闪烁
风可以来自任何一个地方
但风拂动不了你的一根发丝

只因一次分别而永留记忆
并伴我走过所有的道路
你依次盛开于柳芽、荷花与稻浪
又怒放于每一声鸟鸣里

默念

在这里，夏日无雨，冬季无雪
只有常年浩荡的西北风
将油菜花盛开的土地扬为沙尘
你在西天默念宇宙的真言

沙尘与风无关
风只是到处乱跑，带不走一朵雪花
是谁损伤了地皮
而谁又能抚平这遍野的鳞伤

只有雪，可雪被呼出的气所高悬
被另一种云层所隔断
连阳光都失去了往日的清澈
可谁也阻止不了我的呐喊

清洗

在这个阳光下的山谷
我首先想到你如雪的舞姿
铺天盖地地飘，无穷无尽地舞
而落在地上，全是岁月的影子

身边的野花反而远去
我感到你融化于手心的清凉
以一种决绝的方式渗入身体
带走我不知道却始终隐藏的尘埃

顿时，我轻盈了许多
重新踏上你为我开辟的孤独之路
我可以说能感到你的步履
但无法描述你的呼吸和芬芳

聆听

当我看见一枚落叶时

长风把大地一片片涂成金黄
知道你从所有的方向包围而来
只是情绪之间没有界限，也无法计算

仿佛是一只野兔一闪而过
大喊一声你的名字，久久回荡
我顺便坐在一块石头上
轻风弹奏着阳光的琴弦

是的，面前的西山怀抱正午的阳光
被北风弹出雪的序曲
我一直听到日落
才想起要找一个栖身之处

转变

山洞里的一夜由秋入冬，不觉间
风和阳光都已谢幕，乌云笼罩天地
让我感到一种从未有过的亲切
情绪瞬间转变，是与你无关的转变

我不得而知。正如从乌云里看见荷花
缤纷的色彩渐渐被纯白取代
我可以说看见了六角形的雪花
却不能说看见了你

乌云在翻滚，乌云也会疼痛
只是从来不会说出，而风在到处哭喊
是的，即将与你相见
不能被风吹散，在西部大地

光带

哎啊，乌云遮蔽着我的路途
使我不忍前行
只怕走出这一温暖的怀抱
更不愿把你留在身后

命中注定我不能回头
越来越猛的西风让我步履蹒跚
我可以停下来，依旧发出风的回声
但风吹散了乌云

乌云已散，你在天堂
在一个长风触及不到的地方
一盏永不熄灭的风灯
为我打开一条金色的光带

降临

一万里晴空令我沮丧
一千里荒野让我无泪
寒风依旧，发出枯草的声音
我一直向你走去，却又离得越来越远

行进之中，我听见风声中的犬吠
随后看见一群牧归的羊群
一间孤零零的土坯房
还有一团令我落泪的云

火炉，羊肉，烈酒
我竟然不知道你随雪而降
推开房门却只有僵立
清晨的雪地反射着阳光

站立

我独自走在枯黄的旷野
起初是几朵零星的小花
接着是天地一体的飘舞
把我舞成你的一部分

舞累了，我就静静地躺在大地上
等待着春天的融化
然后走进任何一株小草
开出五颜六色的花

我不知道在门口站了多久
还没有想好与你相见的方式
你却突降于夜间，在每一朵雪花里
并且封锁了我的另一个时空

白影

挥别了僵立过的门口
猛然觉得我是土坯房的儿子
含着泪水名叫小雪的女孩
让我不敢回首

我走得沉重而又艰难

可积雪只是堆在一起，与你无关
你仍然在我头顶的前方
一个绝美的白色之影

当我在雪地上走出一首告别的歌
便把身体交给温暖的雪野
请你与雪花一起飘扬
我要在无边的天空，与你共舞

拥抱

我一路西行不曾真正与你相见
万般无奈之下，我想到了风
也只有风才能把你旋起
从海阔天空的睡姿中

一瓣瓣雪花扑到脸上
一阵阵清凉之后是我脸庞的燃烧
是泪水回到眼眶的无奈
是相见恨晚的疼痛

雪花，从天空来到大地
互相碰断飞翔的翅膀
就是为了紧紧地抱在一起
渗进干旱的土地

雪芒

哎啊，我一路追寻着你
阵风过后，雪野显出巨大的静

起初还能感到自己的呼吸
以及你留在眼底的舞姿

随后便是被淹没的无助
我站在雪野并且不断下陷
无形之力从四面八方向我涌来
一座座雪山越长越高

来自雪野的寂静穿越了我
我回到曾经的同时也回到内心
你在心里，如一朵晶莹透亮的雪花
放射着初升太阳的光芒

闻声

村庄之外，你仿佛闪现于炊烟之上
映出山峦隐约而纯白的轮廓
山下是一片披雪的丛林，斜向南边
两棵大树越过了山峰

中间有一个巨大的树桩
上面没有积雪，仿佛有人坐过
雪，覆盖了两排白杨树中间的小道
还有进入村庄的足迹

我伫立旷野，无边无际的白
显出一棵长在山头的沙枣树
树上没有一朵雪花
你说话的声音隐约传来

暂停

就停在这里静静地想你
我站在一株被雪压弯的小树前
越过山坡上延伸的松树
以及似有若无的犬吠

褐白相间的栅栏掩映在树丛之中
几间瓦房兀立雪野，显得更加纯净
而一野白雪卧在羊的眼睛里
让我感到渗入骨髓的晶莹

一缕炊烟从青砖屋舍之顶徐徐升起
以远处的大山为背景
碰到几声喜鹊的鸣叫
升到回家的白云里

忆起

多么熟悉的一个村庄啊
莫非是我们初遇的地方
当年的雪花飘飘而下
我跑到院里，滚成了雪孩

玩累了，就躺在雪地上
望着雪花向我扑来
弯弯曲曲降落而又旋升的舞
似乎都在你我身上

还有几朵雪花落在我睁大的眼里
我眨了眨眼睛，却没有眨出泪水
那种无比清澈的浸入，非常微妙
至今也没有再现

恭请

是的，我在雪里滚大的院子
有一棵高大而招雪的梨树
可我走遍村子也没有找到
只惹出一片此起彼伏的犬吠

太阳高悬，我穿过梦幻反光的村道
一位蹲在墙角的老人送我西去
走上曾经的丝路
前方的山峦仿佛已被笼罩

哎啊，我请黄昏镀亮你的全身
请西风轻拂你的六瓣衣角
请尘封的驼铃为你伴奏
请你跳上一曲胡旋舞

远望

一路上走走停停
依赖于我们相处的往事
天空阴过但没有雪飘
不知走了多久可已到年关

旷野的积雪越来越少，放眼望去

路基、石头、草木的阴面
透出被灰尘掩盖的白
让我感到云层里时隐时现的你

我已过了三个无雪的年
三年的心地一直荒凉着
除夕将至，我站在西部的大地上
双手合十，望穿长空

同醉

这是除夕，我在一个小镇上等你
在一家旅馆里望着窗外
飘落的只有炸碎的鞭炮
雪可能下在更加干旱的地方

菜凉了，饺子仍在碗里
我面朝南窗，不停地与你干杯
好像你饮的是烈酒
我喝的只是白开水

清晨的鞭炮声把我吵醒
原来我在桌上趴了一夜
阳光洒满窗户，玻璃上
是一朵朵开得不能再大的雪花

无语

今年的老家会下雪吗
会让大哥把雪捏成馒头吗

沈家泉早已干涸
井台的辘轳快要成为文物

十八岁离开家乡
我在城里奔波了几十年
一直素衣简餐。回家过年
就是跪在坟地敬上几杯淡酒

最小的一个梦都已化为尘埃
今年向西，缘于你的召唤
有一条藏在雪中的小溪
还有一片快要睡醒的冬麦地

珍惜

我梦见你向我飘飘而来
说了一句令我激动不已的话
可我怎么也想不起来
下雪了的喊声把我惊醒

天亮了，大雪落在冰草湾
落在大年初四人们入睡之后
大姐一家人纷纷起床
比过年高兴，比祭祀庄严

一院子厚厚的雪啊
我们不堆一个雪人，不打一次雪仗
更不会在雪上踩出脚印
而是把所有的雪都扫到水窖里

起舞

立春了，还没有一次真正的相遇
我继续西行，始终仰望着你
从蓝天里望出一朵白云
从白云里望出一穹阴沉的天

下雪了，久盼的雪落在我身上
曾经想着要蹦跳，要疯跑，要翻滚
现在只剩下静静的伫立
和眼眶里不断的热

雪落在地上都成了雨
而在天空飘出你无边的绵延
我只跳了一下便到你的怀里
紧握一双玉手翩翩起舞

消融

哎啊，只有山谷才积了不少春雪
此刻化成纤细如指的小溪
无声无息地流淌着
流向远处含苞的花朵

我望着溪水舔着岸边
把雪带走并壮大了自己
而你端坐在石头之上
一任溪水向身上蹦蹦跳跳

279

于是，岩石的身体渐渐显现
犹如在水一方的坐佛
清澈见底的眼睛
无比慈祥地望着我

激活

这次我看清了你
你穿着洁白的六角连衣裙
戴着五彩缤纷的花环
浑身透出比月光更清的光

你的嘴角微微含笑
与你对视的瞬间
你激活了我内心一隅初恋的目光
一片电闪雷鸣

你舒展玉臂，兰花绽放
轻轻移动秀步，裙角生出白云
跳起了霓裳羽衣舞
梨花顿时纷飞，芳香弥漫

游弋

于是，我再次回到内心
一边是寒梅正在盛开
似乎要把一年来积淀下来的红
全都怒放出来

另一边是雪花在飘扬

在阳光下如蜂似蝶地纷纷飞舞
舞累了就落在地上融化为水
汇成一条条歌唱的小溪

小溪渐渐变成红色
而你已是水上的一瓣瓣红梅
是的，你可以游遍我的每一个角落
可你游不出我无边的爱恋

此时

哎啊，地下冬眠的虫子一到惊蛰
都能听见滚过天空的雷声
我是你的使者，云游海角天涯
欲洗世尘却如树影扫地

又是无雨之季，幸亏那场春雪
把种子埋进了土壤
把冰草举出地面
把花朵顶到枝头

一滴水，一朵花，一颗麦粒
都让我感到你的芬芳
你不在此时，而在每一个时刻
你不在此处，而在任何一个地方

与风并行（二十四首）

望天

习惯望天，只因三十年来
一直想看西藏的蓝天
那该是怎样的一种蓝色
不因湖泊倒映而成湖蓝
不因白云飘荡而被衬托
不因阳光穿过而显示深邃

那该是一种纯净的蓝
不被废气和尾气所污染
该是孩童眼睛里的蓝
还未受到熏陶，尚不分辨是非
该是佛光普照的蓝
把不尽的慈悲洒向人间

一直以来，我的心空充满雾霾
可我并不知道
也不曾见过真正的蓝天
此时，我去西藏就只是去过而已
只看见天空很蓝
但看不见蓝天深处的蓝

期待

一个心愿处于无期的期待之中
如同旱壤里的一颗种子盼望雨水
宁愿被一阵大风刮向别处
一趟驶向西藏的长途班车
一列开往拉萨的火车
一架飞往贡嘎的客机

这些，只是方便却不重要
我似乎在等待一个诺言
一阵可以同行的风
好像在等待一个知止的时刻
一个从天而降的机缘
我便奔向高原，让心境得以印证

呼唤

我以春天的名义呼唤西藏的风
自从西南风把雪花放在我的胸膛
不管是昼夜还是晨昏
我都在期待一阵巨大的吹拂

风啊，可以来自任何一个地方
但我只要西南风，那个狮吼的风
请吹散我的长发、衣衫和血肉
让我随风一起横扫遍地落叶

可我的四周没有一丝风声

只有来自物质深处的私语、歌声与轰鸣
在我的耳朵里生出道路
并且伸向四面八方的田野

但风的呼啸一直从耳鼓渗入骨髓
是东南西北的风，横扫天地的风
是扶摇直上的旋风，从天而降的霄风
我的身内身外都是大风

聚散

风吹身上是感觉的无边
是源源不断的相遇和离别
脸庞迎风，长发飘舞，衣角抖动
但风不被我看见

天上的白云在飘荡
路边白杨树的叶子沙沙作响
叫不上名字的野草扑倒而又站起
这与风有关，但不是风本身

来自西藏的风，吹向东北
我向雪山而行，头举神灵
感到的是另一种温暖、充实和欣慰
连同我守护的秘密

相遇

风曾给了我一个蓝天
之后便消失得无影无踪

东南西北的风都吹拂过我
但都不是令我心动的风
那风，带有青藏高原的原始神秘
带有我从来不敢提及的灵魂之息

我四处寻找都一无所获
天南海北，传说故事，记忆深处
如一只回不到大海的螃蟹
一等就成了乌龟，成了化石
风，终于现身于黄河之滩
带着初恋的味道——米兰的幽香

风，也感到我的出现
躲闪得比闪电还快。只是我已记下
风的形状，如梦似幻的蓝
心灵的一阵阵颤抖
不在梦里便在梦外
甚至梦里梦外同时存在

相依

树叶沉睡，云朵含情
整个世界静得只有平稳的心跳
阵风袭来，连小草都透出惊悸
所有怒放的花朵都羞红脸蛋
慌乱而又惊喜的我，眼看着
阵风旋上天空，化云为雨

风在雨中，我发现了自己的孤独
原来心中有块石头需要风化

化成情义深厚的凡尘

接受雨的敲打、冲洗和席卷

而不在意这个世界，哪怕忘了自己

只愿与风相依，回到故乡

风形

是的，我要确认风的形象

点燃红烛，光会充满房间

向下流淌的水，拥有漫长的两岸

向上燃烧的火，舞姿优美

尘土飞扬之后，仍回大地

而气能升能降，能曲能直

不论是静止还是流动

都充实着世间的任何一个虚空

比光更能充满，更能出入所有的生命

还能储存于某一空间

风拂发丛，是故知的一声问候

是灵魂对自己的一次安抚

是墙角小小的旋风

顺时针旋转着情感的碎片

牛羊咀嚼冰草的味道弥漫如春

眷顾

不知过了多久，不是我没有在意

是在等风的消息，一种大自然的吸引力

哪怕是我与另一个我，也需要时间

比如我在风里，我不在风中

黄昏时分，树叶静止不动
但风依在，在所有的空间，就像空气
在时间女神的眷顾里，尽管短暂
我说给风的话，也说给自己

一个躲闪的眼神划过天际
两朵乌云正在靠近，中间有一颗微亮的星
初夏的夜晚，我走在街上，正逢毛毛细雨
感觉微醉，所有的树叶都在摇晃

想起风，风就来到身边
挽起我的胳膊，走在我的左侧
有些颤抖，分不清是手还是街灯
只是缓缓行走，不管走向哪里

同行

此刻，风过窗纱
带来夏日的一丝丝清凉
相距咫尺却是天涯海角
一度失散于世，相逢终于可期
是风，送来一个跨越世纪的吻
还有根本无法说清的梦

云散天蓝，距离如溪潺潺流淌
转世之上，莲花盛开一片纯白
被风唤醒，整个世界都是天真烂漫
散发着米兰的芬芳和冰草的清香

显现出一炷通天的袅袅香火
一道横跨西东的彩虹

决定向西，与风同行
我愿是塞上大地升起的云
让风把我带到青藏高原
从蓝天里看出原本的自己
然后雨一样落到拉萨
狗一样游荡街头

听风

青藏高原，祖辈放牧牛羊的地方
血液发源并源远流长的神圣之域
雪山通天，通向神灵的家园
我不能攀登，更不想征服什么
只是远远仰望山巅的雪白

就坐在山脚，把自己清理一下
唐古拉、冈底斯、喜马拉雅
任何一个山脚都可以接纳
我这块小小的石头
聆听山风说唱格萨尔王的故事

风，旋起一片片雪花
轻轻落在我高高仰起的脸上
清凉之后是融化的开始
是一点渗透的漫无边际
直抵青藏高原蓝天的另一面

云影

自从找回久别的风
漫天乌云被驱散许多
可仍有片云悬在空中
把世界的影子投在心底
读书没有结果，高人无缘相逢
只有青藏高原令我魂牵梦绕

于是，燃三炷高香，行三拜之礼
我拜西藏为师
恭请高原的云天山水鸟兽草木
点拨我。怎样才能
让内心不分善恶
让山水只是山水

被拒

黄昏时分，我来到拉萨
一路的晴空顿时乌云密布
风，仿佛来自四野八荒
把所有的乌云聚在一起
风从雨中穿过，吹斜了雨丝
雨从风中穿过，仿佛不曾发生
风上没有留下一丝痕迹

一个通知播放了三遍
机舱内静得只有持续不断的嗡嗡声
邻座的小孩紧紧抱着我的胳膊

恍惚之间，我在何处
在风中？在雨里？在高原
胡思乱想之中，一个声音掠过耳畔
一切都是最好的安排

如梦

我是去过、到过还是路过西藏
或者根本就未曾抵达
我只在塞上这个小城
做了一场有关青藏高原的梦

如果我去过，怎么不记得是哪年哪月
如果没有去过，却分明记得所乘的航班
飞向另一个没有雷雨的城市
难道我迷失于哪个城市的深夜

我在浣花溪畔吗？一夜秋风
送来大昭寺默念六字真言的钟声
只是没有西藏的任何一张图片
也没有时间的任何痕迹

将大网向西抛去，西风如水
网底自有一轮天地，长亭之外
我牵起原本的自己，一束七彩的光带
太阳升起，一片旷野明镜似水

寒冷

大寒来临，是我躲着风还是风已远足

知道风归便是立春，但在这两个节气之间
是一种从外到内的彻骨严寒
更是一个无比漫长又无法企及的分别

无雪飘扬，无风卷帘，无月照我
没有留下任何痕迹，没有任何联系方式
风也会冷吗？躲在远方的一个墙角
灰蒙蒙的世界，一对大鸟飞向南方

在河滩相遇，相挽于一个初夏
在高原默念着真言，迷失于雷雨之域
聚短离长，风是我生命中最难说清的东西
几度春秋，一帘幽梦，万里神思

回到

回到河滩，风来到身边
一叶小舟在河上飘荡，黄昏来临
看不清浪涛的翻卷，但涛声连绵不绝
风紧拥着我，像酒一样渗透全身

风穿过我，席卷我如断线的风筝
与我体内的风相拥而泣，又融为一体
仿佛失散已久的兄弟终于回家团聚
在浪尖上跳着一种原始的舞蹈

是米兰的芳香，一丝一缕地入侵
是最小的风，眨眼之间逃出牢笼
这次，我已别无选择，只能被风牵着
一路奔向西南，真正回到青藏高原

转湖

圣湖清澈，圣洁得不敢言说
望上一眼就已感到自己的不洁
只能垂下头颅，绕湖而行
不管是纳木措、羊卓雍措
还是巴松措、玛旁雍措
想喝一口湖水却只是一个念头

我首先要洗净自己的手
可不管是泉水还是河水
均不一定能洗去手上的污垢
比如我捡过几块黄河边的石头
摆在书柜里。我可以把石头还给河岸
但怎样才能还到原来的地方

转湖，我在转自己的湖
一个与这个世界无关的湖
一个或大或小、时清时浊的湖
一圈一圈地转下去，冥冥之中
一个声音始终回荡如初
不问，什么都不问

格桑颇章

可在罗布林卡？我问地图之石
金黄色的院墙没有阳光，但在发光

院里院外一样宁静，偶有几声鸟鸣

风栖手心，像一只蝴蝶立着双翼

在格桑颇章门前，我默默地站着
一道门槛高过我的肩膀

德央厦

在布达拉宫，我一直恍惚若梦
天上的白云飘成一对孔雀
我拍了照，但相机和手机里都不存在

风在耳边念着六字真言
拾阶而上，止步于德央厦
一个世界的广场，无边无际

仰望金顶，面对红宫，我双手合十
静静站立，仿佛一个世纪
走下玛布日山，前面的转经筒上金风缭绕

转街

转一圈囊廓，转一圈八廓，再转一圈林廓
我走在路的右边，走在风的左侧
走得忘了时间，忘了风，忘了我
只是一直跟着转经筒的藏族老阿妈

老阿妈不停地走着，不快不慢
一路念着经文，不曾休息，不顾左右
回到大昭寺，门口的青石板明亮如镜
明明看她跪下磕头，可一转眼便无踪影

老阿妈瘦弱的背影不断闪现
我四处寻找，法轮旋转，人影憧憧
风声传来，老阿妈去了该去的地方
是啊，我该去的地方会在哪里

神授

一切都是缘分。我们在街头相遇时
都愣在原地，只是说不出姓名
他拉起我的手说，回家，就在前面
轻风拂面，有一种血缘般的亲切
一瓶酒在讲他的故事，三个杯子
我承诺，永不说出他的名字

他出生于牧民之家，目不识丁
十二岁时做了一个梦，一个青面勇士
将他的腹部剖开，去掉五脏六腑
装进一部大书，双手抚过，伤口愈合
他从大汗中惊醒，双目如炬
开口就说藏族史诗，不舍昼夜

红雪

阳光洒向喜马拉雅山
山上的白雪一片彤红
是铺天盖地的晚霞？斜裹身体
是无边怒放的红梅？迎风傲雪
是巨大的红绸铺挂而下？如晒大佛
是宇宙的血液渗进雪里
在是与不是之间

我在风里，仿佛又在风外
不敢再看，也不敢再想

香巴拉

千座雪山如同莲花之瓣
矗立大地，是世界的中心
高过云霄，接受阳光的普照
融化为滋养万物的长流之溪

雪山的中央，是一个圆形盆地
四周白雪从山顶铺到山脚的森林
各种奇花异草遍布山坡
各种珍禽异兽点缀其间

两层的寨房散落于斜坡与盆地之间
盆地上，溪水潺流，湖泊棋布
绿树成荫，五谷农田色彩缤纷
中央耸立着一座黄金铸就的宫殿

这里没有四季，没有昼夜
没有爱恨善恶，没有生老病死
宫殿永远放射光芒，意念永远支配一切
想外出，便会化成一道彩虹随风而去

称重

与风同行，在以秃鹫为图腾的高原
在沙棘、草甸和驼绒藜点缀的大地
地平线连绵起伏，山峦上低云覆盖

我要找到雄侠部落的故地
找到五色丝带缠绕的彩箭
让时间再次迷失于洞窟之中

我面西趺坐于苔原之上
冥想灵魂的大小、形象和重量
并且与风一起进入深度睡眠
让旷无人烟的苔原之秤
称出我半两重的灵魂
和称不出重量的一秒一分

此在

我到底该回到哪里？在长河之岸
风来了又去，不留一丝痕迹
心里空着，是一无所有的空
即使望穿苍穹也遥遥无期

在青藏高原，风一直都在身体里
像一只小猫缩在角落，互相忘却
偶尔咪叫一声，都是在我犹豫之时
提醒我：饿了吃饭困了眠

一个凡尘的我，没有资格说出放下
只缘一个与雪共舞的梦，闪烁如星
一个如风的我，不管相聚还是离别
都在一念之间，在长河之岸，在雪域高原

时间对话

01

你说，人生一路向西，云烟为伴
回首一片汪洋，风浪拍打礁石
一场大雪突降心间，来不及融化
一个火炉熊熊燃烧，在一切乌云之外

哎，我想象不出你的具体形象
只能说你像嫦娥，在广寒宫，也在宫之外
像雅典娜，主宰着乌云和雷电，还有智慧
更像瑞亚，天神地神之女，一位时光女神

02

你说，所有的像仅仅是像，并非是或者不是
身在山中，看不见海上漫无边际的蓝天
寒梅不会争春，也不会自赏，只是不畏冰雪
不去妨碍小鸟的鸣叫，哪怕是一个念头

哎，我常常想起你，分不清喜欢与牵挂
世上最伟大、最博爱、最沉默的莫过于时间
创造绝美光影，超越日月之辉
沧桑所有山河，淡泊一切情感

03

你说，一分钟是六十秒，不少一秒
即使多了一秒也无人在意，比如闰秒
雄鹰翱翔蓝天，可谁见过它饮水的时刻
过去更改不了，只能在风雨之中救赎自己

哎，未来还在路上，现在却有多种可能
比如站在十字路口，东南西北皆是道路
而我要做的就是不去选择，只是静静站立
也就一分钟，路口消失，广场呈现

04

你说，如果误了一块麦地的耕种
土地并不在乎，只是收割不了麦子
万事万物，芸芸众生，皆无永恒可言
辉煌只是刹那，历史都在当下

哎，生存的本性是趋利避害，无关善恶
生活的欲望是痛苦之源，人心向善
静思并非吃斋念佛，而是敢于走向自己
修炼不是登台表演，而是守护天地良心

05

你说，阳光以每秒三十万公里的速度
八分钟到达地球，行走一点五亿多公里
而人的行走每秒不到两米，唯有生生不息

才有可能从现实走到梦想的彼岸

哎，我需要缓慢，从秒向分钟过渡
不需要赶路，灯火通明的驿站就在前方
像一只蚂蚁，独自向西，一步一步
但没有停止，从一片绿叶到一片枯叶

06

你说，谁都不可能主宰大自然
在其面前，任何人都会显出自身的微小
只有胸怀崇敬，创造生命奥义
才有可能感到另一个混沌的时空

哎，今生认识到你，使我常常忘记自己
无边无际的幻想，使我甘愿沉迷其中
我相信你的力量可以改变一切
改变一块翡翠外表包裹的泥沙

07

你说，乌鸦通灵，能预示灾难
世上本无好坏，只是突破了相约的规矩
把秘密说给树洞，不如深埋心底
不去猜测别人的想法，自以为是实为不是

哎，我不再钓鱼，可观想还不够安宁
一幕幕往事时而浮现，或模糊或清晰
我所遇的一切都不欠我
我所做的一切都在还债

08

你说，救助一只受伤的狗不是用手
与拯救自己一样，首先要认识自己
驭马奔驰，人马合一的风声就是天籁
而静坐，坐得再久也很难参透人生

哎，北方的夏天，我打开所有的窗
冬天，看上几页书，冰凉的棉被已被暖热
我愿是一湖水，静静地泊在大地的臂弯
可涟漪之下的湖底常有狂风野浪

09

你说，要宽恕众生，哪怕是嗡嗡乱叫的苍蝇
不慎掉入陷阱，思想首先要从中出来
被一块石头绊倒，是启示也是缘分
心灵之美，足够抵御岁月的风雨

哎，一个多月，布谷鸟一直在催我耕种
赎回虚度的时光不是幡动，而是心动
我要写下一场雪，让白雪天使栖息发丛
要重视别人的意见，也要警惕朋友的表扬

10

你说，眼睛、鼻孔、耳朵都是一对
是因为观看、呼吸、倾听都至为重要
而嘴只有一张，多吃是病，多说是祸

心如瓶罐，可以装美酒也可以装农药

哎，谁见到美景都想停下脚步
我突然想到端午节艾叶上的清香
音乐响起，翻滚的乌云潜藏于悠扬之中
我忏悔，为虚度过时光，为看见过是非

11

你说，从此岸到彼岸，需要蹚水而过
桥一直都是此岸，始终被河包容
鹅卵石怎样被浪冲刷，也难以圆满
不执着于往事，不奢望今日放下昨天

哎，我努力与人为善，与世无争
在对与错之间，我承认自己错过不少
每一次受伤，愈合的伤口就是果实
每一次垂首，就是要让万物高过自己

12

你说，任何伤疤都不能揭开
破镜可以重圆，但裂缝无法消失
合欢只是瞬间，离悲方为常态
聚散之间分别永在，在天涯海角，在天上地下

哎，人在途中，就是一次次地错过花期
每一次相遇，都是两个世界的久别重逢
所有的白天都大同小异，为了生存
而改变命运就在业余的一分一秒

13

你说，付出所有的爱，也要面对离别
爱是心与心的触动，不凡就在平凡之中
也是一生最值得用心的事，无关回报
烦恼与快乐都不真实，痛苦与幸福都不长久

哎，他人的痛苦，我不可能全部感受
一匹驳马挡着西伯利亚的风沙
你的曾经沧海，我同样没有完全领悟
一条长龙滋润着洒满阳光的果园和良田

14

你说，人与人之间由情维系，由爱滋润
情是美丽的牵挂，一滴泪水含而不露
爱是幸福的付出，心灵的微笑就是莲花绽放
一起凝望旭日东升，无关海边或者沙漠

哎，我的一生注定平凡而又普通
只因三生石上长出一棵银杏树
眼的躲闪、脸的微红、头的低垂都在树上
而手的冰凉，唯心可暖

15

你说，骆驼的眼里没有海市蜃楼
一次摔跤，不会摔碎梦想可达的远方
向日葵一片金黄，却把忧伤藏在背面

吃亏是福，没有吃不下的苦

哎，谁也不能陪伴自己的一生
一起走过一段风雨之路已是奇迹
我常遇十字路口，可往往是一选就有问题
关键在于放下过去，不再预想未来

16

你说，心怀感恩，美丽来自心的仁善
活着就是福分，就是比明天年轻的一天
说自己已悟实质上还在执迷
犹如茶杯高于茶壶，把自己悬在桌上

哎，我用沉默回答消费时代的喧嚣
不再想怎样才能彻悟，山还是山，水还是水
读喜欢的书，走自己的路
该来的让来，该去的让去

17

你说，从知到懂，需要亲身经历
从会到悟，就是看什么都觉得顺眼
征服自己的武器只有心怀悲悯
祝福一朵花的结果，具有无形的力量

哎，我想到放下，却不知道要放下什么
就像看破，即使看破什么也不能说出
默如黄金离我还有九十九个台阶
大河彼岸距我还有一百零八种烦恼

18

你说，真正的烦恼在于言多行少
珍惜生命在于不去践踏一株小草
一切都会过去，无须回眸河面的落叶
白云正在飘荡，不在乎目光的赞美

哎，我似乎感到一些生命的意义
可又困在物质与精神的夹缝之中
我需要面壁，穿墙而过与时代无关
我需要回到内心，淋一场自己的暴雨

19

你说，火土水气光五种基本元素构成世界
火的热情，土的宽容，水的纯净，气的清新
还有光的照耀，皆为修炼。每个心灵都是灯啊
关键在于是否点燃，释放出阳光般的能量

哎，我已久处一室，需要西风的吹拂
身后是四月，白杨树的叶子绿得恰好
五瓣丁香还在绽放，散发出奇异的芳香
银川的天空一直很蓝，但我相信明天有雨降临

20

你说，偶然与必然只有缘分
一滴晨露撑开花朵，便躲在艳丽之后
空气进入身体，就像绿叶走进秋天

太阳不断奉献光热，平淡无味方为真味

哎，我遇到你在每个花开时节
尽管你不知道我，可我感到你月光下的步履
一回眸，你在我心；一个梦，我被你充满
一转身，你伫立彼岸；一条路，我且行且吟

21

你说，不要浪费人生的每一分钟
让自己做回自己，也让别人做回别人
所有的美好都会逝去，唯有回忆
所有的情感都无规律，唯爱释放能量

哎，每次呼吸都是祈祷，换来我的认识
我愿是一匹白马，只为你奔驰千里
我愿是一条小河，浇向身体里的地狱之火
我愿是一股旋风，紧紧围绕在你的前后左右

22

你说，最高的东西不可言说，说了就错
比如春暖花会开，秋临叶便落
它们的神秘，只有它们自身才会显示一些
而不显示的绝大部分，要永葆敬畏

哎，每个人一生都有定数
吃多少饭，喝多少水，走多少路
但自己身处迷宫并不知道。尤其是言说
要经过怎样的修炼才能默如惊雷

23

你说，吸引、创造和放任三大法则
是宇宙的运行规律，至小无内，至大无外
从无私到无我，意念本身就是能量
从知足到知止，一切都会如你所愿

哎，你我之间是一朵莲花的盛开
诗与我之间是那个彼岸的遥遥无期
我遵从兴趣，一切随缘，顺其自然
命已注定，运就是要做一盏燃烧的灯

24

你说，大海只是等待，从不改变河流
大风可以吹弯小草，但从来没有吹倒
反思是回归内心的捷径，以己为靠
真正的开悟都是无言，就像拈花微笑

哎，你就是你，是我无法描述的通透
你在所有的生命里，从不在意谁对你是否在意
你把自己缩小到无量秒，瞬间成为永恒
又把自己放大到无量年，宇宙充满沙粒

时间之影

01

白杨树也在幻想，在一场秋雨中
遇到时间之影，一道皱纹凌空划过
一枚枚落叶凝聚了世纪的风霜
一只离群的大雁会飞向哪里

哎，我早就知道你，却不知你在哪里
感到你无比重要，可眼前一片模糊
直到如丝细雨合成一根潜伏的琴弦
一种青春做伴的感觉涌流全身

02

喜鹊飞来飞去，筑巢于郊外的树上
山麓连绵的葡萄沉醉于阳光之下
从花开到叶落，相伴度过最美的季节
枝头堆雪，天使的歌声往返于心灵之间

哎，我该怎样守护你的影子
或许，从一块巨石里看见你
又把你忘记，只是不停地雕刻
蒙蒙小雨中，相搀行走的一对恋人

03

一只麻雀是树上唯一的叶子
树隙空寂。远处的河面反射着阳光
河水解冻，一叶小舟从河东到河西
载着两岸从古到今的民间传说

哎，追逐你的脚步，却又无迹可寻
铭记使者的留言，在不尽的神往中
于漫长的冬眠中，终于如我所愿
明天将成为一个盛大的佳节

04

天地衔接之处的一个白点越来越近
一位骑着白马的白衣使者
留下一双翅膀，驰过无边的草原
一个火炉，大大小小的帐包闪闪发光

哎，火光映红你玄幻的脸颊
我们在草尖上舞蹈，月光曲流淌心间
小溪蛇行，所有的野花都已绽放
草丛中的牧羊犬把嘴藏在胸口

05

没有比跳舞再快的时间，一眨眼
星光暗淡，大地隆起一对孪生的山峰
阳光穿行乌云之隙，回声不断

青草的芳香，旋风一般直冲天堂

哎，我轻轻地唤你，又自言自语
一堆篝火荡开荒野，向西滚滚而去
我不相信海市蜃楼，只相信你
就在河边，濯洗闪烁了一夜的玛瑙

06

刚才还是晴空，突然大雨倾斜
运载乌云的风上尽是弹孔
一句随意的话躲在墙角
只等西风，席卷并且融入其中

哎，雨水填平地面小小的伤口
阵风未至。我抚遍你驻足过的玫瑰
陷于小巷深处，且把迷途当成久别相聚
或是一场梦，也要星光灿烂

07

山洪暴发，席卷着大山多余的东西
乌云一脸昏黄，身心分离已是命定
一群山羊伫立对岸，逆光之下
草滩一侧，一圈圈光晕悬在半空

哎，我在大地边缘找到前世的你
约定来世还在你的怀抱聆听故事
这一空间，唯有爱恋才能超越时光
从身体抵达到灵魂，直抵想象之外

08

羊群归于栅栏，大地归于何处
所有的命运都是流浪，无一幸免
聚如花开，别是三个季节的遥遥无期
一块石头仰望行云，望不出一滴雨水

哎，每天都会想起你，不止一次
尤其是一遍遍闪现而加深的情节
已经铭刻。不用岩石或者木头
就在蓝天，一日三秋并非传说

09

石头熄灭，一声惊叫穿过骨髓
大海结冰，所有的船只都是飞毯
知道这是时间的安排，可我在何处
又在何时？经历了一场巨大的洗礼

哎，我怎么就成了药罐里的当归
始终都在你无边的穹窿之下
从此处到彼地，你是另一种距离
请你变成一座城堡，让我昏睡春秋

10

白天不适合隐秘，就坐在树下钓鱼
望着湖面，一幕幕往事都是葡萄美酒
晚霞的话语互相碰撞，沉入湖底

阵风拂过，莲叶瞬间覆盖了大地的眼睛

哎，你就像刚刚绽开的一朵荷花
到了微笑的季节，却又拒绝这个世界
我们的心里不能没有阳光的照耀
更不能没有情爱，这一无穷能量的滋润

11

时间也是能量，是无我的女神
只知奉献，也会记下万物付出的情意
一野草原从枯草的身边发出新绿
一棵桃树开出最美的花，献出果实

哎，重新认识你，我更加相信缘分
若是前世相欠，必是对你不够珍惜
无处不在的女神啊，我该如何还债
让我牵着你的手，去登一回珠穆朗玛峰

12

西藏如梦，是时间的另一种存在
是缓慢走向转经筒最好的安排
大昭寺前的青石板，被身体磨得铮亮
布达拉宫的台阶没有尽头，只有蔚蓝

哎，你把一朵白云雕刻成凤凰
把撅起的红唇绽放成遍野的牵牛花
透过酒瓶，一朵娇羞的红玫瑰伫立林卡
就让你永驻我梦，就让我沉醉你中

13

大雨洗净天空，回到大地深处
把一只羊羔留在无边的旷野
苍鹰盘旋，一声声狼嚎驭风而至
一棵来自地狱的树，一直长到天堂

哎，一棵只见开花不见结果的树
花似罂粟，果如心灵，都与你有关
我失眠于一只手的私语之中
你像一个顽童，在白云之上捂嘴偷笑

14

白云尽头，一座石窟隐藏于台阶尽头
飞翔之心小憩片刻，把彩虹架在两岸
长河奔涌，一块石头已无身外之物
北斗七星指向地球越来越慢的脚步

哎，每当想起你这个至简的名字
我默念之时，都是天地根本的情
阳光普照大地，雨露滋润万物
不知从何而来的风，始终为你奔波

15

阳光神奇，把大地万物分成两面
贺兰山状如驳马，山后却是森林茂盛
大海退潮留下痕迹，太阳神像高悬山崖

谁在指点十一座王陵，不禁心中火起

哎，松鼠把丰收的松子藏到土里
你抿嘴一笑泄露了无心插柳的秘密
今天立夏，一只通灵的猫
成为你注视苍茫人间的借宿之身

16

当一条狗具有了人性，有人失去
最珍贵的宝贝。一棵树挡住雨水
四野茫茫，一匹苍狼追逐小鹿
一只羝羊听见蓝天之外的雷鸣

哎，蓝天之上是无限光芒
一切都在静止，包括你披到大地的长发
歌声消失于辽阔。你的另一种辐射
让我感到熔岩与海浪的相遇

17

火山爆发于夕阳西下的群山之首
所有的时间滔滔东流，汇成汪洋
野马奔腾于海面，溅起的浪花淹没红尘
苍鹰盘旋，双翼上闪烁着暗黄色的光

哎，明明是我在唤你，却是黄昏扑面
我答应你，在今夜数过一百零八秒
就放飞一朵罂粟的背影，划过天际
把所有星星隐藏于你的一生一世

18

回到没有屋舍的故土，躺在苜蓿丛中
看星星眨眼，听小溪流淌
想象不到的领域可能在生死之外
大山的内心并非全是石头，还应有水

哎，失眠三夜，天热只是心外之象
由你引领，终于找到的使者却突然隐形
我感到一种不可言说的寒冷，如叶子颤抖
双眼望穿黑夜，尽头没有一丝亮光

19

漆黑沉重，一旦落下该如何承受
乌云聚集，又被互相碰出的火花撕裂
滴血而又愈合的伤口铭记着今夜
另一种至柔之水切割着自己的骨骼

哎，一切语言都是时间的状态
都是对你的无边想象和无畏描述
但都不会触及果核。我站在未来的山峰
陷入我们共同走过的一段花径

20

清晨的阳光触及花瓣，一个激灵
气息进入身体，分秒进行着气血交换
大山有声，每一阵风里都有草木的摇曳

时间无言，在神奇的影子刻下符号

哎，大千世界，我始终在倾听你的声音
在一分一秒里，任凭浪涛轻抚沙滩
长河之岸星光灿烂，只要与你同行
我不管是回到青藏还是回到大海

21

大海聚集着流逝的时间，往事宛在
可以沉浸其中，但不能改变任何一处
青藏是时间的源头，生命不是奔流
而是滋润两岸，哪怕是消失于大漠

哎，我在长河中游，沐浴着阳光之雨
向东还是向西，似乎已经由你注定
或许我一直在路上，每一声鸟鸣
都是你的暗示：行走或者停留

22

从大山的腹部穿过，谁会想到疼痛
一只花瓶的坚固显示于打碎之后
眼前的美景只可欣赏，经不起任何考验
太阳不可直视，所有的心灵都需要放任

哎，我想回到自己，就像空手还乡
不带任何身外之物，但不能没有你
是的，你始终都在那里敲响晨钟暮鼓
有时也会躲在一隅，看我如何发呆

23

长河岸边的一块石头，不知来自何处
冬时坐在河边，夏时没入水中
经过的鱼没有回来，栖过的鸟不知去向
巨大的沉默透出时间无限的慈悲

哎，在一座山上发现一尊女神
无需再近，你的微笑已经足够神秘
一个可以联想的情景使我呼吸急促
我问自己：三魂七魄之中哪个与你有关

24

最快莫过于无量秒，一切都不存在
最慢的极致是无量年，一切属于时间
牛郎与织女相见的次数，谁能说清
金风和玉露的相逢，谁能描述

哎，你本身就是永远言说不清的存在
一位没有具体形象又处处留下痕迹的女神
你的影子无处不在，你的使者对我说
蜉蝣只活一天，也会绽放绚烂的色彩

时间之光

01

所有流逝的时间都葬身大海
大海才是时间永远的墓地
每一朵浪花都是分秒的不断呈现
每一阵海风都是灵魂的不息歌舞

哎，你的影子现在何处？区别于海水
还是一个转身，所有的城堡都已坍塌
你的使者现在哪里？海滩上的一串脚印
星光闪烁，从东海伸向西域

02

涨潮了，与我相伴的礁石已被淹没
身后是惊涛，是送别还是驱逐
面前是西天，是同样深远的夜色
我带着一身海水，闭上双眼

哎，你应该就在海边，留下神秘的足迹
不远处，一块石头似乎发出微光
可我快要接近时，又陷入一片漆黑
谁会与我一路向西，探寻生命的源头

03

海浪声远，咸腥之味还在萦绕
难以说清的味道，正如墓地之气息
令我颤抖不已。太阳还在对面
我真的需要一个火炉，或者一瓶烈酒

哎，因为你，我卸下自己的过去
包括半个世纪的记忆，于大海深处
春寒深入骨髓，却激发了另一个新生
想象着你，我吸入冷气呼出热风

04

天空漆黑，没有一丝亮光
万物俱寂，没有一缕风声
天地之间，只有一秒一分的时间
无踪无影，无声无息，无边无际

哎，感觉你的影子闪过眼前
闪电般划破乌云，映出一间斜顶小屋
应该是你为我准备的宫殿
让我放下身外之物，顿见本性

05

这是最漫长也最寒冷的黑夜
唯有羊肠小路略泛微光，零星的树
显示出被夜色反复涂抹的黑

囚困于冰冷之衣，苦难之旅走到极致

哎，我已无法描述目前的状况
只好自我安慰，心上的小径会有尽头
驿站的灯笼眨着眼睛，越来越近
还有自在自若，无拘无妨，无得无失

06

当鸡鸣传来时，我已匍匐在地
仿佛听见雷声滚动，一时难以分清
在天上还是地下，于梦里还是梦外
我在等待阳光把我扶起，成为赤子

哎，人生除了生死，其余只是过程
身处困境而向死求生，只因你的脚步
始终引领在前，和着我虚弱的心声
才完成这个惊蛰之夜的长旅

07

黎明出现，仿佛一个世纪的明亮
从东到西，瞬间铺遍大地的每一个角落
饥寒叠加之时，一缕清风一束阳光
都是精神之力，放飞无数个妄想

哎，你在我心上刻下一道深痕
应该是我们共同跨越生死的界线
现在就让我静静躺着，不望天空
就让阳光把我彻底覆盖，不想前路

08

是西风，也是绿风，带着森林的味道
腐殖质中透出松香，跳出童年的松鼠
一条林荫小道反复闪现，野花怒放
小鸟鸣叫，风来风去皆是婆娑

哎，我一直被你包围，却没有在意
我的心底始终有你，却没有感到
正如我与另一个我失散已久
互相找到时才惊讶不已：原来就在身边

09

见过许多花草，就是叫不上名字
历经风霜雨雪，还谈不上曾经沧海
滔滔东去与踽踽西行之间
永远都在眨眼之间，相见即是离别

哎，请告诉我，该怎样挽留一朵浪花
凌空怒放，不分季节，不论南北
随时随地散发一种亘古未闻的芳香
让所有的执着的心灵沉迷其中

10

这座不再长高的山上，可以望海
河水淙淙而来，还能看见久违的炊烟
小径旁的枯草丛，没有藏住小小的绿

无比庞大的寒冷，从里到外层层脱落

哎，你知道一粒种子的力量，谁能阻挡
不是穿越就是绕过，只是方向不同于流水
我停留山间，分明感到你以另一种方式
频频出现，却又像一只小猫躲躲闪闪

11

一夜之间，山上山下充满远远的绿意
山居时光不可描述，或者找不到语言
迎春花开，不管凋谢于何时
泉水流出，不在意流向什么地方

哎，一个幽怨的眼神肯定与你有关
不到一秒的微笑，包含着一万缕情绪
我没有分清，但已悄悄铭记
只待我逆流而上时，在河岸停留片刻

12

太阳升起，下弦月还挂在天边
天气渐趋温暖，万物皆在伸展
包括一条蜿蜒曲折的路，就在河边
几声喜鹊的鸣叫似乎来自天外

哎，谁能算出你的年龄，无关公元
尤其是你的精神，无即是有
谁能成为你的使者，在我心上
刻下你经过的痕迹，一天便是一年

13

路边柳树成排，嫩黄的树芽长成叶子
该是什么样的绿，不是淡也不是浅
像某种味道，神秘得找不到一个比如
微风拂动，是一种胆怯而轻盈的绿

哎，我能感到你的影子，簌簌作响
随你走进黄昏，没有饮酒却已沉醉
蒙蒙细雨的路途，一只搀扶的手
传递心跳，我只想这样走到雪山之巅

14

夏天突然来临，河水宽阔且又平静
向西之路显出平坦，偶遇同行之人
只是走了一段。而路边的花草树木
不断变幻着色彩，在迎接与送别之间

哎，太阳月亮都有年龄，也有寿命
唯你青春永在，整个宇宙无可比拟
一个久藏的秘密，我该怎样向你传递
只有调动一切能量，不断发出想念的信号

15

苍山不老，就在河西的小镇旁边
一野葵花铺向山脚，槐花之芳四处弥漫
另一时空的信息来回碰撞，火花闪现

就在山间，两条小径终于相遇

哎，与山结缘是你精心安排
一个梦想正在渐渐接近，却突然停顿
需要等到明天。我和烈酒一起
把夜晚压缩，把黎明的降临反复润色

16

苍山之巅，祥云缭绕，凤凰盘旋
奇花异草被风拂动，释放着珍藏的气息
宫殿里灯火辉煌，却只有一位女王
自斟自饮，说着天籁一般的话

哎，你如约而来，叫醒被酒浇透的我
可体内燃烧的烈火，即使一条大河
也浇不到地方。如果被你轻抚一下
哪怕十分短暂，都有可能出现奇迹

17

山就是停留，一个挂着灯笼的驿站
河就是流逝，永远与自己的浪花一遇而别
每个人都有自己的山，需要岿然不移
每个人都有自己的河，需要润物不语

哎，天地之间，太阳释放光热
月有圆缺，星辰闪烁。而你肯定有光
那些文物、年轮、皱纹只是你的影子
你的光在哪里？我怎样才能感到而且证实

18

把闪电收藏起来，还能有序释放
把水分解为氧气，拯救垂危的生命
相距千里，彼此的气味也能感到
时间不是距离，一念之间就是相聚

哎，这些均与你有关，但不是你本身
一条路，一座山，我逆着河流走走停停
行走是见证想象，停留则是甘愿囚禁
常常忘我，我要从你的眼里找到自己

19

一路向西，所遇的山都是一座温馨之山
不用命名。还有这条来了又去的河
山河之间的飞鸟皆为信使，一声鸣叫
就能传递期待，不论花开花落

哎，所有的美都具有独特的吸引力
相由心生——美的外貌必有美的心灵
一个永恒的基因密码。你的绝美
只有我能感到，并且情愿被你感染

20

科学的时间已是无比精确，直到无量秒
可万物对时间的感觉，或是闪电或是花开
投在心上的时光，不仅仅是短暂或漫长

还有色彩、味道和声音，或轻或重

哎，我无法再现你主宰的欢聚与离别
只是接受无数个失眠里的无数个情景
在巨大的笼罩中，在浩渺的苍穹里
如另一个我，感到你的脸庞光晕浮现

21

光在构成世界的气土水火之外
但又在其中，只是被深深珍存于内
我们可以看见，山间流出泉水
但不能排除，光就在山的最深处

哎，不管你是存在，是精神
还是与空间一样成为万物的背景
但你永远是我的女神，如来如去
是我并不连续出现的灵气，来去如风

22

回到无名的山，回到无名的河
海拔逐渐增高，也到了收获的季节
这一条神奇之路，早已没有别人
甚至听不见鸟鸣，只是花香依然

哎，关键是你的气息一直都在
或浓或淡，都无法掩盖你控制不住的光
好像就是为了提示我：开悟
可我再三错过，还感觉美妙

23

河的尽头是山，路的尽头又是起点
雪花飘舞，天使纷纷降临人间
哪怕自身成为污泥也要清洗污泥
雪花呀雪花，时间的另一种存在形式

哎，我一直在寻找一生的信念
以己为灯正是你的精髓——时间之光
只是释放光芒，看似无情
却可以弯曲，照到阳光不及的地方

24

山的源头是向上之力，因而坚定
河的源头是一直向下，由此奔流
高原上明月高悬，所有的路皆为历史
发自山河深处的光，有缘者自会感到

哎，请原谅我的愚笨，一路没有悟道
但我知道你的影子遍及未来之途
每一朵山花、每一朵浪花都在微笑
都将显现语言无法触及的神秘之光

時間敲诗

卷七

|灵时：钟鸣寺空|

水城

01

哎啊，让我平静下来是多么艰难
从身体到心灵，平静地注视浩渺的水域
让我在她的水里触摸黄昏的脸
让她在我的热血里倾听纯粹的金之声响

于某一个神圣冰峰感受生命之雨
于某一个噩梦里嗅到死神滑翔的气息
请你做证，让我写下这封情书
平静地创造我们的生活，循环往复

02

一座小城被水阉割，天空陷入水里
月牙载着婴儿的啼哭。鸟鸣以外的声音
淹没所有的鸟鸣，再三重复的黑铁之城
树梢犹如黑蛇，楼顶栖满秃鹫

躯体开始霉烂，灵魂的碎片
枯叶般浮于水面，火苗奄奄一息
我原本的家化为泥沙逐水而去
残存的爱情沉于水底的水底

03

时间被水切成渔网，昼夜已不存在
街道上的足迹向上飘浮
每一块石头都蒸发着最深刻的饥饿
大地沦为一个阴谋，深不可测

在水底击石取火，众人都在拼命
撑起一片永恒的黑暗。不朽之欲
在她与我之间，筑起一堵永久的钢城
我们无话可说，无泪可流，无梦可做

04

当水涨到极限，当风下沉水底
太阳终于洒下可怜的光，又被弹向空中
天空蓝如小偷的眼，饿狼叼走婴儿
大鱼吃掉小鱼，狐狸的身上涂满油漆

所有的呼吸都断裂于冥冥之中
水上是深沉的睡眠，水下是骚动的繁忙
烈烈火焰从岩隙喷涌，滚滚黑烟从水底腾起
把水还原为金，是小城最伟大的使命

05

水如地狱，挤压着贫血的声音
水中布满漩涡，吮吸着所有的血肉
被排除在外的豺狼虎豹已无踪影

被视为异类的乌鸦只剩下骨头

双乳已被吞食，只有眼眸还有一线光波
她感到我的心还能微弱跳动
就用最后的力气告诉我
一直向西，去寻我们的家园

06

她的吻仿佛在水中飞翔，她的情爱
却在缠绵我的远行，我向西而去
朝拜神圣的西山，水向东流
席卷着花草树木的僵尸，无边无际

我在滔天大浪中，以手为钉
攀上一层层峭壁，叩击高昂的头颅
幻想一个越洋过海的生命之舟
驶向一座高耸入云的神山

07

我长跪不起，只因西山与西风正在燃烧
铁山、铜山、银山和金山都被化成了水
苍穹噼啪作响，地火涌出山巅
如雷似电向东奔腾，只剩下时间的废墟

曾经原始而神奇的西山
曾经冰雪覆盖、雪莲怒放的西山
曾经百鸟齐鸣、光芒普照的西山
已被足迹污染，世界失去最后一块净地

08

仿佛幸免于难，木鱼声声如我呐喊
我的身躯可能已在小城融化为水
一路西行的灵魂，随着一炷香火袅袅升起
此时，我最需要的只是平静

在高深而悠远的平静之中
回想一下那段恋情的刻骨铭心
看一眼苍白的太阳，向遥远的东方
再看一眼，整理一下自己头发和衣着

09

哎啊，上天无路，入地无门
我带着不屈的孤傲和如归的坦荡
走进西山的熊熊烈火，像一块黄金
让火洗去我灵魂上的斑点

在没有疼痛的翻滚中重塑自己
让心囊天括地，再塑一座信念的西山
然后请你做证，让我写完这封情书
平静地创造我们的生活，循环往复

浪迹

01

哎，我一生都在赶路，却都是徒劳
我泪洒故园，正是大地爆裂之际
穿过没有阳光浮动的杏林
杏子远嫁，我紧握老人的长鞭匆匆赶路

恋人扑入怀中，随即又在前方闪烁
成为我最人间的诱惑，还有梦中
那个神奇的暗示，死死地牵引着我
即或稍停片刻，心便不辞而别

02

我的路上没有别人，大雁只在天外
灰蒙蒙地唱着。离开只是一个瞬间
西山之脚已经深入乡思，仅望一眼
所有的感觉都断裂于黑似地狱的山峡

一块空碑堵截了我上山的脚步
我闭上眼睛，任目光穿透后脑
放纵回望，走过的路竟是一座座山头
虽然不高确是一片翠绿，东海一片汪洋

03

大门开启，吞吐涌向码头的火炬
面对无数生灵堆积的岛，时间在流血
我在为谁流浪？在充满迷梦的现代荒原
我没有食物、棉衣和家园

向西，我依旧是一朵伤痕累累的云
翱翔在狂风之天，小憩于鹤唳之野
风啊，请让我落到那座还在歌唱的茅屋
卸下一身寒冰，让内心的阳光穿透前途

04

从东海而来，我一路餐风饮露
途经太阳升起的地方，犹如古诗中的风
依旧是一身苍茫，两手空旷
在瓦釜雷鸣的浪荡中带着不屈的希求

西山无路，但山顶有间迷人的红房子
住着一位永恒的恋人，超越时间
我向那里而去，可一旦登上山巅
也就跌入山下的墓穴深处

05

我徘徊于屋外，门里是一个奇妙的灵地
所有的衣食住行只在一念之间
所有的牛羊都被放生，石头上开满荷花

彩云如鸟鸣叫，人们相望一眼就能满足

我曾依傍日月精气，倾听千里之外的民谣
也曾迷失于一个生死拥吻的寨堡
一个传说中的复活之地，心确在等待
一个温馨如春的家，从地平线上冉冉升起

06

我依旧充满妄想，捧起古典的头骨
行云流水的琴声漫天飞舞
谁会走出大门，吻我干裂如火的双唇
谁会扶我跨过生死的白黑门槛

一条绿荫小径，两边缀满鲜花
伸向灯火明亮的天堂，还是无比漆黑的地狱
一朵芙蓉露出水面，如梦似幻
绽放出无边的温柔——漫天的晚霞

07

哀丝豪竹的落英，在时间的夹缝
化为凤凰，随桑林舞曲环擎天之柱
荒风掠过，忘却一切巡游三界
流失天国的飞翔仍在继续

一切都不曾开始就面临结束
我还在门前，把钟声抛向西山
靠着一棵被伐的大树，树叶融入泥土
望穿漫天乌云，猛觉我在画中

08

流浪汉的家，除了子宫就是坟墓
在这凄苦的秋夜，鹊桥已断
寺院的残壁上一幅阴阳的合体
放射着原始图腾的未来之光

我翻遍山川已是天苍地老，雪山之颅
荒芜如坟。滚滚浓烟舔着无泪的云
所遇之人好像都在逃避什么
我从门与门之间侥幸通过

09

哎，踯躅于阳光之外，水中的火焰
开始泛滥。我精心铸就的一身正气
坍塌于狼烟之下，灰烬上飘荡着
日月星辰的凝视，苍天低垂双手

大地裂成红唇，我在生命的边缘
久久徘徊，内心珍藏着无限蔚蓝的海洋
祭祀的白纱音乐般垂向方舟
村头的白杨树叶子尽落，但还挺立

荒野

01

我走进荒野，一种空旷的力
在石头的声响中辐射，脚印昭示
错误的又一次开始。太阳之卵
已经破裂。我成为荒野唯一的路

在荒野上行走只有无边的疼痛
荆棘上挂着鲜血，影子一如潮汐
秋风吹过，探险的梦上附满灰尘
我内心的荒野风声鹤唳

02

我以开拓者的名义走进荒野
青铜色的脸把风凝固，将枯枝与泥土相融
让草木背向伤口，沿着黎明的狼血
深入空谷，创造出果实的往事之火

把根扎进大地，把旗树向天空
让锋利的钢飞翔于流火的铁
在残月的梦里给荒野涂上疾病
阳光融入童年，钟声久久回荡

03

空闲之地，洒满星星之壳的河滩
想象的处女地，都被日子开垦
没有一方草木葱茏的手帕
留给咳嗽不止的孩子和鼻涕横流的未来

尽管如此，我依然打着鲜艳的旗幡
从另一个荒野出发，涌向田园
奔向草原深处，走向山河尽头
种植贪婪，从一点开始漫向八方

04

时间隐秘，我在草甸上穿行
鹰是咒语，风是干旱
云朵投下一片死寂，我碰倒一棵小草
西风守着泥土没有做完的梦

在草甸上走出小路，榨干草根
羊群成为都市的野炊，一夜之间
帐篷顶起融入自然的梦。脚印
覆盖了宁静，炊烟给草甸戴上草帽

05

又一片草原成为破碎，每一道犁痕
都在生长昏暗的剧痛。所有的泪水流不到那里
就已干涸于半途，种子都在土里沉默如死

牛羊被野餐，只留下一片荒凉

草原成为病历，我在绿色之外
看阴云浮动，呼吸鞭梢上的风声
把小溪抱在怀里，弹一曲不尽的失眠
那个找不到的梦，绿在远方之远

06

铲平青山，种上森林般的烟囱
田地和果园被一叶叶地蚕食
唯一的孔雀湖被山石填平
一个超级市场拔地而起

大地龟裂而又隆起一座座山丘
绕过敏感的夏日，机器轰鸣
一个大浪涌来，故乡长出一幢幢别墅
四周移植而来的树，能否安度冬天

07

假山精致，流水重复着一个声音
在豪华的灯光下，我却感到一种黑暗
麻木已久的心，掠过一丝疼痛
一个凄美的背影，渐行渐远

我曾就着月光写下一封情书
翻滚的小麦为我溢出恬静的绿
白杨树上的雀鸣为我来回飘荡
牛羊在草滩上追逐着我的民歌

08

逃出死亡的夹缝，我才挺直
落满秋霜的呼吸，以及蜷缩如犬的目光
这是最后的荒野，苍鹰滑翔着
滑过酸枣刺上无边的干旱

没有任何告别，没有任何想法
只在荒野蹒跚，像一个游魂
不管被风吹到哪里都是命运所定
我唯一的奢望是大雨降临

09

一阵阵狂风掠过城镇与乡村
黄昏之碑闪烁着血色的故事
立成明天的怀念，乌鸦
用黑亮的鸣叫守护着天堂之门

所有的一切都是为了物质
而没有顾及心灵，我面对天空
原来自己已经成为一片时间的荒野
躺在地上却又无地自容

自然之泪

01

阴面的雪犹如煤块，期望新的焚烧
我理想的雪人穿上灰尘的棉衣
心中储存的玉照渐渐褪色
而且发黄，直到蒙受冤屈

我曾居住过的碎月阁已被冰雹压塌
倒塌于令我蓦然回首的秋波之上
现在，我呼吸的不是赖以生存的风
而是不溶于任何液体的灰尘

02

一座行走的城市，走向村庄
收割鸟鸣、羊咩、牛哞和田间果实
把泉水装进瓶子，把空气压缩存贮
连阳光也被席卷而去

声声犬吠敲打着晨昏，树木露出伤口
荒芜在呼唤，旱季提前到来
灰头土脸的人们只为找水，一个个钻进土里
我等了半天，没有见到出来的人

03

我被紧锁的门和漆黑的墙所围困
被烟城和雾都所囚禁。我失去自己的蓝天
我患有鼻炎咽喉炎和气管炎的身体
承受着岁月的污染。我畸形的喊声穿越时空

我要逃跑，却逃到了另一个世界
说自己没病正是有病的证据
身心承受了无法承受的疼痛
心脏伤痕累累，气管附满灰尘

04

然而，我仍然要大声呐喊，像一匹狼
奔跑于大街，不忍目睹小白鸽
滑入下水之道，狗的牙齿从铜钱中穿过
来自远山的小白兔病死于小巷深处

商场全是迷蒙的影子。影子上变幻着
红绿灯的脸。没有心的电视与黑心的棉
长满胡须的鼓楼与有毒的食品，股市穿孔
关系变质，都让我感到诗的末日即将来临

05

春天和夏天同时举手，要成为大自然的主宰
足迹堆砌的墙矗立于每一寸天地
烈焰吞噬地层，浓烟涂抹乌云，水被浓缩成石

海岸线火速后退，苍天的泪遍洒寰宇

在增值的妄想里三角洲随之起伏
在大幅的行进中长河患上高血压
在随时随地的排泄中湖泊隆起癌症
水的呼唤闪耀于山脉，童年的沙堡编进神话

06

这是黄金裂变的季节，所有的鸟
都在火中找到光明。我的血液超过沸点
只因曾经拥有的一切正在失落
如诞生的婴儿，活着就是一步一步地死去

无忧无虑的童话，自我欣赏的青春
不顾一切的爱恋，还有越来越少的岁月
都随一江春水向东流去
只剩下断垣残壁上的记忆

07

我自言自语，从科学中寻找艺术
关于一个人走过桥梁能否进入寺院
关于两人拥抱的距离是远是近
关于想起海时是否首先想到女人

而当我想到纯净的水就如火燃烧
我在失去净水之时，也失去了
用水滋润的爱。而我还能感到的你
正是无所不在的死神

08

我从开始就寻找一种永不沉落的精神
从庄子的蝴蝶到古希腊的魔杖
从五月的石头到镀金的十字架
从忘川之畔到一杯清茶升起的禅意

然而，现代文明的废弃物
不放过任何一个处女地的旅游及探险
比世俗还要世俗千倍的寺庙
已使青山绿水备受摧残

09

我曾有一个安静祥和的故乡
已经搬迁进城，只剩下一个地名
我有一片属于自己的天地
已是过眼烟云，连一滴水都没有留下

但我仍在寻找一种清亮的阳光
一种与天浑同的气，一种润泽万物的水
一块平坦肥沃的土地，一个温暖人心的火炉
一个坐北向南的家园，几个院里奔跑的孩子

10

返回红尘，一切都在向好转变
返回内心，原来没有那么严峻
起码还有民族的血脉和向善的力量

把大自然原本的面貌还给世界

哎啊，请你把晴朗还给天空
庄稼、草原和森林茂盛地成长
把清流还给大地，飞禽走兽尽情歌舞
把真善美爱还给人间，我们的子孙拥有幸福

哎，请听我的忏悔

01

哎，燃躯体成绿色的火焰
化灵魂为黎明的呐喊
从海岸冲向陆地，冲向大漠，冲向高原
波及没有生命迹象的积雪山巅

某年某月某时某刻
某一个被历史遗忘的地方
某一个苍白的窗口，正式宣告
我离开了她，带着一项主宰万物的使命

从地上站起就开始背叛的第一步
将爬行的痕迹葬入不会重复的黑夜
让一切的一切重新开始
创造一个绝美的长篇神话

02

我光着脚丫，在小院玩耍
我穿上布鞋，在草滩放羊
我换上皮鞋，在故乡之外的城市
对她身躯的践踏一步一步加深

由亲切到冰冷，由柔软到坚硬，由轻盈到沉重
所有的路都由饥饿逐步织成
纤细的草绳，宽阔的皮带，坚硬的钢索
将她纵横交错而无比紧密地捆绑

这是人的规律，任何问题都不会存在
她被囚入牢不可破的空气之狱
把创世的太阳珍藏于无人企及的地方
可她最大的希望是我的梦想不再幻灭

03

哎，我最大的希望是你沉默如黄金
回望她最初的圆满，正如太阳初升
诞生过神话的大河，天堂在雪山之巅
蓝天如洗，白云闪现着诱人的圣光

走出莽莽发丛，我直起身体
从骨头里取出火苗，一支削尖的木棍投向猎物
欢呼声中涌出一串奇妙的话语
晚霞漫天，又凝聚成一位顶天立地的神

没有风声，她所有的飞禽走兽都在蛰伏
泪水涔涔，汗毛上洒满七彩的玛瑙
皮肤上的文身图案，由青葱到金黄
我是她身上的寄生虫，劳动是我的职责

04

千年一瞬，现代文明在彼岸轰隆作响时

空气中就弥漫着海洋的腥风血雨
钢铁之手无限伸展，阴森森地抚摸着她
仿佛昏鸦盘旋于没有人烟的空谷

无须准备什么，我天生就是恶人
肩负开天拓地的神圣使命
所有的星星也填不平一直开裂的沟壑
月亮太小，千山万水都被踩在脚下

以她的肚脐为中心，机器驶向四野
一任猛士音乐的伤口，辐射状扩散
皮肤开裂，鲜血迸涌，脂肪流失，骨节裸露
她敏感的触觉，被我流放天涯

05

哎，她每一处洁净的处女地
都被我开耕于光天化日之下
我用沉默的手创造着永远的沉默
汗毛，犹如丧失根基的草被水漂浮又被风飞旋

我是物质的拟人化，是掠夺的具体化
我是创造冬夜的机器，是透支未来的嘴巴
我要征服大地上所有的宁静
我要满足所有万物之灵的欲望

她的最高峰被我联想而至
在她沟壑纵横的裸体上，我带着豺狼虎豹
沿着一道蛇形的血痕，我逆流而上
壮士一去兮，选择了攀登

06

当历经严寒、缺氧和病痛
太阳贫血，我终于登上她雪白的乳房
乌云垂泪，我站在她高耸的乳头之上
向世界放喉宣布，我是世界上最高大的

人，还没有说出，脚下一滑
仿佛一个沉重的警告。她无序的泪水扑面而来
旋转着不能再蓝的天空，席卷着我滚滚而下
从彩虹到岩石，从地平线到奈何桥

一声呼唤从她身后的词语中汹涌而来
是她的一根头发，捞起我丢失已久的年轮
一个我倒下，另一个我在河之洲站立起来
只为探寻她生长奇迹的源头，我再次开始远征

07

哎，万里无云，阳光如犁，土地龟裂
我穿过红晕犹存的花季，越过干涸的河床
但见她的睫毛犹如森林，守护着湖泊的清澈
还有她倒映出来的天堂的模样

黄昏弥漫，我不信神鬼，也无敬畏之心
把石头扔进她的眼里，砸碎倒映出来的我
随着涟漪荡开又渐渐复原
脑际复原的却是十万雄狮怒吼的黑云

于是，我指挥车辆把生石灰倒入她的眼睛
她的泪水开始燃烧，火光冲天
眼底一片一片裸露出来，是惨不忍睹的焦黑
光明，澌灭于历史的陶罐深处

08

我拖着风暴逃进她冰封感觉的发丛
展开属于我的良辰美景，却点燃了草原
牛羊哀叫，狼群逃窜，万鸟升天
我在火焰的中心感到了什么是恐惧

烈火无边无际地蔓延，就像季节之外的爱情
东边扑灭了，火苗又从西边冒了出来
烧毁了南国，又接着焚烧北方
整个大地，一切都在燃烧，浓烟就是一切

从她的皱纹里，环顾她焦黑的头顶
我的头皮抽搐不已，在一片碎裂声中
大山颤抖，巨龙狂奔，龙卷风吸干江河
我在天上飘荡，又一个我跌入她不断下陷的耳道

09

哎，当我从一场噩梦中醒来
如在地狱，心上长满残酷的手
指挥着我整天整夜地挖坑，放炮，掘进
最终打穿她缀满音符的鼓膜

割除咽喉卫士，打开她摇滚的通道

切下软黄金一样的舌头，砸烂各种形状的骨头
连闪着钻石之光的牙齿也被炸碎
然后运出，源源不断地运出

掏空一个部位又向下一个部位进军
她的关节已经脱落，身体已经瘫痪
堆积如山的骨骼，有的被化成了水
有的被烧成了灰，灰又长成恶之花怒放的树

10

我躲在灰色的树荫下绘制宏伟的蓝图
建设一项空前绝后的浩大工程
在她的肺部林立烟囱，让她的呼吸改道
让她不息的长风，吹出与日同辉的明亮

在裂谷之伤，在平坦的血管壁上
我搬运不溶于水的胆固醇，并且焊接起来
将动脉血的流动拦腰斩断，落差成为风景
而她远离心脏的皮肤一片一片地苍白

我却得到一枚闪着原始光芒的奖章
凯旋于她的咽喉之道，走进她的心之海洋
给心底扎上大大小小的针管
榨取我取之不竭的财富

11

哎，我曾是她最乖最听话的儿子
一直想要出人头地，就长成一个活动的物质

我到处奔波，自以为天神下凡
始终在改变环境，还要主宰大自然

结果却是龙卷风、沙尘暴频频降临
地震不断，海啸暴发，疾病横扫人间
很多化学物质悄悄进入身体
还有多少未知而恐惧的东西正在窥觎人类

我已陷入八面楚歌的境地，茫然四顾
野蛮消失，令人不寒而栗的全是文明本身
是啊，我过上了物质的幸福生活
也跌入精神的万丈深渊，魂飞魄散

12

我仍然空虚，我没有信仰
顺着她的神经之藤攀登而上
想走进她意识的领地，另一个天堂
门，却被岩石堵塞

面对太阳神像，面对已临晚秋的大地
我深感绝望，回眸我创造的繁华与荒凉
哎，我是世界上最大的罪人
现在我只要忏悔，不要饶恕

生命是一条短暂而曲折的小径
死亡则是路边永恒的驿站
我用泪水濯洗身体，用火焰焚烧灵魂
只为了一个天蓝水清的家园

时间停在泪水上

01

哎，时间女神，你应该知道我
陷入什么境地，我不知道是梦是醒
甚至是死是活。觉得心为灰烬，魂已出窍
仿佛只剩一口气息，细若蛛丝

没有阳光月光星光灯光，也无雨露霜雪
四周全是灰暗，不知道是昼是夜
没有一丝声音，哪怕是一声虫鸣
静到极致，我却感不到自己的心跳

分不清是夏是冬，感不到冷暖
应该还有呼吸，张开嘴却不能发声
觉得有风，只是不敢相信风会离我而去
我不知道身在何处？又被什么所困

02

哎，一夜之间，我陷入另一世界
不能左右，上升或下降皆无可能
天地已无界限，没有犬吠穿过的空隙
时间停滞？或者没有使你显影的事物

掉入陷阱，起码还有天空做伴
葬身大海，还能喂一次大鱼
可我是被囚禁，仿佛被水淹到脖颈
一个只有水而无其他的狭小空间

从崩溃到无眠，求生只是本能
从绝望到无助，求死没有能力
一切可能皆已失去，我唯一的妄想
就是呼唤如风的女神，请你救我

03

哎，一定是我的身、心、灵出现分裂
才被这个世界所弃，大水天降
我被席卷到此，浑身被树枝划伤
全身是翻滚的疼，内心是撕裂的痛

不知过去了多久，全身已经麻木
不渴不饿，舔一下嘴唇
没有尝到土腥或者咸涩的味道
我已失去身体的感觉，成为一截朽木

身体被困，灵魂出走，万物隐身
或者空间已被压缩，时间沉在水底
只有囚困我的水，才是我活着的全部
生命已无意义，只有神思还在

04

哎，面对现状，我应该是悬在水中

头上应该是天空，但像一块石板
脚下应该是水，脚趾没有触到任何东西
水在我的下巴处，没有一丝波纹

望向远处，水天一色皆为灰暗
脑袋不能转动，左右和身后会有什么
是躲藏的风？还是另一个游荡的我
但并不可能，尽管我相信灵魂如风

眼前的水，只是像洪水但不是洪水
更与泉水井水河水海水没有任何关系
没有清浊热凉或甘苦之分，没有任何声音
是我从未遇到的水，使我失去所有的力气

05

哎，生不如死，倒不如做点事情
梳理一下我们走过的一段路程
从内存中，找到相遇的时间和地点
真是蓦然回首，原来你在这里

是我一直寻找，是我梦中启示
你才从风中显现出神秘的形象
我心跳加快，脸上却是平静还有严肃
而你又躲又闪的身影，中断了连续

时间跳跃，越想隐藏什么却越容易泄露
就像脸颊的羞红，低头并不能躲过
是你让我停在原地，此时此刻
是否会像山间溪水，流向梦想之域

06

哎，我坚信梦境是另一时空
具有神奇的力量，暗示未来的方向
我坚信你就是我的时间女神
一直在我心灵深处，我却一直没有想到

缘于梦见一朵雪莲花，从含苞到绽放
如缩时摄影，但我分明看见一个熟悉的影子
在压缩的时间之中，感觉十分亲切
面含微笑，步步生花一般向我走来

梦醒之后全是惭愧，多少年早出晚归
我所遵守的时间，竟然是身外之物
心理时间被我忽视，真正女神被我遗忘
我愿为此忏悔，不顾膝下的黄金

07

哎，请允许我先说十万个对不起
虚度了多少最美好的年华才想到你
一个十年，我沉浸于一个消失的王国
描述那个英雄时代沉默已久的光辉

貌似按时往返，实则沉浮于历史
我分不清自己是在此处还是在彼岸
十年之后，如梦方醒，身心俱空
可时空隧道已经消失，梦想踪影皆无

面前的现实生活的确非我所愿
滚滚红尘里全是时间的碎片
又过十年，一个有关雪莲花的梦
才让我意识到时间，唤醒心中的女神

08

哎，原来你一直在这里，在我身边
原来一直被我忽视，没有请到心里
现在，我不管身外机械的时间
请你代替我内在的时间，与灵魂融为一体

只有想到就有相遇的可能
该怎样创造一个现实而浪漫的时机
你我相见，让内在与外在互相认证
除去人间烟火，让我重新认识另一个我

时间入驻，女神此在，心灵安宁
与此有关的事情皆会为我而来
正是缘于我的在意，你们纷纷显身
哪怕是一枚落叶，也有时间的脉络

09

哎，往返于发光的星星之间
其他星星一闪而过，犹如散落的村庄
于万花之海飞翔，被奇异之芳笼罩
仅仅想起美酒，我就醉得海阔天高

此刻，我的内外宇宙相互重叠

可觉得有些虚幻，连同日出月落
你具有无限蜷缩或展延的能力
我也成为时间，但不知道处于几维空间

此地，你如一张纯白的纸已被卷起
起点即为终点，打开就是天堂
聚时美梦连连，又快如闪电
一天只是一瞬，又被迫踏入红尘

10

哎，我仿佛在宇宙飞行，接近光速
或者一个念头，把一年过成一天
四周全是星空，一切都是静止
如在时空隧道，梦想与现实相互转化

当时间可以倒流，空间就会自由伸缩
纵横古今便不是传说。众神莅临
整个宇宙都在迎接你的神秘之光
一种久违的母性之爱，普照心灵

时间的本质就是无己，就像母爱
只是源源不断地付出，而且始终沉默
我只是知道，但并没有觉悟
知道灵魂需要觉醒，但不知从何做起

11

哎，只有强大的灵魂才能新生
回到星空，闪耀自身的光芒

而居住过的身体，只是一间房屋
不论多么豪华也会成为泥土

尤其是四大不空，凝成巨大的力量
地震、洪水、火山、暴风，皆为大灾
万物皆有灵性，花开花落
可谁在住地与故乡之间，来去自若

是的，故乡是我的出生地吗
可我不能回去，有罪之身需要烈火清洗
故乡是星空吗？可我的灵魂需要成长
还有一段为你而修炼的漫长之道

12

哎，与大水天降同样突然，从天堂到炼狱
仅一眨眼，我回到被水囚困的现状
远处传来最熟悉的声音，显出一片鱼白
我瘫坐在地，连同正在下降的水

不敢眨眼，身边的洪水正在旋转
也在重组，灰暗之中涌出花草树木
又被疯长的楼群遮住阳光，似曾认识
这是我生活了四十年的小城吗

回到心形的城堡，女神的凡尘之所
是你那句神奇的话，唤回我游荡的灵魂
西风停在一角，莲花绽放
我沐浴着另一种阳光，没有身影

神力

01

没有生命就没有灵魂吗
灵魂能否独立存在于生命之外
所有的生命都有灵魂吗
灵魂是否还有强大与弱小之别

活着时的灵魂与呼吸有关吗
灵魂栖居于身体的哪个部位
灵魂是生生不息的神性力量吗
与前世今生的修为有无关系

灵魂不是物质，而像一道光吗
如思想的火花或者精神的力量
人死之后体重轻了十八克至二十五克
可是灵魂的重量，是否与气息有关

人死之后的灵魂也随着消失了吗
有无回到宇宙的可能，需要多长时间
若有身体而没有灵魂就是物质吗
若无身体，灵魂以什么形式而呈现

02

人的灵魂以波的形式存在吗
如心电图、脑电波，可在提示身体的问题
人活着是身体与灵魂有机统一吗
身体是粒子是物质，灵魂是波是能量

当身体消失，意识仍然存在吗
当下一次生命轮回时，粒子转化为波
波又能体现出粒子的特性
成为物质和能量的融合，成为新的生命

就像电脑硬盘上的资料，虽被删除
但只是删除了有相之物——粒子
其波并没有消失，而是隐藏了起来
通过适当的手段，可以使文件得到恢复

·

人虽死了，但其一生的痕迹并未因此消失
就像遗传密码。当机缘再度出现
如同文件分配表中的信息，被再次找到
过往的一切又会重新显现，并且继续

03

灵魂的存在是一种能量波
在地球在宇宙，在另一个神秘的世界
在另一个维度，还可能在时间之外
有缘者之间皆会产生的量子纠缠

穿越时空，就像心灵感应
还有鬼神传说、灵异现象、转世轮回等
能说出自己前世的名字和经历的事情
是否可以证明灵魂的降临或者再生

有人在家，非常清楚地听见敲门声
打开后却没有人影，可是灵魂出窍
濒死体验者，觉得自己像一片羽毛
听见他人说话，自己却不能发声

觉得有一人反复出入自己的身体
甚至有点排斥，却又无法拒绝
灵魂是回到宇宙，还是转换到其他生物
是进入天堂享乐，还是下到地狱受罚

04

每个人的一生并非出生一次
身体出生，但灵魂沉睡，处于懵懂状态
而灵魂觉醒，真正地认识自己
身灵合一，才能领悟到生命的价值和意义

重要的是虽死犹生，在有生之年
无私奉献，具有超越时间的精神力量
灵魂得以强大，从而能够回到宇宙
不生不死，自由自在

灵魂与身体一样也在路上吗
是一趟从沉睡到觉醒的单程旅行
在什么时间，在什么地点，以什么方式

觉醒，万物有灵，千差万别

十年，一生，或者在临死之前幡然醒悟
被逼到悬崖，绝望之际一缕阳光穿过云隙
而为自己不择手段攫取利益的人
已是行尸走肉，已被灵魂所弃

05

当生命被病魔造访或被痛苦折磨
可是灵魂不愿沉睡，对身体发出抗议
提示身体不要被物质所困
而要退还不属于自己的东西

要加倍地赎罪，心甘情愿地付出
唤回自己的灵魂。哪怕献出生命
只要灵魂能够觉醒，哪怕几番轮回
只要如江河奔流不息，在无限的时空里

当灵魂觉醒后，活着才是真正活着
内心充满爱，还会不断创造爱
一个回眸成为必然，成就不可能的相遇
相爱在意料之外，发现对方越来越可爱

觉得周围的一切都十分美好，感恩岁月
爱如泉水不断涌出，流向干旱的土地
一对灵魂伴侣之间，无论距离多远
一个梦都会传递信息，显示爱的神奇

06

梦想出发的时候，能量就会聚集吗
灵魂进入时空，日月星辰如同一个个地名
宇宙的真相是自由自在，不被认识
是因为眼睛还没有成为灵魂的窗户

人本自由，只因欲望丛生
却又四处寻找，唯独不会用心感受
就像走在阳光下，周围的一切都是阳光
意识的视野开始扩展，自然而美妙

时间有无灵魂？逝去的时间葬身大海
海水蒸发形成云朵，云朵聚集降下雨雪
雪水、泉水、雨水一起向下
流成小溪，汇成大河，奔向大海

时间的灵魂即是身体，像水一样利于万物
自我净化，哪怕被污染本性也不会改变
而灵魂的时间就是无限的爱
在任何空间都是自由自在的徜徉

天上地下

01

一念天堂，一念地狱
一念可以是善，也可以是恶
如果无善无恶，一念可否存在
天堂和地狱是否就成了比喻

人的家园是人世，死后成为物质
灵魂的家园是人体，离开人体便是能量
天堂和地狱，因离开身体的灵魂而存在
成为与人间共存的生死空间

天堂应该是人间最美好的模样
天空蔚蓝，祥云缭绕，雪山圣洁
百花盛开彩虹，鸟兽奏响圣乐
人们自由自在，超越生死

地狱应该是人间最苦难的地方
暗无天日，阴风阵阵，血水横流
花朵释放恶臭，绵羊露出獠牙
人体伤口遍布，痛哭哀号

02

这只是对天堂和地狱的普通想象
真正的情景超出四维时空
尤其是天堂和地狱的时间是否存在
即使存在，可能并不一致

如果天堂在上，地狱在下
与人间构成一个纵向坐标
主点就是生命横向的终点
是灵魂的新起点，向上或向下的拐点

谁会向死而生？怀有升入天堂的梦想
延伸生命中每一分钟的长度
克制自私本能，看淡功名利禄
像燃烧的蜡烛，奉献出自己内心的光

谁在一味索取？从不相信地狱的存在
争分夺秒，只是为了不断占有物质
耗费毕生精力，只是为了出人头地
结果成了损人利己的精神乞丐

03

时间与空间有关，在这个宇宙
已是无边无际，以光年来计算
也没有边界。另一个宇宙时间静止
但不是没有，与这个宇宙的时间无关

如果说人间的时间是此时
那么天堂和地狱的时间就是彼时
比如天堂的一天是人世的一年
那么人世的一天便是地狱的一年

这仅仅是猜想，来自对事情的感受
所有幸福都很短暂，所有痛苦都很漫长
可谁在天堂，谁又在地狱
谁又能从天堂或者地狱回到人间

天堂和地狱应该也有维度
应该在四维之上，应该就在我们周围
可能重叠在一起，但不能互相传递信息
我们的言行都被监视，却不能感到

04

三个终极之问，根本上是灵魂之问
没有灵魂的身体，不管是谁都来于尘归于尘
但有灵魂，可以作为能量回到宇宙
或者升入天堂，或者下到地狱

生存需要物质，但不能被物质所困
四大皆空是对地水火风四大物质的否定
一斤山珍海味与一斤粗茶淡饭
本质上都是维持生命的蛋白质、糖和脂肪

我相信灵魂存在，尤其是万物之灵
只有灵魂觉醒，才能成为真正的人
如太阳不断释放能量，创造精神财富

由弱小而强大，成为传承的文化遗产

我相信天堂在上、地狱在下
在我们不可认知的另一维时空
警示我们时刻葆有敬畏之心
水一样利于万物，火一般抑恶扬善

時間歃詩

尾 声

|红尘之梦|

红尘之梦

01

哎，现在让我静如河边的顽石
静静感受你从身边流过的节奏
你并不遥远，就在我身边
稍加在意，你就是我生活的中心
在你的怀抱，我知道了生老病死
对你的珍惜就是对灵魂的敬畏

我相信你是一条奔流不息的河
你的每一秒都不相同，都有灵性
也相信你时常滴答于我的耳边
当我凝神去听时，心跳依然有力
更相信你是一位频频降临的女神
常常在我的眼底留下一颦一笑

02

哎，现在请允许我描述你
留在我心灵上绝美的倩影
你秀发披肩，散发着神秘的幽香
觉得非常熟悉，却找不到可比的花
我想到儿童身上的奶香，想到茉莉
但只是想到，并不能接近

你的背影高过贺兰山峰
乌云般的长发全部回到大地
雨滴刚刚落到地上的那种香味
是泥土之味。你的幽香仍在发丛
依旧清淡而深远，如白云的芳香
我飞向天空，只为捕捉一朵白云

03

哎，我时常感到一种深深沉醉的幽香
直抵心灵最隐秘的一角
但与酒无关，不存在世俗之味
我想起翻开的书，迎风怒放的寒梅
沉在记忆深处却又不断萦绕
举首间，我嗅到山巅雪花的芳香

是的，你浑身散发的幽香
可能在白云里，在雨滴里，在雪花里
关键是在空中，保持绝对的独立
远远抗拒任何气味的试图接近
当各种气味令我感觉渐渐丧失
我再遇你的幽香时，身心眨眼间回到原初

04

哎，我从来没有一睹你的芳容
曾见你的长发从西天铺排而下
每一根发丝上都挂着水滴
从浓密到稀疏，发梢处透出亮光
映出你洁白而修长的手指

轻轻弹奏日月星辰的千丝万缕之弦

每一座山，每一条河
所有的生命，所有充满爱的心灵
都被你弹出无穷无尽的美妙之乐
所有的光气水土火，在你的手中
能量转换。我想起千手观音
慈悲无边，修一切善断一切恶

05

哎，你的手指就像浪花，永远都在盛开
瞬间凋谢又绽放最灿烂的瞬间
你的手指不可记数，如果能找到一个词
就是无量，没有数量乃至没有维度
寓有形于无形，像空却又无空
但你的指纹留在我的每一个细胞里

就像轻柔的月光洒在身上
穿过皮肤，遇到一见如故的心灵之灯
互相怜惜，融合成一股神奇的力量
是的，与你手指接近的只有白玉兰
你所传递的温柔只有我能感到
就像把坚冰化为清水的春意

06

哎，怎样把你的温柔转换为意象
春意不是小草生出，不是鸟语传达
也不是柳枝上的嫩黄所泄露

春意与温柔一样不是被固定于某个时段
而是一种始终都在运动的活力
释放着令人心跳加快的温馨之光

应该是黄昏时分，走在小路上
我似乎看见你的眼睛，无比明亮
含有一种惊讶，甚至有一丝嗔怪
好像是被我疏远的朋友，偶然重逢
水汪汪的眼睛里跳出一道闪电
深入骨髓，我差点瘫坐于地

07

哎，这是你的眼神，是一朵放电的花
只一刹那，但浑身酥麻的感觉
从身体传到灵魂，并且留在
途经的每一个地方，仿佛种子
只待一阵细雨，一阵轻风，一道阳光
就能激活，瞬间开出艳丽而奇异的花

是的，你的带电眼神来自你的灵魂
你的深情如水荡漾，你的温柔如灯长明
所有流逝的时间都汇集于大海
大海上的灯塔正是你的眼神
时时刻刻都在提醒我：人生短暂
就是要把活着的短暂活成死后的漫长

08

哎，我现在静静地坐在黄河边

尾声　红尘之梦

望着河水潺潺流过，波动着往事的涟漪
我只是芸芸众生中的一员，渺小如蚁
自从意识到你，就深陷你无边的怀抱
唤醒酒醉的灵魂，用心与你对话
尽力捕捉你纷纷飞来的各种信息

我却理不出头绪，往往无言可表
即使传递出来也有失真的可能
哎啊，我郑重地请你原谅我的打扰
对你的抒写只是沧海一粟或者一个刹那
但你分分秒秒激荡着我的精神世界
做了一个红尘之梦，并在梦中长舒一气

2013 年 2 月 12 日至 2022 年 7 月 5 日
于银川闻月阁

来回如诗

每个孩子天生都是诗人，具有神性，他们的话就是诗歌，童言无忌。但在成长过程中，被教育成远离诗歌的人。

每个人本质上都是诗人，对天地万物有着敏锐的感觉，是不可替代的独特存在。但在发展过程中，不知不觉间被欲望所困。

因而，我们要在心灵深处留下一块只有自己才能到达的地方，用于珍藏可以感到却不可言说的诗意。

真正的诗歌创作是一项清贫而坚韧的精神付出，十年二十年甚至一生，才有可能认识到诗歌的冰山一角：创造具有可能性的审美意境。

回首往事，收获甚微，但我们为诗歌付出了青春、才华和心血，便可自慰——"不因虚度年华而悔恨，也不因碌碌无为而羞愧"（奥斯托洛夫斯基）。

诗歌创作需要天赋确认、文化积淀、人格独力，人生需要尊重兴趣、顺其自然、无私奉献，都需要真善美爱的不断完善，成就思想深刻、精神自由、灵魂强大的本我，天上天下皆具诗意，我来我回都是归家。

一

感觉是想象的行走，想象是感觉的飞翔。没有感觉的想象是空中楼阁，没有想象的感觉是一潭死水。

敏感是成为诗人的首要条件，只有敏感才能发现平凡生活中不凡的诗情画意。

诗的感觉往往是一种直觉、错觉、幻觉或第六感，是万物心灵化、情思具象化的结果。

诗人要超越人们对事物的惯性感觉，进入深层体验而获得感觉状态，使自己与事物相互协调，使事物显出自身具足的意义。

二

想象来自生活回忆、生命体验、心灵深处，使触及的一切事物变形，将过去、现在、未来融在一起，将瞬间的个别体验化为普遍的永恒。

只有想象，我们周围的事物才被赋予一种特质，犹如月光洒在雪地上。

"最杰出的艺术本领就是想象。"（黑格尔）想象就是要创造另一个时空。这个时间快似闪电、慢如花开；这个空间至小无内、至大无外。从大地到月亮，从现在到秦汉，从一颗心到另一颗心，眨眼之间便创造出一个新的世界。

然而，想象是脆弱的，它的天敌就是经验。

三

如果说抒情是行云，具有面积的弥漫性，常与空间关联；那么叙述就是流水，具有线条的连贯性，常与时间纠缠。其共同之处是都具水性。

抒情即行云，是情感的弥漫，关键在于氛围。抒情需要如风的气息，一气贯通或一唱三叹，抒情的氛围便如云雾弥漫，不可太浓，亦不可太淡。

叙述即流水，是事件的流动，关键在于顺畅。不管是迂回还是直泻，是清澈还是浑浊，叙述的顺畅便如河水潺潺，不能停滞，也不要拦截。

四

诗是最高形式的语言艺术，有别于音乐、美术和雕塑等艺术形式；诗的本质离不开简约、节奏、意境等元素，有别于小说、散文和其他文本。

诗是我们感受生活、观照世界、栖息灵魂的最佳方式，是人生美、自然美、艺术美的具体呈现，能唤醒我们沉睡于世俗的心灵，并使之纯净而且明亮。

承载这一神圣使命的就是浅显而又深刻的诗性语言，来自心灵，是物象内心化、感觉具象化、情思意象化的语言，因而诗歌就是直指心灵的审美活动。

不管是中国的寄情于景、动中有静、虚实结合，还是西方的"抽象的肉感"（瓦雷里）、"陌生化"（什克洛夫斯基），甚至是"扭断语法的脖子"（艾略特），都是为了让普通语言放射出诗性光芒。

诗性语言就是要革新语言的习惯性，释放语言的创造性，使语言本身显示意义的多重性、歧义性、超越性和可能性。

五

诗的语言一直被误解，被看成表现情思的工具。

实质上，诗的语言并不是为了表现什么，而是为了清除挡在我们与事物之间的东西——一种我们知道却看不见的东西。

这就要创建一种真正从我们内心涌出的语言，带着自己的体温而与众不同，甚至无法被人模仿。如李白的诗语，自带豪气。

一方面，自我语言会自觉抵制其他语言的干扰；另一方面，我们可以体验到自我语言的活动，就像神来之笔。

我们要遵从语言的指引，删除常识的、概念的、理性的、没有新意的东西，摈弃附在事物上的其他语言的象征意义，从而抵如此一来，自我语言就有了独特性，即存在于生命里，离开生命又存在于另一个生命中。

六

人是喜新厌旧或喜新不厌旧的，所以厌不厌旧是其次，首先是喜新，这是人的本能，符合创造法则。

瑞典诗人托马斯·特朗斯特罗姆一生写了一百六十多首诗，每年不过一两首。他坚持严谨的态度，每一首诗都是一种风格，绝不重复自己，其喜新的程度达到了极致。

亚里士多德认为，给平常的事物赋予一种不平常的气氛，通过合乎规律的事件，自然而然地引起观众惊奇的发现。这为什克洛夫斯基提出"陌生化"诗学理论奠定了基础。

陌生化的基本原则是表面上似乎没有联系，但内在线索不能断裂，诗意不能散落。

以新奇的语言替换惯性语言，首先能使自己眼前一亮，才有可能引发读者产生新鲜之感和审美愉悦。

关键是一个度的问题，能够恰到好处实属不易，否则就成了生硬搬套、暴力组合、语言亵渎。

七

天地万物都具有诗意，不管是日月星辰、风云雷电，还是飞禽走兽、花草树木。

诗人就是要纳天地于胸，赋万物以情，达到主观情思和客观形象的融合，即意和象的浑然一体。

黑格尔说："诗的出发点就是诗人的内心和灵魂。"创作过程就是从物象到心象、从具象到意象、从幻象到形象的心理活动。

意象是诗的原型。意找到象，如同恋爱，物象就变成附着诗人色彩的心象，具象就变成蕴含诗人情感的意象，幻象就变成诗人创造的形象。正如"登山则情满于山，观海则意溢于海"（刘勰）。

在大自然面前，诗人要敬畏天地，爱惜所有生命，感受万物灵魂。当诗人长眠，他诗中的万物还在呼吸，意象还在跳跃。

"它们生活在我们旁边，/我们不认识它们，它们也不认识我们。/而它们有时和我们说话。"（帕斯《物体》）

这里看似没有意象，没有时间的踪影，但"它们"已经具有时间的恒久性，意象已经融在"说话"里。帕斯去了，他用过的物体可能已被损坏，但他的这个《物体》依然完好。

八

庞德提出诗要具体不要抽象，要精练不要修饰，一个意象要在瞬间成为感情与理智的综合体。

我们读他的《在地铁车站》："在人群中突现的这些脸庞/黑黝黝的潮湿枝条上的花瓣。"（裘水龙译）

尽管这首诗被尊为意象派代表之作，追求一种绘画的美感。可以感到"潮湿枝条"就是地铁车站的"人群"，"花瓣"就是"这些脸庞"。我们还能感到什么？

而马致远的《天净沙·秋思》："枯藤老树昏鸦，小桥流水人家，古道西风瘦马。夕阳西下，断肠人在天涯。"这是一首最为典型的意象之作，不仅形象丰富，而且意义深远。

庞德深受中国古典诗词的影响，似乎感受到意象所营造的诗意，但未能达到中国式意象的浑然一体，这可能与思维和语言有关。讽刺的是，庞德从中国古典诗词中学到"意象"，又对中国新诗初期的理论、创作和文体均产生了重要影响。

九

王昌龄说，诗有三境：物境、情境和意境。

意境是对物境和情境的融合，是主观情思具象化与客观世界心灵化的融合，是情与景、意与境、虚与实、神与形的完美结合，具有隐秘性、联想性、多义性、非确定性等特点。

意境与意象的区别在于境与象的区别，是共相与具象、整体与个别、普遍与特殊的区别。

意境的创造，是作者意寻境、境生意的活动，是诗歌批评的审美标准。

在诗歌创作中，不管是语言、意象、抒情、结构等，都是为了意境这个灵魂而进行的一番情思活动。

灵魂无法阐释，但我们可以通过诗的其他元素而感知灵魂的存在。

意境可以感觉却不可言状，就是闭上双眼默读诗句时出现在眼底的那个场景。

让我们闭目感受一下徐志摩的《再别康桥》，似乎看到了西天飘荡着云彩，河畔的垂柳被镀上了一层金色，倒映在水中的影子仿佛一位美丽的新娘。其后是做不了水草、寻不到梦、放不成歌，只有沉默的夏虫和康桥，烘托出与新娘离别的无比惆怅。

一〇

诗的形象一般说来就是人物、事物和景物，还有客体与主体的形象之分。

写诗要在感受的基础上强化感觉、放飞想象、创造形象，找到情思的"客观对应物"（艾略特）。

客观对应物可能是一个意象、一个情景或一个细节，如落在宣纸上的一个墨点慢慢洇开，从而显现出一个特别的形象。

马雅可夫斯基曾坐火车，为了表示对同座的少女没有邪念，他说："我不是男人，而是穿着裤子的云。"

这是具有诗意的主体形象，也是无法模仿的绝妙之言。

一一

宁夏有一位作家从县城调到银川，讲了这样一个故事：

他在县城时，一位女读者喜欢他的小说，应其要求，他俩在办公室门口合了一张影。作家把洗出来的合影连同其他照片一起带回家里。后来，那幅合影被作家的妻子发现，被剪成碎片。作家解释说只是合了一张影。妻子却说："你俩的手在后面干什么？"

一张大半身合影，两人的手都不在画面里，看上去都往身后背了一点。

这个"手在后面干什么"怎么解释？画面之后有着多种可能，但哪一种可能都不能得到证实。这实质上就是诗意，觉得有什么而又不能说清是什么。

一二

诗意，从理论上来讲就是诗的意境，具有隐秘性、联想性、歧义性、可能性、不确定性、难以言说性等特点。

一幅画、一首歌、一篇小说都可能具有诗意，让我们在倾听或者阅读中感到情感的真挚、意境的美妙、神思的远翔。

诗意潜藏在语言之后，被我们发现后，它已经离开语言；或者说不以语言的形式被我们所感到，而是以情景的方式被我们所捕捉。

诗意因被我们捕捉而神采奕奕，就像关键词或主人公，被我们投去追光灯般明亮的光束而显现；而诗意以外的部分被我们忽视，陷入灰暗之中。

诗意的被捕捉，会给我们带来浓淡、明暗、远近、快慢之感，可能会让我们联想到诗意以外的东西，唤醒我们潜意识里沉睡的往事。

由此而言，情景缺乏、修饰过多、词语堆砌、语言晦涩、叙述冗长等，都会使诗意减弱甚至丧失，或者说是对诗意的一种消解。

一三

老子说："道可道，非常道。"

庄子说："终身言，未尝言；终身不言，未尝不言。"

禅说："莫道无语，其声如雷。"

列宁说："任何比喻都是蹩脚的。"

这些都肯定了一种可以感到却无法言说的东西，一种存在于人与人、人与万物、人与时空之间的意义。

诗的意义可以说是语言的意义，但能超越语言，而成为言外之意、弦外之音、韵外之致；也就是说诗在语言之外要具有时空的延展性，并由此延展出诗的意义。否则就是无意义，甚至没意思。

比如"大漠孤烟直"（王维），这个大漠之烟在语言里又在语言外，让我们感到烟之外的意义，即狼烟升起、号角吹响、将士集合、战马长啸等等。

一四

人类创造了十分丰富的语言，却有一些感受、心绪、情境等无言可表。

问："如何是佛？"

答："麻三斤。"

　　这可以说是庄子"言无言"的另一种形式。所答非所问，但问者与答者心领神会。这里有一个超越语言的问题，正因为这个超越才让人感到：佛不可言喻，言喻即为局限。

　　问："如何是佛法大意？"

　　答："春来草自青。"

　　春天来了草就青了，这正是自然规律，是自然之道，也是佛法大意。

　　维特根斯坦说："确实有一些东西是不能用言语表达的。它们使自身显示出来。它们是神秘的东西。"他在早期哲学探索中，贯穿着这种思想：透过语言看世界，通过对语言的分析达到对世界的分析，使具有意义成为他哲学研究的主题，让不能言说的东西自己显示出来，比如宗教、伦理等问题。

一五

　　思想可以说就是观点、倾向，或者情感，就像一个苹果的核，横向切开后才能发现里面的五角星。

　　思想就是所思所想，是心上的"田"和心上的"相"，是古典的境由心造、相由心生。

　　在诗人的眼里，一只小鸟、一朵桃花、一条河流也会思想，关键是要找到它们表达思想的言行方式，或者能传递它们思想的语言。

　　思想是诗歌真正的核心，结晶并隐藏于语言之中；而没有思想的诗歌就是没有语言，只是字词的堆积。

　　诗人的思想决定着境界的高低和诗作的深浅。

　　一个优秀的诗人会写出令人过目难忘的佳句，具有与众不同的感觉、想象和发现能力；

　　一个杰出的诗人一定是诗歌理论家，对诗歌艺术有着独到而深刻的见解，并形成自己的诗歌观点；

　　一个伟大的诗人一定是一个思想家，对客观存在和内心世界的认识形成完整而独立的体系，并且影响深远。

诗人就像一朵梅花，是天地间柔弱而易逝的存在，只因能思敢想，才有了傲视冰雪的品格、尊严和力量。

而使思想丰富并强大的途径，无非是读书万卷、行路万里，因为学识形成观点，经历决定想象。

一六

人生在世，敢于突破本能局限、走出物质牢笼、真正认识自己、见到本来面目、彻悟人生意义，并且不断升华人性的光辉，便有可能折射出神性的智慧、慈悲和大度，并投射到较为广阔的领域。

古今中外的经典诗作，无不因为诗人对生命的深刻体验震撼着我们的心灵。神圣的生命不可冒犯，因为其中蕴含着神性。

"野火烧不尽，春风吹又生"（白居易），是写原上草顽强的生命力，实质上在写人的生生不息，也就是人的神性。

神性存在于人性之中，是人性的内在潜能；人性可以升华为神性，是神性的表现形式。

对人性内在进行不断发掘，透过人性的复杂、凌乱和混沌，找到神性的简单、自由和通透，使心灵得以宁静、从容和无畏。这就有可能活成十六岁以下的孩子或八十岁以上的老人，是为半神半人，接近赤子。

每个人皆具神性，正如万物皆有灵性一样。只是在成长过程中受到本能驱使、励志说教、环境影响等，强调了个人的七情六欲，甚至是兽性、物性和魔性，使人性之中的神性被深深掩埋。

一七

中国古典诗歌的结构在起承转合的基础上，探索出许多结构形式，如首尾照应、开门见山、层层深入、重章叠句、先景后情、卒章显志等。

现代诗与古典诗词相比，根本上是本体结构的改变：古典诗词主要是情景结构，创作手法以借景抒情、寓情于景、情景交融等为主；现代诗主要是情事结构，借鉴了西方诗歌的叙事方式，基本上是借事抒情。

这是理解现代诗的一把钥匙，因为现代诗的一切问题几乎都与此有关。即使写景的现代诗，也在其中贯穿着细节、事情、哲理等。

在现代诗的创作上，怎样继承古典诗词的结构方法，是应该认真对待的一个问题。

一八

节奏是作者情感抒发的节拍，也是情绪流动的涛声。

诗歌的节奏就在语言之中，与呼吸和心跳有关，与生命融在一起。

诗歌发展至今，歌的元素在不断减少甚至消失，诗歌即诗；诗的节奏也在减少甚至消失。

如果把某些诗行连接起来，就成了小散文或小故事，毫无节奏感。

写诗不仅仅是写，而要反复默读，直到读出韵律，再进行修改，形成自己的节奏。如戴望舒《雨巷》，是一首节奏优美的典范之作，个中韵味在吟诵之中自然能够感到。

一九

罗丹说："世界上不是缺少美，而是缺少发现美的眼睛。"发现美就是要透过现象看到本质，看到某个景物或某件事情之后的诗意，并拨响心灵的琴弦。

面对一块石头，雕刻家首先要从石头里看出一匹奔马，他才能进行雕刻：留下奔马，去掉石头。

二〇

美不是一个单纯的存在或现象，需要经过欣赏才会显示意义。

当我们对作品进行符合我们审美标准的审美活动时，如果产生一种愉悦的审美体验，便认为诗作具有美的属性。

由此对诗作提出要求，不仅要满足我们从身体到心灵的愉悦，而且要让我们感到美的惊喜或者超出预料，否则会被我们觉得美中不足，甚至拒绝进行审美活动。

诗歌创作主旨是弘扬真善美，为人们提供自然美、生活美、心灵美的审美客体。正如列夫·托尔斯泰所言："崇真、扬善、赞美是所有艺术创造哲学义理指向的最高审美原则的概括。"

更为重要的是，要在诗作当中注入爱——一种美好、高尚、深挚的情感，一种只是付出而不求回报的精神力量。

教人求真学做真人，人心向善天下大同，爱美之心人皆有之，仁爱精神立已达人等，都是真善美爱的最佳注释。

关键是要融会贯通于诗作之中，这就要求作品的创作者，首先是一个具有真善美爱的人。

二一

研究古今中外诗歌发展史，凡是可以称为经典的作品，皆有以下几个方面的倾向：

一是宇宙人生意识强烈，热爱大自然，具有胸怀苍生的崇高理想；

二是具有不畏困苦、不惧生死并超越时间、超越地域的精神力量；

三是肯定并弘扬人类和平、正义、良知等正面价值；

四是关照人类现实问题、精神追求和灵魂觉醒；

五是认识并探索人的本能、本性、人性、人心的新趋向；

六是具有独创精神，在内容或者形式上显示出革新意义；

七是具有思想穿透力、形式创造力、审美洞察力，彰显出作者丰厚的文化底蕴和高尚的人格魅力。

八是具有不可模仿的独特之处、审美接受的难度、阐释的各种可能性（参考徐兆寿《论伟大文学的标准》）。

我们好像生活在一个小山村，不敢想象大海上的风云；我们没有野心，缺乏树立伟大目标的意识。即使树立了创作经典作品的目标，取法乎上，还要经历两个关键的阶段：

一是领悟诗歌及其创作手法的精髓而形成自己的诗歌理念，关键在于醍醐灌顶式的觉悟。

二是将自己的诗歌理念付诸创作实践，关键在于水到渠成地注入作品当中。

二二

追求真善美爱是诗歌的永恒价值，写出经典诗作是每一位诗人的梦想。

经典是具有典范性、权威性、代表性的传世之作，具有崇高理想、精神力量、真挚情感、正面价值、审美和谐等经典特质，经得起历史的选择和时间的检验，使后人可以引经据典。

经典化是对作品阅读、接受和阐释的一个过程，随着时间的淘洗，有些作品会停留在某一时代，有些作品会流传百世。

作品不可或很难被模仿，是因为具有前瞻性，超越所处时代，具有经典化的可能。反之，作品越容易被模仿，就越具有流行性，经典化的可能性就越小。

似乎每一部作品本身就有一定的能量，提供给一定数量的读者。假设一部作品会有十万个读者，那么被一个时期的十万个读者阅读，就很难流传到下一个时期。而《易经》《诗经》《史记》就有无穷的能量，会流传千古。

二三

王国维说："有境界则自成高格。"境界决定了诗作的品位。现以"我"的角度归纳创作的五个境界：

第一，掬水月在手，弄花香满衣。身处美景，以我观物，陶醉忘返，借景抒情。是为"我观物"。

第二，两头俱截断，一剑倚天寒。切断二元认识，才有可能领悟到生命的真谛，认清真正的自己，如冰雪天地上一把直指苍穹的剑。不崇拜偶像，不屈从他人，不附和众议，不随波逐流，我就是我，就是敢于独创的我，就是独一无二的我。是为"我是我"。

第三，空中一片石，长河无滴水。"啊，牵牛花！／把水桶缠住了，／我去借水。"（加贺千代）一位女子完全可以把牵牛花从水桶上解下来，打上水回家就是。但她没有动手伤害牵牛花怒放的美，没有用语言亵渎牵牛花绽开的神圣。是为"我无言"。

第四，山花开似锦，涧水湛如蓝。当身体死去，灵魂化成山花依然绽放，化为涧水潺潺流淌，依旧在大千世界显示真理，显现艺术生命的价值。是为"我是物"。

第五，少女棹孤舟，歌声逐水流。作者已经隐身，但并非不在，可以是孤舟、歌声或者水流，也可以是读者想象中的轻风、蛙鸣或者犬吠。这便达到了天人合一的审美境界。是为"我无我"。

二四

灵感一词来源于古希腊。柏拉图认为"诗人是神的代言人"，诗人的地位可以想象。

"灵感是诗人的主观世界与客观世界最愉快的邂逅"（艾青），这是概念；"长期积累，偶然得之"（周恩来），这是方法。

多看、多读、多思、多悟和多写，会吸引灵感敲响心灵的门扉。"踏破铁鞋无觅处"（夏元鼎）、"为伊消得人憔悴"（柳永）、"众里寻她千百度"（辛弃疾）等，都是对灵感的捕捉。欧阳修的灵感来自"马上，枕上，厕上"。

德国汉学家顾彬，平时带着纸和笔，随时记下闪现的意念，当然他是从爱迪生、达·芬奇那里学来的。

想写一组下雪的诗，就要走在雪中，让雪花落在手心，贴在脸上，钻进衣领，还要尝尝雪的味道。过不了多久，灵感突然降临，带来难以言表的兴奋。

二五

构思即神思，神思的形象化即诗，可思接千载、视通万里。

神思即神性的思考，是本性天然、心灵坦荡的思，是感觉灵敏、想象无边的想。

我对构思的理解就是心想事成，即吸引法则，关注什么吸引什么——凡被关注的事情会以各种形式纷纷出现。

是的，每天不能都写诗，每天不能不思考。

二六

人，与人、与万物、与时空之间存在着某些神奇的东西，可以被感到，但不能被表述。

一眨眼、一微笑或一点头所传递的内容可能胜过千言万语。相视而笑莫逆于心，心头无限意尽在不言中。

任何语言都有自身的局限性，人的七情六欲有着难言的复杂性。有限的语言难以传递复杂的情绪，更谈不上准确，往往出现词不达意、言不尽意，甚至无言表意的状况。

德国哲学家施勒格尔说："最高的东西人们是无法说出来的，只有比喻地说。"

最高的东西是神圣的也是神秘的，凡尘语言不可触及，只能沉默如金；而"比喻地说"就是在心存敬畏的前提下，把无法说出的东西，形象地传递出来，等待心领神会的人；把不易言说的抽象之理，转化为可以感到的具象之情。

二七

体验生活，可以走向户外，观赏春花的烂漫，享受夏日的灿烂，踩着金色落叶，或者沉醉于皑皑白雪。

这样不仅能找到诗，而且能拥有返璞归真的自然情趣，强化自己健康积极的生活态度。

体验语言的活动，就是在写诗的过程中，能感到语言在眼前跳来跳去，一个句子尚未写完，另一个句子冒了出来。

或者说，不是诗人写下语言，而是语言自己写下自己。像排队走出校门的小学生，虽有一些秩序，但更多的是调皮、自在与活力。

在此状态，紧跟语言，一挥而就。

二八

老子说"少则得，多则惑"，孔子有"大礼必简"之说，孟子推崇"由博返约"，都在说明简约的重要性，并成为中国美学标准之一。

诗歌语言力求简约，常常以简胜繁。也只有言词更少，其意义才更加丰富。

这就要求我们的心灵能够简约，便有可能抵达精神上的平和。

我国古典诗词创作，使语言表述的精简程度达到极致。

比如"大漠孤烟直"：一，大漠是空的，因烟而更显空旷；二，烟是孤的，是无边的孤寂和战争前的寂静；三，烟是直的，风就是停止的，如一个连天接地的枯树；四，烟是活的，在徐徐上升，让人感到烟之外的东西——战争序幕即将拉开。这只有五个字的诗句，却有着如此丰富的内涵。

现代诗呢？往往是小看读者，用后几句来解释前一句，从而丧失了简约，也就没有了含蓄、意境、韵味等古典诗词中最本质的成分，使诗成为非诗。

二九

含蓄的本质是"语近情遥，含吐不露"（沈德潜）。

诗的含蓄有婉曲含蓄、寓托含蓄、隐现含蓄，还有炼字、炼句、炼意的含蓄。贾岛"僧敲月下门"是炼字，杜甫"语不惊人死不休"是炼句，然而炼意是在全诗立意上的含蓄，再三吟诵，细心探微索隐，方能得其本旨。

"风定花犹落"是谢贞留传于世的一句诗，素来无人能对。

这里是"风定"，不等同于风无；花好像在落又好像未落，花就活在落与未落之间，活在事物本身的状态里，开在主客之间似有若无的关系里，达到真正的言有尽而意无穷。

三〇

留白常用在国画中，方寸之间显出天宽地广，达到一种无笔墨处皆成妙境的审美意趣。

南宋马远的《寒江独钓图》，整个画面中有一只小舟，一个身略前倾的垂钓者。微波几笔，让人感到烟波浩渺；其余空白，可谓此处无物胜有物。

法国符号学家罗兰·巴尔特说过这样一句话："肉体最具挑逗性部分，不正是衣服稍微露开的那些地方吗？恰如精神分析所证明的，正是这种间隙最有刺激性。"

反过来说，一位戴口罩或面纱的女子，感觉其美是因为脸庞被部分遮蔽而令人产生想象。

留白就是要给读者留下想象的天地、再创作的时空。

三一

亚里士多德说："一桩不可能发生而可能成为可信的事，比一桩可能发生而不可能成为可信的事更为可取。"主要在于细节不应由不近情理的事组成。

车尔尼雪夫斯基对此作了阐释，历史学家在于描述已经发生的事，是个别的事；诗人在于描述可能发生的事，是普遍的事。

这里有已经发生、可能发生和不可能发生三个层次。绝大多数诗人描述的是已经发生的事或者诗人经历的事，而很少涉及可能发生的事，几乎不会涉及不可能发生的事。

尽管写的是已经发生的事，但能超越原有的景象，创造出可能发生的意境；用简约的语言暗示丰富的意味，提供语言之外可信的意义；用语言突破语言的局限，在诗中将不可能发生的事变为可能。我们可以悟到，但不一定能做到。

三二

嫁接是诗化语言的一种创作手法，主要有以下四种。

定语嫁接：用一个新的意象嫁接到原来的定语上，如"长满海藻和红珊瑚的眼睛"（舒婷《风暴过去之后》）。

谓语嫁接：用一个新的意象嫁接到原来的谓语上，如"雾来了，踮着猫的脚步"（桑德堡《雾》）。

具抽嫁接：用一个具体的意象嫁接到原来抽象的意象上，如"用近代史的苦胆明澈自己的眼睛"（周涛《啊，士兵》）。

通感嫁接：是将视觉、听觉、嗅觉、味觉、触觉等不同感觉互相沟通、交错，使意象更为新奇，如"我躺在这里／咀嚼着太阳的香味"（戴望舒《致萤火》）。

三三

视角是观察物体时，目标物的两点光线透入眼球时的夹角，主要有以下四个。

正外视角：以我观物，视角为我，视向为物。情浓，移情于物。如"山回路转不见君，雪上空留马行处"（岑参），正外视角与日常生活相一致，往往流于表象，无法深入本质，难以造成审美间距，也难以对自我进行审视。

正内视角：以我观我，视角、视向均为我。我具体化，被我而观。如"淙淙地，鱼儿来了／而在它突然的凝望下／干枯的我／被渐渐带进了河流"（王家新《鱼》），开始为正外视角，而"在它突然的凝望下"，转换为正内视角。

反外视角：以物观物，视角、视向均为物。情淡，超然物外。如"放它回风沙中去吧／看它眼都望穿了／落日那么大／一定在戈壁上跑呢"（孔孚《骆驼峰》），前两句我观骆驼，后两句骆驼望向沙漠，从正外视角转换为反外视角，形成多层次的情感回流，拓展了想象空间，强化了审美效应。

反内视角：以物观我，视角为物，视向为我。这个视角最容易制造艺术间离效果。如"明月几时有，把酒问青天……转朱阁，低绮户，照无眠"（苏轼），前面是以我观物，后面转换成以物观我，月亮转动，照着楼阁，又低低地透门窗里，照着不能安眠的人。

三四

中国古典诗词中象征本体大多为日常景象，如梅兰竹菊。借助某些具象表达诗人特殊的思想感情，化抽象而具象，使复杂变浅显，创造出一种情景交融的艺术意境，使欣赏者产生由此及彼的多种联想。

西方象征派是用具体物象暗示诗人微妙的内心世界，追求诗意的朦胧，甚至将诗意隐藏起来，似有似无；并综合运用暗示、联想、省略、通感等表现手法，往往使诗作显得晦涩。

现代诗发展至今，尤其是后现代思潮的冲击，象征这一手法，在诗歌作品似乎已经消失。

或者说这个消费的时代、接地气的世界已不需要象征。一棵树只是一棵树，与天空无关；一块石头只是一块石头，与戈壁无关。

当万物与意义之间没有联系，大自然与人没有关系，物与词不再呼应，象征的意义也就丧失殆尽。

窗外的一棵白杨树与笔下的一棵白杨树没有关系，都是各自简单的存在。

一个象征沦丧的诗歌世界，实质上是语义的枯竭、想象力的丧失、独创能力的消亡。

因此，我们要走进大自然的怀抱，注视一枚树叶的颤动，聆听一块石头的声音，触摸一条小溪的流淌，完成自我内心设定的象征本体，重建我们与大自然的联系，已是义不容辞。

三五

艺术是富有创造性的技能或方式方法，本质属性是审美。才能有天生的成分，而技术可以学到。诗歌创作手法主要有以下三个方面：

一是表达方式，是作者反映生活、描写万物、抒发情感的方式，以抒情、叙述、描写为主，鲜有议论和说明。如抒情方式，主要有直抒胸臆、借景抒情、寓情于景、以景衬情、情景交融等。

二是表现手法，是在创作中运用各种具体的技巧，包括赋、比、兴、联想、想象、言志等。

三是修辞手法，是为了提高语言表达的效果，包括比喻、排比、拟人、夸张、借代、反问等。

同时要掌握创作方法，遵循一定的审美原则来表达思想感情，从而达到思想性、艺术性、创造性、可读性的有机统一。

艺术与魔术有着相近的地方，就是运用多种方式方法使不可能成为可能，并具美感。

三六

作品修改从本质上来说，是一个去伪存真、去巧存拙、去华存朴的过程，是对惯常思维写就的诗作进行梳理，使作品达到浑然天成的状态。

人是大自然中的一员，本性上是该生活在蓝天白云、流水潺潺、鸟鸣啁啾的绿荫丛中。但现实是无情的，不管是吃穿还是住行，天然的成分正在逐渐消失，诗歌亦然。

正因为人类崇尚自然的天性，这就要求作者在面对现实的同时，必须面对自己和人类所渴望的事物。

那么把诗写得自然、朴素、真诚，用以消解现实的无情性，唤醒被物质所遮蔽的人性，这不能不说是目前诗歌创作需要认真对待的一个美学问题。

三七

诗歌的直白无味已成诗坛的一大通病，从语言到意象一路直白到底。诗歌有其本身的规律，不管如何革诗之命，总不能把诗革成散文。

艾略特认为诗歌不是情绪的发泄，马拉美强调诗歌只能暗示。写诗是用最简练的语言暗示最丰富的意味，如同要把一个秘密隐藏起来。

读诗是在一个与大地浑然一体的地方，依据蛛丝马迹意外地挖到宝藏，这是不容剥夺的读者再创造的权利。

宋时，一次画院招考是命题作画，题目是一句古诗：《踏花归来马蹄香》。有一位考生画到：夕阳西下，一位少年骑在一匹奔驰的马上，马蹄的周围蝴蝶飞舞。画面上没有花瓣或者草原，但画面之后的花瓣可以是任何花、任何色彩、任何芳香。

三八

海明威在谈小说创作时说："冰山在海里移动是庄严宏伟的，这是因为它只有八分之一露在水面上。"

可我们的很多诗作只是海面上漂浮的一块冰。

在童话《海的女儿》中，小人鱼救了王子却一直没有表白，也无法表白，从而使王子永远不知道是小人鱼救了他，还为他化成了泡沫。

这正是小人鱼的崇高之处：隐忍。小人鱼隐忍着巨大的痛苦，却微笑着面对王子；小人鱼没有表白情思，却默默地奉献了她的爱情和生命，并为人类主动地承担了苦难。

因此，安徒生才是伟大的诗人。

三九

创作与写作，二者虽有相通之处，但在性质特点、表达方式、表现手法、读者对象等方面存在着本质的差异。

创作一般针对文学艺术，强调的是创造性乃至独创性，可以个性张扬、想象丰富、手法多样，创造崭新的艺术境界。

写作一般针对学生作文，要求符合题意、中心突出、内容充实、语言流畅等，并在一定的字数内。

还有应用文写作，要求逻辑性强、结构严谨，具有规范化和标准化的特点。

创作是我们的中心任务，作品是我们的立身之本。大凡成就突出的诗人，都把创造精神贯穿于诗歌创作的全过程。

可有多少所谓的诗人，为成名而急躁，为获奖而奔波，自信丧失，作坊生产，创作真的成了写作，并且泛滥成灾，连某家文学期刊的栏目也叫"自然写作"。

四〇

在城市的一个角落，在华灯初上的傍晚，你望着树荫下的一把椅子，披着稀疏的灯光。

你静静地站着，也静静地望着这把空椅子，谁在上面坐过，有过怎样的故事，是别人的故事引发了你的伤感，还是椅子本身与你有过一段刻骨的记忆？

拂去喧嚣，你终于感到椅子空出的部分，正是自己心灵深处的一块荒地。你想给离世的母亲写首诗，却一直找不到合适的语言；即使写出一首诗，你不能保证对母亲不会打扰；如果传播出去，你不能保证对母亲依然尊敬。不是什么素材都敢下笔，不是什么文字都能入诗。

你忽然明白：敬畏在心，不在心外。

四一

有些作者自我感觉才华横溢，把自己的所感所思全部铺排而出，密密麻麻不留一丝空隙，没有像国画那样留下气眼，令人窒息，这实际上已经把诗憋死。

有些作者写出新作，自以为天才在世，匆忙发布于自媒体，却损伤了只有自己才能爱惜的羽毛。

四二

诗坛潮流汹涌，千诗一面，就是因为缺乏独创精神，不是模仿别人就是重复自己。

"为人性僻耽佳句，语不惊人死不休"（杜甫），"二句三年得，一吟双泪流"（贾岛），"似我者俗，学我者死"（李邕），"赋诗要有英雄气象。人不敢道，我则道之；人不肯为，我则为之，厉鬼不能夺其工，利剑不能折其刚"（谢榛），这些振聋发聩的名言还有几人记得？

独创是诗歌的个性，是一首诗区别于另一首诗的特点所在。最具独创性的艺术莫过于诗歌，最具发现意义的莫过于诗人。

第一个吃螃蟹的是诗人，而第二个吃螃蟹的只能是食客。

古代诗人深知独创的重要性，他们自知突破屡举不第、怀才不遇、离别愁绪等内容以及韵律、对仗、平仄等形式非常困难，便在诗句上用力，写出大量过目难忘的绝妙佳句，这正是他们独创智慧的结晶。

想想"风萧萧兮易水寒，壮士一去兮不复还"（荆轲）、"念天地之悠悠，独怆然而涕下"（陈子昂）、"无边落木萧萧下，不尽长江滚滚来"（杜甫）这些诗句，我们不能解释，只能默默吟诵。在默诵中，既让人感到气吞山河、心怀悲悯、铮铮铁骨的个性，又让我们听见一个民族的声音。

独创体现于诗人独特的思想和高超的判断力，对待事物有着天生的感受和激情，并由此引发与众不同的情感判断。

独创是一首诗在内容或者形式上显示出的特质。诸如在选材、结构、意象、手法等方面有所创造，对已有的诗歌类型具有革新意义，表现了人类生活的另一面或者与人类生活迥异的某些事物。

独创内容与表现手法的和谐程度，是独创之作成功的美学标准。

四三

大诗人的成功，在于其以独特的方法创造了诗歌之美，发现了诗歌本身所具备的强烈感染力的秘密。

作品的感染力来自诗人情感的自然灌注；独特的作品来自诗人的感悟力、想象力和创造力，是诗人灵魂能量的神奇显影。

大诗人的作品就像无数个独一无二的细节，谁都无法模仿。所以，我们要阅读大诗人的作品，让其作品点燃我们的想象。

在创作时，要让大诗人站在一边，不要挡住我们的诗作接受自身光芒的照耀。

是的，要踏着荷马和李白的足迹前进，在他们停留的地方驻足仰望。剩下的就是进入忘我境界，创作自己的作品，与别人无关。

四四

感染是一个传染病学名词，是人体被病原体入侵而引起炎症反应，是身体被感染；被某种言行所影响而产生类似的言行或相近的情绪，是心理被感染。

病原体或某种言行所具备的力量就是感染力，有强烈、一般、微弱之别。

罗丹有言，艺术就是感情。创作者要把情感融入艺术作品之中，刺激接受者接纳这份情感并产生共鸣。

这就要求诗人首先是一个情感丰富的人；其次要动用一切创作手法把充沛的情感融入诗作当中，使诗作如毒性很强的病原体而具有感染力。

四五

诗是最基础的语言艺术，每个人都可能写过诗，哪怕写在日记上；诗又是最高的语言艺术，能写出好诗的人，除了诗歌本身的魅力之外，还与个人才华、文化积淀、诗歌修养、人格魅力等有着深层的联系。

能从诗中感到魅力，是读诗的一大幸事。贺拉斯说："一首诗仅仅具有美是不够的，还必须有魅力。"就像一个美女，不仅长相要漂亮，身材要苗条，衣着要得体，关键是要有温婉知性或典雅傲然的气质。

作品的魅力就在于全面而又深刻，而读者接受的、评者阐释的却只是一个方面。如张若虚《春江花月夜》，具有极高的审美价值，素有"孤篇盖全唐"之誉。

其中"江畔何人初见月？江月何年初照人？"谁在江畔第一次望着月亮，这月是天上的月亮；谁在哪年第一次被江月照耀，这月是江面的月亮。这既是哲学问题，也是宇宙人生问题。所以读者会不断地接受，评者会不断地阐释。

四六

不确定性是传统诗学里的味道，是后现代主义里对秩序的消解，如"野园秋蝉起，暮霭微风／藏在古树之后的一只啄木鸟／哗啦了翅膀就一下／林间空阔，如水际无涯"（安奇《微小》）。

这是一首有味道的诗，但味道又是最难解释的存在，连个比喻都很难找到；也是诗意含糊的诗，具有不确定的特点。

尝过一种味道，我们根本无法形容，更无法说清。味道一直存在于潜意识之中，平时处于被遮掩的状态。当这种味道再次出现，才能唤醒曾经的味道，忆起曾经的往事。

四七

写诗过程也有境界，我以为有三个层面：

一是作者在写诗时，有神来之笔。

二是作者在写诗，也被诗所写。几十年来，是诗充满我的心灵，让我感到精神世界的丰富，让我放弃很多机会，更塑造了我的个性。

三是并非作者在写，而是诗本身在写。尤其是在这个层面所写的诗，会有神性的光芒不断闪耀。"我跟在女儿身后／大声地喊：雪——／晨练的人和送孩子上学的人／看着这一大一小乱蹦乱叫的怪物／先是惊愕，继而跟着我们奔跑"（王怀凌《在雪地里奔跑》）。怎样在一首诗里显示诗歌本身的价值？这首诗自身做到了这一点：人们先是吃惊，把天真当作怪物，然后拂了一下心上的灰尘，继而跟着天使奔跑，跟着诗歌奔跑，跟着久违的美奔跑。

四八

诗歌作为一种艺术思维方式，除了对可能性的呈示之外，常常怀念已经消逝或正在消逝的文明，回忆人类生活和个人往事；并依据种族记忆、传承密码、情感连接等内在途径返回生命的源头，激活遥远的原型而发出一万个人的声音。

这种声音便是原音，具有本真、朴素、自然的要素。

在诗中，回忆的时间是以雨霜雪冰、花开叶落、日暮月升等形式表达的，更是以轮回的方式反复出现的。

这就是我们读到唐诗中的月亮也感到亲切的缘故，因为"今人不见古时月，今月曾经照古人"，我们抬头望月，自然就想起了李白。

诗中的时间是具象化了的时间，是以一朵花或者一滴雨来代替，一朵盛开的丁香肯定比四月更接近诗歌。

诗从本质上讲是要取消作品里的时间性：一方面，抽象的时间缺乏诗意，而要具象化；另一方面，要超越具体的时间乃至时代，便有可能延长作品的艺术生命力。

四九

真正的诗人，要站在人类未来的巅峰俯视现在，看见精神前行的方向，并慰藉人们的心灵。比如未来的家园建立于天蓝水清、鸟语花香、麦黄草绿的大地上，人们过着夜不闭户、路不拾遗、四海升平的日子，那么我们就要为这一目标而奋斗，并且抵制与其相悖的东西，不管经历多少挫折，哪怕面对死亡也决不退却。

真正的诗人，还要站在人类历史的巅峰俯视现在，眺望人类走过的道路、总结的经验、留下的教训，从而审视我们今天所选择的目标、道路、做法是否正确。比如自然是原初的人性和素朴的生存方式，是人们在自然中获得并由心过滤而升华的启示，表现为对自然的亲近和对率真人格的审美追求。

面对现实，后工业时代的自然已失去天性，一切都是为了发展，是人的利益居于首位。正是这种以人为自然主宰的地位，使我们陷入四面楚歌的境地，精神家园被无情消费。

对于精神家园，我们要极力抵制被消费，更要责无旁贷地去建构。

五〇

处在信息时代，任何文艺作品都有鲜明的时代烙印。我们要把握时代，更要超越时代，坚信明天会更加美好；为了明天的美好，我们要敢于指出今天存在的问题，提出解决问题的具体措施。

歌德在谈到文学与时代的关系时认为，一切前进的时代都是客观的，一切倒退的时代都是主观的。

处在时代前沿的诗人，既要反映现实生活，还要引领时代风尚；既要写出内心的真情实感，更要彰显崇高之美。

五一

汉字是典型的意音文字，源于象形性图画记事，始于象形表意造字。传说造字圣人仓颉有一次酒醉，弄错了几个字的含义，直到现在，"重"是千里叠字应为遥远之意，"远"应是坐车出发之意，"出"是山山叠字应为沉重之意，"射"和"矮"、"牛"

和"鱼"反了。

现代世界有多少种语言、多少种文字没有一致结论。比较而言，正是始于象形表意造字，汉字从诞生起就具有形象，就被注入诗意的灵魂。

五二

各民族在语言文字上有着很大的差异，现仅以汉语与英语为例。

汉字是形音意三者合一，以意为本的表意文字；汉语重意，是主观思想与客观事实的融合，讲究意义的指向。

英文的形音意并非合一，是记录语音的符号，是以音为本的表音文字；英语重形，意义要贯通，形态必须对应，重视语法意义和逻辑关系。

汉语以意统形，多是句内与句间的直接组合，缺少明显的衔接；汉语的结构是立体的、形象的、动态叙述的、实用性强的、突出话题的，注重思维的连贯，形散神凝。

英语以形统意，语法严谨，层次分明，很少歧义；英语的结构是流线型的、符号化的、静态叙述的、多用虚词的、突出主语的，注重语义的连贯，诉诸理性。

汉字本身就具有诗意，汉语本身就具有诗性语言的禀性；而英语具有科学性语言的特质。

五三

思维创造了语言文字，语言文字又影响着思维方式，可以说一种语言方式就是一种思维方式。

中国哲学强调一元论、知行合一、天人合一，追求道法自然，是客观的唯物的入世哲学。

西方哲学强调二元论、主客观相对、人独立于社会，认为是神创造了人，是主观的唯心的宗教哲学。

中国哲学倾向于构建价值观，强调辩证法，注重综合，文史哲不分家，注重培养君子，强调和谐与共赢。

西方哲学倾向于获取知识，强调形式逻辑，注重分析，分清理论与实践，注重培养学者，强调自由与竞争。

五四

从诗歌源头来讲，中国诗歌是以《诗经》为代表的抒情诗传统，以日常生活为内容，通过个人瞬间的经验来表现普遍的象征意义，即"具体的共相"（黑格尔）。是将日常生活诗意化、神圣化，具有形象性、音乐性、多义性、抒情性、朦胧性、象征性等特点；以情景结构为主，重在抒情，常常借景抒情或融情于景。中国诗歌就像国画，点到为止，讲究飞白，画内即有象外之象。

中国有《格萨尔王》《玛纳斯》《江格尔》三部少数民族英雄史诗，有史诗色彩的叙事诗，但没有达到西方史诗长度的汉语史诗文本。在中国诗人的心目中，史诗是故事或者小说。

西方诗歌是以"荷马史诗"为代表的史诗传统，以神话生活为内容，把客体与个人的感情予以分离，对客体之间纷纭复杂的关系进行分析，从宏观的角度表现"客体的全部"（黑格尔）。是将神话世界生活化、世俗化；是情事结构，重在叙事，即使抒情也是借事抒情。西方诗歌就像油画，画得很满，不留空白，象外之象在画外。

黑格尔在《美学》中对史诗进行了深刻的论述。他说："史诗就是一个民族的'传奇故事'……史诗所描绘的世界不能专属某一特殊民族，而要使这一特殊民族和它的英雄的品质和事迹能深刻地反映出一般人类的东西。"《变形记》《熙德之歌》《神曲》《罗兰之歌》《失乐园》等均为史诗文本。

五五

中国诗歌从《诗经》到唐诗发展达到鼎盛，从宋词到元曲再到明清之诗，一路走来有些每况愈下，但主要的情景结构还在传承。

白话文运动直接颠覆了中国诗歌以情景结构为主的传统，由此开始的新诗，在结构上、形式上、语言上发生了巨变，"继承"了西方诗歌的情事结构传统，如"撑着油纸伞，独自／彷徨在悠长、悠长／又寂寥的雨巷／我希望逢着／一个丁香一样的／结着愁怨的姑娘"（戴望舒《雨巷》）；"从明天起，做一个幸福的人／喂马，劈柴，周游世界"（海子《面朝大海，春暖花开》）。

现代诗常常贯穿着细节、情节、故事等，很多是不具普遍意义的个人小事，逐渐走上了散文化、小说化、戏剧化的叙事之道，甚至把诗写成了段子。

在诗歌教育上，不管是老师还是家长，依然选择古典诗词。这是所有从事现代诗创作的诗人值得深思的问题。

五六

诗是最美的艺术之一，存在于词语与词语、诗行与诗行的空白之中，可以感到却无法言说，可以理解却难以解释。

中国诗歌从《诗经》发展至今，翻译的难度一再降低，被不断消解的不仅仅是诗歌的意境，还有汉字的魅力和中国的韵味。

唐诗宋词很难被译成现代汉语，更无法被译为其他文字，就像魏庆之所言："看诗不须着意去里面分解，但是平平地涵泳自好。"而现代汉诗可以译成任何文字，但还能"平平地涵泳"吗？

把中国古典诗词译为现代汉语、英文或其他文字都是一种毁灭，那么被毁灭的又是什么呢？正是诗歌，是诗歌本质的元素——

感觉、意象、韵味等。

把现代汉诗译为其他任何文字，其诗意都会被削弱，这使我们反过来认识到汉语所独具的特点、品质和魅力。

而把其他语言的诗歌被译为汉语，我们从中能感到其民族的特点，感到与中国诗歌相异的内容和形式，当然也因汉语本身所具有的诗性为其增光添彩。

五七

胡适是推动白话诗的先驱，其白话诗是中国白话文学的开山之作。新诗与古典诗词区别开来，并被逐渐规范为现代汉诗。

新诗从诞生之后，实质上就有了中国古典诗词和西方现代诗歌两大传统。尽管历经百年发展，但我们必须认真面对这两大传统，从中找到中国现代汉诗未来发展的主要方向。

新诗发展百年，最大的问题莫过于对中华优秀传统文化的忽视。20世纪90年代，有过一番现代诗新古典主义倾向的论说。如香港诗人蓝海文倡导新古典主义，认为现代诗要回到诗歌和民族的本位，回到真善美和"诗无邪"，重建民族自尊心，重振民族精神，但很快被崇洋媚外的声音所掩盖。

新诗发展百年，关键是至今没有形成自身的审美体系和能被普遍接受的美学趣味。这与西方文化大量引入有关，致使人们普遍重视物质、金钱和享受，而人格、情感和精神却被忽视。

当人们意识不到自己的灵魂时，使心灵不死的一种审美活动——诗歌，谁还会在意？何谈对诗歌本质的认识、对中国古典诗词的领悟、对中西方诗歌的比较研究。

五八

百年以来，不是中国诗歌要走向世界，而是中国诗歌本来就是世界的中心。古典诗词为世界树立了高不可攀的标杆，这是由于汉语的特点和诗歌的本性所决定的。

世界上再没有任何一种文字，能像汉字这样具有多意、歧义和诗意，作为一个用汉语创作的诗人应该感到自豪。

多少外国诗人从古典诗词中取到真经，可我们的诗人把诗写成跟西方诗歌一样的"翻译体"，这失去的难道不是中国的味道？

再过五十年或者一百年，回望以情事结构为主的现代诗，因为背离了中国诗歌以情景结构为主的优秀传统，而不会成为中国诗歌发展的主流。因为结构之于诗，如同骨骼之于人。

同样，用现代汉语所写的诗词，因为背离了现代社会的语言环境，也只能成为中国诗歌发展的一个支流。

五九

面对中国古典诗词和西方现代诗歌两大传统，需要怎样的纵向继承和怎样的横向借鉴？

面对前现代、现代、后现代共存的社会环境，面对现代汉诗的本体要求和现代汉语的独具特点，在百年探索的基础上，迫切需要在驳杂无序的诗歌现状中找到规律，建构一套具有中国特色而充满活力的现代诗新秩序，与之相适应并能引导诗歌创作的中国诗学体系。

现代诗的出路：在创作上要继承古典诗词的优秀传统，如情景交融、语言简约、节奏鲜明、意境高远、人格独立、思想自由等本质成分，是为"体"；借鉴国外现代诗的表现手法，正确处理叙述与抒情的关系，是为"用"。

在研究上要继承中国古典诗话传统，借鉴西方诗学体系，构建一套完整的中国诗学，体现中华民族精神的高度，向高向上独具品位、境界和思想。

六〇

屈原"纷郁郁其远蒸兮,满内而外扬",欧阳修"状难写之景,如在眼前;含不尽之意,见于言外",艾青始终致力于新诗美学体系的构建。席勒、尼采、瓦雷里等各自建构了一套诗化哲学理论体系。

是的,从事诗歌创作,需要研究诗歌发展、探索创作手法、认识诗歌本质,从而形成自己的诗歌理念,构建自己的诗歌理论体系。

六一

兴趣即天赋,人在小时候表现出对某一方面的兴趣爱好,其实就是其所具天赋的暗示。

兴趣显性,天赋隐性。从事自己感兴趣的事情,虽累心愿,乐此不疲。

英国女作家缪丽尔·斯帕克说:"教育是把学生灵魂中已存在的东西引导出来。"这个"东西"就是天赋或者潜能。

诗歌创作是最需要天赋的语言行为,需要天真的好奇心、敏锐的感觉、超常的想象力、无师自通的悟性,更需要情感充沛、对语言敏感、具有独创精神等。

一部作品有别于其他作品的关键在于灵魂的差异性。一个人能否成为诗人,首先要认识自己,是否具有诗歌创作的天赋,觉醒的灵魂里有无诗歌的地位。

六二

意大利学者维柯在《新科学》中把人类原始状态的思维方式称为"诗性智慧",他认为原始人浑身都有强盛的感受力和生动的想象力。诗人在希腊文里就是创造者。可见感受力、想象力和创造力对于诗歌创作是何等重要。

原始思维就是诗性思维或诗性智慧，是人类儿童时期所具有的特殊思考方式。他们以无边的想象力把自己的情感投射到客观事物上，或者把客观事物大胆并有悖常理地拟人化，从而达得心物一体的神奇效果。

人类社会技术形态经历了渔猎社会、农业社会、工业社会、信息社会几个时期，可以说是诗性逐渐衰退的历程。

诗歌发展离不开社会环境，所以现代诗回归中国古典诗词传统绝无可能，达到唐诗的水准只是妄想。

放眼世界，诗歌创作今不如昔已是事实，相对于历史上的高峰林立，现在是华而不实，未来只能是江河日下。

六三

如果说诗意针对诗作，那么诗性则针对诗人。相对于诗意的隐性，诗性较为显性，就像人的个性一样。

一个具有诗性的诗人，对诗歌具有天然的敏感性，会释放出不俗的独特情绪，表现出特立独行的言行方式，经后天不断积淀而成为不可或缺的诗歌素养。

人的一生经过童年、青年、中年、老年几个阶段，普遍来说就是童心逐渐泯灭、情感逐渐淡漠、诗性逐渐丧失的过程。

在现实生活中，成为一名真正的诗人并不容易，既要为生活奔波，又要坚守超越世俗的诗性，还要在机遇面前与被诗所写之间作出选择。

六四

记着这样一个故事：几位科学家要去山上考古，雇了几位挑夫帮他们挑东西。在一个有树荫的地方，一位挑夫坐下来休息，对科学家的训斥解释说："我们刚才走得太快了，把灵魂弄丢了。"

匆忙的生活让我们失去灵魂，而审美活动让我们小憩片刻，等一下赶路的灵魂。诗意的栖居之所如山上亭台，可以让我们坐下来欣赏美景；也只有安静下来，才能看到远方的澄明。

诗歌是触及灵魂的艺术，是人类文化的镜子；在诗歌这个文化的镜面上，显示着人类的灵魂，会帮我们找回失去的或者唤醒沉睡的灵魂。

六五

后现代在付出了失去神性和灵气的沉重代价后，获得的是普通人的平凡性和烟火气，诗人已转换成写作者，但由此带来的是个性的普遍缺乏，是创造精神的沦丧。

自卑自负的作者满街都是，以大师自居者不在少数，其名气远远大于作品，实质上就是欺世盗名；自尊自立的诗人寥若晨星，守着骨子里的清高，写着不流行的作品。

诗人可以平凡，但不能平庸；诗人可以卑微，但不能卑鄙。一个浑身铜臭的人，怎能写出超凡脱俗的诗作？一个奴性十足的人，怎能写出铁骨铮铮的作品？

重塑诗歌个性，首先要重塑诗人的个性，在自强不息、厚德载物的天地间，独自向前，走向诗歌创作的个性化——一个民族、一种文化、一种人类命运的诗化。

六六

一个人有修养便有品位，一个人有诗歌修养便有诗品。

诗的功夫在诗外，读诗以外的经典比读当下诗歌更为重要，登高望远比行路万里更为关键，认识自己比了解世界更为迫切，灵魂觉醒比苦思冥想更为要紧。

中国诗人的目标就是回归自然、回归本质、回归内心，领悟生命的意义，塑造独立的人格，形成独特的思想，具备较为强大的精神力量，写出有意、有情、有神、有正义感、有创造性、有可能性的作品，是现代汉诗的发展之道。

六七

诗是人生感悟的艺术，可呈现事物内在规律。

有感有悟方能有所发现，发现客观存在而他人熟视无睹的美，写出别人意想不到的诗作。

诗意无处不在，只是忙碌的生活遮蔽了我们的目光，永无止境的欲望尘封了我们的心灵。那么是否要放下一些身外的东西，走向自己的心灵。

走向自己心灵的捷径就是反省：是否已被物质所役、金钱所惑、名誉所累？是否背离了崇尚自然、回归人性、净化心灵的初衷？是否尚未彻底沦陷还有自我拯救的可能？

只有纯净无邪的心灵，才能具有敏锐的眼光，透过现实生活的表象，发现自然之美、天地之妙、人性之光以及其中蛰伏的诗意。

活得具有诗意才是本质，不一定要以诗歌的形式来表现。

六八

诗歌素养的提高是一个日积月累的过程。首先要读书——翻阅书籍，精读名著，钻研经典，更要阅读大自然。

知道一朵玫瑰的形态、来历、品种、颜色等，这是知识；而欣赏玫瑰绽放出来的美，才是素养。诗歌素养是一种与美感密切关联的人文素养。

每个人心向自然，以诗的方式敬畏自然，是我们健康的砝码，更是一种生活品位的体现。

我们阅读诗歌其实是在阅读自己，是在与自己对话；不是我

们在读诗，而是诗在读我们，读出我们的贫乏，让我们感到自己
的欠缺。

读诗会获得从身体到心灵的愉悦，自觉接受诗歌潜移默化的
影响，使我们的灵魂悄然发生改变。诗歌素养是一种以人为中心
的内在品质，是对人类生存意义的价值关怀。

六九

读到一首好诗，能打开我们心灵的窗户，让我们看见美的意
境，感觉神清气爽；并对生活充满希望，对未来满怀憧憬，对远
方产生神往之情。

读到"水光潋滟晴方好，山色空蒙雨亦奇。欲把西湖比西子，
淡妆浓抹总相宜"（苏轼），我们会对西湖充满向往，想去杭
州看一眼现实的西湖。这一定是因为诗歌的魅力，西湖不仅仅
是杭州的西湖，而且是中国诗歌的西湖，也是中国文化意义上
的西湖。

与其说是人类创造了灿烂文化，倒不如说灿烂的文化都来自
人类的心灵。

七〇

诗意无处不在，无时不有，关键在于我们安静从容的状态，
并由此理解人生。

尽管生活不易，但内心还有一块属于自己的地方，用于珍藏
妙不可言的诗意。

我们每个人都是不可替代、不会重复的独特存在，是存在方
式的展开和生命价值的展现，要活出精神，活得具有诗意，不断
超越人格独立的自己，尤其是觉悟之后成就思想深刻、精神自由、
灵魂强大的自己。

人生应该经历三个阶段：认识自己而尊重兴趣，认识环境而

顺其自然，认识宇宙而无私奉献。

当我们在未来的某一天，回首自己走过的路，能够问心无愧，也就无憾此生。

七一

你是谁？你从哪里来？你到哪里去？这是终级之问，实质上是灵魂之问。

来是出生，是来自母亲的身体与来自宇宙的灵魂融为一体。去是离世，是身体回归土地，但灵魂会到哪里？是回到宇宙，是升入天堂或坠入地狱，还是四处流浪？这是问题的关键所在。

从生到死的这一生命历程，关键在于灵魂是否觉醒，觉醒于哪一时期。

只有灵魂觉醒，才是真正的活着，能彻悟生命的意义，具有独立的人格、独特的思想和自由的精神。

只有灵魂强大，才会达到无我之境，不断创造精神财富，甘愿为人类作出贡献。身体虽然归去，但灵魂会以文化的形式永存于世。

七二

认识自己就是从小我认识大我、从自我认识无我，就是找回被蒙蔽的智慧，认识人的本来面目，悟到宇宙人生的真相。

你认识自己，就会看见自己活着，是旁观者清，以整体看局部，为大道而付出，存在于圆满中。知道一枚硬币的两面，是非一体，就像豪华的宫殿要有卫生间那样。

你认识自己，心就会平静，就在生命的本真上，会把自己降低，像水一样流向低处，做着该做的平凡事，不为物喜不为己悲。

你认识自己，肩膀就会宽广，能够拿得起，敢于担责；也能放得下，放下个人利益。像一棵面向苍天的树，不畏风霜雨雪，不怕严寒酷暑。

你认识自己，胸怀就会广阔，能包容别人，也能包容天地。你不一定能成为非凡的人，但一定拥有一颗不凡的心。你点亮了自己的灯，坦荡磊落，不再恐惧，敢于直面死亡。

七三

我是谁？首先要认识自己的身体，包括大脑、骨骼、血液、肌肉、五脏六腑等；认识自己的心灵，包括内心、意识、思想、精神、灵魂等；认识自己的环境，包括家庭、单位、国家、大自然、宇宙等。尤其要认识人的本能、人性、人心、本性这四个方面。

本能，是人与生俱来的行为能力。人的本能是自私的，倾向于趋利避害、好逸恶劳、喜财好色、贪生怕死等。人的成长就是对自私的不断克服，否则就会产生争夺乃至发生战争，最终伤害自己的利益甚至生命。

人性，是人天生具有并有别于动物的属性。人性具有天生属性，所以无所谓善也无所谓恶；人性有别于动物性，人的生存与能力有关，但最终是有德者才能顺应天道，才能适者生存，所以人性深处蛰伏着不灭的光辉。

人心，是人情感、意愿、智慧等方面的表现，属于社会道德范畴。人有七情六欲，需要、追求和目标里潜藏着排他的动机；因为资源有限，产生竞争便不可避免，但最终是人心向善。中国文化中的道法自然、天人合一、和谐共生就是对宇宙运行规律的总结概括。

本性，是一种天然状态，是人的本来面目。往前推就是未出生的样子，是母腹中的一个胎儿，是火土水气光五大物质的结合体，依赖母亲的体温、食物、水、气息和光亮而生存，所以人原本就是一团火、一粒土、一滴水、一缕气和一道光，人的将来也是如此。这是普通人的一生，因其灵魂较为弱小，其发出的能量波也相对微弱，但还存在于天地之间。只有符合宇宙规律、为人类作出贡献的非凡之人，灵魂才会强大，才会发出独特的能量波。

七四

人一出生就从生理上设定好了言行模式，却被我们所忽视。

人有两只眼睛，就是要多看，看人看书看世界；有两个鼻孔，就是要呼吸，关键时还需嘴来帮忙，一口气是多么重要；有两只耳朵，就是要多听，兼听则明；有两只手，就是要劳动，多干活是立身之本；有两个肩膀，就是要挑起重担，担起责任；有两条腿，就是要走路，一步一个脚印，所谓的捷径都是陷阱。

可人只有一张嘴，就是要少吃少喝少说话，病从口入，祸从口出；有一颗心，偏左是事实，做任何事都要一心一意。

七五

灵魂不是物质，可以表现为人的意识、思想、精神或灵性，潜藏于人体之内。

有人认为，人死后比生前减少的重量即为灵魂的重量，而且生前贡献越大灵魂越重。

有人认为，灵魂以波的形式存在于人体的各个器官，甚至是细胞，诸如心电图、脑电波等，是灵魂提示身体可能出现问题。

人体内控制时间、提示事件、维持某种状态、禁止某些功能的生物钟，与灵魂有关。

还有女性怀孕后容貌会发生改变，透露出来的母性光晕直接取代了之前的性感；一对双胞胎，一个所去的地方会出现在另一个的梦中；一对相爱伴侣，无论距离多远都会心有灵犀，你正要联系他，他却打来电话。如此神奇之事能与灵魂无关吗？

七六

一位小和尚问师父："您开悟之前做什么？"

答："念经，吃饭，睡觉。"

问："您开悟之后呢？"

答："念经，吃饭，睡觉。"

小和尚呆了。

师父说："开悟前，我睡觉时想着念经，念经时想着吃饭，吃饭时想着睡觉。现在我念经时就念经，吃饭时就吃饭，睡觉时就睡觉。"

"饥来吃饭困来眠"并不那么简单，而是一种修行。

开悟就是确知人会经历生老病死，身体会在此消失，意识也随之离去。春天来了，枯死的小草会发出绿芽，但消失的身体不会回来。

唯有精神、思想或者灵魂能够存在，但能存在多久、范围多大，取决于自己对社会、对国家、对世界所作的贡献。

尽管墓碑是生命的终结，但有可能成为灵魂崭新的起点，关键在于是否留下高尚的品德和不朽的精神财富。

七七

觉悟也就是开窍，是认识自己的关键所在。觉悟就是要回答"我是谁"，而践行就在于"我怎么做"。

觉悟与否是一个人精神贫穷与富裕的分水岭，觉悟低者自私为己，觉悟高者无私为众。觉悟到何种程度是一个人精神高度的标杆，从小我到大我，从自我到无我。觉悟为体，践行为用，体用如一方为天然，所以要不断地觉悟、践行，不断地再觉悟、再践行。

觉悟首先要坚定做个好人的信念，做一个真善美爱的人，敢于吃苦吃亏，实现被需要的人生价值；其次要认识到一元的重要性，要明白宇宙人生的真相是共生共荣、互利互益，从而付诸行动；最后是大彻大悟，走向无我，无畏生死，帮助更多的人觉悟，就像雪中送炭、厚德载物、上善若水、大气不息、阳光普照那样，而且"行善不为人知"（赵之谦）。

文学艺术创作者更需要觉悟，其觉悟的程度决定其境界的高度，也决定其作品的品位。

七八

《心经》第一句"观自在菩萨"，可以这样理解：

一是用心观察自己在还是不在。自己若在，就不必外求，走向内心；自己若不在，就要找到不在的原因。

二是以心观心，心是否静若止水，能否被一阵风荡起波纹，心若动了该如何面对。

三是自在，是与一切外在无关的内在，是超越一切对立、分别、是非而达到的无增无减、无得无失、无生无死的本然状态。

七九

"真善美爱"可以说是我们做人的信念，是解决"是什么"的问题。要做一个真诚的人，一个善良的人，一个身体和心灵皆美的人，一个关爱他人、关爱社会、关爱自然、关爱天下的人。

"前上正益"可以说是我们做人的方法，是解决"怎样做"的问题。向前是时间，要树立梦想，努力靠近；向上是空间，要积极向上，提升境界；向正是品德，要胸怀正义，坦荡磊落；向益是天道，要做有益他人、有益社会、有益自然、有益天下的事。

当你甘愿利益天下，会得到天的帮助，会把流向自己的能量毫无保留地还给众人。反之，当你一心为己谋利，就会得到天的惩罚。

八〇

我们要清醒认识到自己的不足，克服自满心态，不在井底观天，敢于登高望远。不仅从身体上，更要从思想上，站在全国乃至世界的高度来看某一地域。

一览众山小、千山鸟飞绝、苍山如海、人类命运共同体等，都是登高望远的高度凝练。只有站得高，才能看得远、看得全面、看得深刻，直至看到未来，看到通向未来的路。

八一

人生的价值就是"被需要"。人活一世，被家庭、单位、社会、国家所需要，不能离开或者缺席，就是活着的价值。

尽管地球离开谁都会转动，但每个人被需要的程度决定其在所处环境中的价值。

对一个人的价值评判，在于其为他人、社会、国家乃至世界所作出的贡献。爱因斯坦所言："人生的价值，应当看他贡献什么，而不应当看他取得什么。"所以其贡献的范围越广，其人生价值就越大。

如果一个人以自我为中心，与社会理想相悖，就无价值可言，在某一范围成为可有可无的人；如果一个人侵占他人财物、伤害他人生命、危及社会秩序等，其人生价值就表现为负价值。

八二

人生的意义就是"活得久"。不是身体，而是人的精神活得长久。

有的人死了但还活着，因为他在有生之年奉献了自己的青春、才华和血汗，创造了被普遍认可的精神财富，乃至成为文化遗产的一部分，其灵魂如灿烂的星星。

有的人活着却如死去，一生都在攫取、霸占和垄断有限的资源，即使晚年做些慈善事业，也洗不掉心上的黑点。

爱因斯坦说："人只有献身社会，才能找出那实际上是短暂而有风险的生命的意义。"是的，索取只是物质上的一时满足，付出才会获得精神上持久的幸福。

八三

爱是一种无穷的能量，包含并统领其他情感；爱是一种无私的力量，付出爱是人性中最美好的言行。

这不仅是爱情之爱，而且应为博爱或者关爱。中国墨家就有"兼爱"的论述，韩愈有"博爱之谓仁"的说法。

博爱是一种广泛、宽容、热忱的爱，帮助所有需要帮助的人，哪怕是仇人，百炼钢化为绕指柔。

当灵魂觉醒，我们的爱就会具有全新的活力，眼前的一切都觉得可爱；我们的心中会流出源源不断的爱，成为逐渐广泛的能量传播，成为"爱人者，人恒爱之"（孟子）的确切印证。

八四

一个人的长相是父母所赐，会被环境改变，但四十岁以后的长相全靠自己。内在的教养、素养、学养、修养等，均会决定其外在长相、言谈举止和精神面貌。

人们都喜欢帅哥美女，正是传承了相由心生的秘诀：一个好看的人，其心不会太坏；一个耐看的人，大多心地善良；一个让人感到舒服的人，可为良师益友。

如果自己越长越丑，那一定要扪心自问：善心在否？

八五

具有诗意的人生是觉悟而践行、再觉悟而再践行的不断循环上升，要有慈悲之佛心、清静之道骨、言行之儒雅，更要向大自然学习。

中国传统诗词对月亮、月光情有独钟，有关诗句不胜枚举；对太阳、阳光却视而不见，有关诗句大多与日出日落有关。"世上有两样东西不能直视，一是太阳，二是人心。"（东野圭吾）

太阳永不停息地以核聚变的方式向太空释放光和热，用多少个最伟大、最崇高、最无私来形容太阳的奉献精神均不为过。

"一灯能除千年暗，一智能灭万年愚。"（慧能《六祖坛经》）这个灯就是奉献光热的小太阳，也是我们的心灯，使自己明亮，光明磊落；给他人温暖，不求回报，就像阳光一样默如黄金。

八六

"水善利万物而不争，处众人之所恶，故几于道。"（老子《道德经》）道就是宇宙运行规律，如水一般就有得道的可能。

水奔流不息、百折不挠、拼搏不已、润物不语，具有奉献精神；水低调谦卑、始终向下、接纳百川，从不争夺什么，从不在乎自己被变成垃圾；水随圆则圆、随方则方，在任何低处均能停留；水顺应自然之道，能载舟亦能覆舟，最为柔软，又能以柔克刚；水不变的是无色、无味、无形的本性，可变的是固态、液态、气态的形式；水能净化万物，也能净化自己，一旦停止奔流，杂质沉淀就会变得透明。

水的这些特点，足够我们一生学习。

八七

《周易》是群经之首、大道之源，也是中华文明的精神现象学。"天行健，君子以自强不息；地势坤，君子以厚德载物。"

乾如马，天宇的运动刚强劲健，君子应刚毅坚卓、奋发图强，像一匹骏马不畏艰难险阻，只管奋勇向前。

坤似牛，大地的气势厚实和顺，君子应增厚美德，承载、容纳及呵护万物，如一头黄牛埋头耕耘，踏实沉稳，任劳任怨。

所以君子立世既要胸怀天下、放眼未来、一往无前，又要承载万物、容纳万事、舍己忘我。

我愿来世做牛做马，偿还此生所欠之情。

崇德是我们一生的功课，就是要不断地提高修养、涵养和学养。世间风云变幻，唯有高尚人品才是我们屹立一生的金字招牌。我们写了很多作品，拼到最后一定拼的是作品之后的人格魅力。

八八

人格魅力是人在性格、气质、能力、品质等方面具有吸引力。

独立性、自主性和创造性是一位创作者必备的人格魅力，不依赖任何精神权威，不依附任何现实力量，也不高估自己的智慧。

追求真理时具有独立自主精神，参与社会活动时具有独立判断准则，创作作品时具有独立创造能力。

"富贵不能淫，贫贱不能移，威武不能屈。"（孟子）这是大丈夫的形象，也应该是创作者的言行准则。

清华三巨头之一陈寅恪不仅学贯中西，而且富有民族气节和家国情怀。他为王国维写的挽语"独立之精神，自由之思想"是多么振聋发聩。尽管最终成了他自己的墓志铭，但永远闪耀着灿烂夺目的光辉。

做人比写诗更为重要，就是要坚持文化理想，从被动的"穷则独善其身，达则兼济天下"（孟子），主动向"独善其身则穷，兼济天下则达"转变，努力创作出有骨气、有个性、有韵味的作品，是每一位创作者的神圣使命。

八九

人的本能是自私的，是为了生存，为了比别人生活得更好。但资源有限，损人利己只是一时，最终都是损己。

人的成长首先要觉悟，克制贪欲，从知足到知止，最后达到无私乃至无我，正如老子所言："非以其无私邪，故能成其私。"

天长地久是因为天地从来不求自己长久故能长生，所以无私于己、无为于身，便有可能成就自己精神的富裕和灵魂的强大。

文如其人，人品即文品。什么样的人写什么样的作品，一个自私自利的人不会写出无私无我的作品，只不过是浪得短暂的虚名、混得碎小的银子而已。

九〇

一个人在一定的范围内被人们褒贬、议论或传说，就成为一个人的口碑，成为一种传播的能量。人们没有时间和精力去了解你，你的口碑就决定了人们是接近你还是远离你。

普通人是重视利益的，你有益于我，我就表扬你；你有损于我，我就批评你。所以被人议论在所难免，关键是要做出让大家认可的事，切不可被大家谴责甚至咒骂。

你为大家做事，会得到吸引大家靠近你的正能量，从而心情愉悦继续做事；你只为自己做事，会得到被大家排斥的负能量，会影响你的心情，还有可能波及健康。

九一

一个妇女偶然听到另一个妇女在村长面前说她的坏话：割麦子时比别人少割了一行，还磨磨蹭蹭，太会偷懒了。

这个妇女很生气，她打不过那个妇女，但气得出，不能自己被气死。于是，她缝了一个小布人，一针一针扎在小布人的心口，同时说着某某某，扎死你。

神奇的是，那个妇女第二天对别人说，她晚上心口一阵一阵地疼，一夜都没睡好。

这个故事贮存于我的潜意识，是读了弗雷泽的《金枝》才想起来的。这种神秘的信息传递告诫我们：诸恶莫为，诸善奉行。

九二

三十多年前，有人得了癌症住院，其病床卡片上都用"Ca"代替"癌症"，绝对不让患者知道，一般也不告诉家属。

一位农民得了胃癌，打开腹腔后发现癌细胞已经转移，只好缝合，一般情况下也就能活两个月。大夫拖延了三个小时才出来，告诉家属手术很成功，出院时还给开了进口药。所谓的进口药，是英文标签药瓶装的维生素C。一年后，老人的外孙考入医学院，寒假回来给姥爷拜年，翻译了药瓶上的英文，说药是给女人治病的。老人一病不起，不到一个月便去世了。

人活着需要一定的物质，但更重要的是精神。"人的精神力量比体力更富于生命力。"（列夫·托尔斯泰）是的，能够创造奇迹，一定是来自人的精神的力量，来自灵魂的能量。

九三

整个宇宙有其自己的规律，这就是自然法则。人类只是大自然的一部分，只能顺应，绝不能主宰。

自然法则是宇宙的驱动程序、运行规律、游戏规则，统御宇宙一切隐性秩序；它界定了宇宙间万物的内在联系，作用力与反作用力的关系；它作用范围纵穷三界，横遍八荒，覆盖一切时空界域，无所不在，无始无终。

自然法则就是吸引、创造、放任三大法则。

吸引法则。最简单的解释就是同类相聚，有求必应，心想事成。

当你关注某种想法、某个人、某件事、某个物，心灵就会与之产生共振，互相吸引而互相靠近。

凡是被你关注的东西，均会从众多的东西中跳跃而出，并显出自身的色彩，用来承载你的思想情感。

就像舞台上的追光灯，使身处黑暗之中的演员显出形象。你掌握着追光灯，始终要追着演员，不能有任何怀疑；否则演员会陷入黑暗或自动消失。

如果你决定要写贺兰山，就会把注意力集中在贺兰山上，向其倾注积极的能量，一旦有空就会想到贺兰山；哪怕是看电视，都能看到有关贺兰山的节目——因为你关注了它，与它有关的东西就会纷纷出现。

如果你没有关注贺兰山，与它有关的东西就会从你面前一闪而过，不会引起你的注意，这就是吸引法则在起作用。

创造法则。当你自觉主动地创造你的世界，你就是一个自主创造者，是一个心怀梦想的魔法师，你能创造一切你想要的经验，宇宙会让你如愿，不会出现例外。

每个人最大的创造力在于意念，意念本身就是能量，而行动与意念协调一致时，才具有创造力，才会一帆风顺；而当意念与行动相互抵触时，你的行动是徒劳无功的。

放任法则。实质上就是放下控制别人的欲望，不能把自己不愿做的事强加于他，不能以己之心推测他的想法，不能站在自己的立场理解他的言行，"己所不欲，勿施于人"（孔子）。

你不希望他如此对待你，你就不能那般对待他；你允许自己做回自己，就要允许别人做回别人。

你让别人享有自由，你就自由了；你让别人做其喜欢的事，你就可以做自己喜欢的事；你让别人选择其生活方式，你就可以选择自己的生活方式。

九四

两个物体之间的作用力和反作用力，总是大小相等、方向相反，不能离开物体而单独存在。

作用力与反作用力法则可以体现于人与万物的关系上。你爱护万物，万物就爱护你；你拯救万物，万物就拯救你；你伤害万物，万物就伤害你。万物本无情，因你有情而有情；万物本有情，因你无情而无情。

人与人之间的关系同理。你帮助过谁，不可说出，更不要奢望人家会报答你；但你伤害过谁，人家迟早会还给你，可能还会加倍。

旧梦可以重温，破镜可以重圆，但裂痕不会消失。无论什么关系都要用心维系，还要不断充实自己，帮助更多的人。

一位乞丐问师父："我为什么这样穷？"

答："你没有付出。"

问："我拿什么付出？"

答："你至少还有五种东西——笑脸、善目、美言、体力、真心。"

九五

万物流转，诸行无常。一切都在，一切又都不在。

只有能量不会凭空产生或者消失，会进行形式转化或者在物体之间转移。

付出与得到的平衡是人生命运的能量守恒定律。永远要让付出大于得到、内在大于外在、精神大于物质。

当你甘愿付出，物质会以另一种形式自动出现，并且进行相互转化。你活出了精神，自然会战胜一场疾病。

只要付出必有回报，被大家认可也是有益于自身的正能量，"爱出者爱返，福往者福来"（贾谊）。

反之，当你外在的拥有超出内在的精神时，你的能量不能控制得到的物质，或出现德不配位、实不符名、命不适财的情形，会导致阴阳失衡而生病，可能还会受到死亡的威胁。

所有对名利的争夺，最终都是对自己的伤害，甚至危及子孙。

唯一救赎的办法，就是归还多出的物质，让其回到能量状态，达到物质与能量的平衡，并付出不懈努力，使品德大于地位、实际大于名声、生命大于财产。

九六

在时间长河，相对于地球五十亿年寿命，人的一生不到一秒。

地球直径一万两千多公里，银河系直径约十万光年，宇宙还在膨胀，直径约九百多亿光年。在银河系，地球消失于距离，更消失于自身沙粒般的微小。

宇宙人生就是把人的一生放在浩瀚宇宙中去衡量，认识到人不能再短暂的短暂，不能再渺小的渺小，从而垂下双手呵护万物，低下脑袋珍惜生命，丰富自己的精神，强大自己的灵魂。

仰望星空，谁为人类的渺小而喟然长叹；面对地球，谁为人类的贪婪而无地自容。

九七

以平均寿命计算，人生除去上学、上班、睡觉、娱乐、生病等，真正属于自己的时间也就六七年。

如此短暂的一生，我们要生存、要生活、要发展，更要战胜自己这个最大的敌人的确不易，但一定要相信自己：一切都会过去，一切都是缘分，一切都会向好。

首先要自信。出生不是被迫来世，而是自己的选择，是受灵魂引领选择了父母。能认知这一源头问题，一切问题迎刃而解。

其次要心静。去物质之累，弃内心之乱，遵循道的法则，进行德的修为，利于他人，益于社会，从自我走向"独与天地精神相往来"（庄子）的本我。

最后要通透。天之道显现为人之德，利而不害，为而不争。道与德是天与人的互相感应、互相贯通。宇宙人生的秘密就是从有归于无，再从无生出有。

谁为人类作出重要贡献，拯救人类于危难之中，谁的精神就会放射出独特的光芒，强大的灵魂就会回到宇宙，自由自在，无处不在。

九八

功夫在诗外的终极目标是要提升自己的境界。境界高低就像VCD 和 DVD，前者读不了后者，后者却能兼容前者。也像 3G、4G 和 5G，从人对人到人对信息，再到人对万物。

我以为人生境界可以分为三个层次：

一是尊重兴趣。兴趣即天赋，关键在于尽早发现自己的兴趣，并经过乐此不疲的验证，就会找到自己的天赋或潜能，只要一项终生值得为之付出的事业；同时要尊重他人的兴趣，尤其是家长要尊重孩子的兴趣。

二是顺其自然。要认识环境并适应环境，要顺应自然、顺应内心、顺势而为，做该做的事，走该走的路，不争强好胜，不争名夺利。

三是无私奉献。要不断提升境界，向大自然学习。火焰向上燃烧，温暖世界；大地承载万物，养育众生；溪水向下流淌，润物不语；空气进出身体，维系生命；阳光普照人世，发出光热。

这些都是人类及万物的生命之源，更是人类最伟大的导师，所以人生的最高境界就是无私奉献。

九九

据说我们认知这个世界的物质不到总数的百分之五。物质也是能量，聚则为物，散则为能，关键在于振动频率。

人的身体是五大物质元素——火土水气光的结合体，这是人的本性。那么在短暂的凡尘，我们要做一团热情的火、一粒宽容的土、一滴纯净的水、一缕清新的空气、一盏明亮的灯，超越物质，燃烧自己，奉献光热，无怨无悔。

当灵魂回到茫茫宇宙，可能是一团火或一粒土或一滴水或一缕气或一道光的形式，其强大的程度由生命作出的贡献来决定。

微小的或者负能量的灵魂回不到宇宙，可能会在一条狗、一棵树，乃至一块石头里。

时间也是文化

一

2004年3月20日，我写完《西夏史诗》的尾声，心头的重负如冰消融，长舒一气，如梦方醒。《西夏史诗》已经与我无关，我不过是进行了一次心灵的接近，一次从希望到绝望的触摸。从三十二岁到四十一岁，我耗费了自己最宝贵的青春年华，感慨万千，但也问心无愧。

之后，我抽空钻研楼兰、丝路的史料，想借此抒写人与自然、人与世界的关系，但因缺乏当年的野心而搁置。

一晃又过去十年，直到2013年2月12日，大年初三，我偶然写了一首有关"时间"的诗，觉得时间是一个容纳百川的海洋，那就写一部《时间史诗》吧。

我一直在时间中，上班下班，却怎么就没有在意时间呢？怎么过了五十年才真正想起？从被动到主动的确需要机缘。从此，我就关注并钻研时间，相信吸引法则，定下基调，写出序诗。

二

时间存在吗？是物质存在的一种客观形式吗？既是客观，我们怎么看不见、摸不着、感不到？是连绵不断的系统吗？却在记忆中常常断裂。

时间由过去、现在、未来构成，可过去和未来均不存在，只有现在还在。但现在也不在了，已在逝去的前一秒里。

时间是什么，从何而来，向何而去？是一去不返，不舍昼夜？

是一个巨大的雾，笼罩着整个世界？还是人们身边的一个幽灵，来去无影无踪？

人们对时间的感知，来自身体的心跳、血压、呼吸、体力等生命节律，即隐性时钟。

生物钟以昼夜为周期对全身各个器官进行调节，决定人们的入眠和醒来。生物钟可是人的第三只眼？

心的时间可以说就是一种感觉，那么灵魂的时间呢？是很难接近的神秘领域。当灵魂觉醒，人的身心灵合一，那是一段无比美妙的人生时光。

人生一路向西，时间不断东去，永远都是擦肩而过。于是，我写下"所有流逝的时间都葬身大海／大海才是时间永远的墓地"。如果说这是时间的身体，那么时间的灵魂何在？

三

在日常生活中，我们相信时间存在，但不被人类所控制；我们感觉时间存在，是因为万事万物的变化。

不管是十二时辰，还是格林尼治时间，都成为人类言行的规范，甚至成为人生在世的无形枷锁；人类的命运被人类自身所局限，或许被更高文明或者神性力量所掌控。

哪怕是死后，尽管有生之年为人类作出重大贡献，灵魂回到星空，但仍然不能永生。因为人类创造的任何飞行器都不能超越光速，人类所处的维度不可能离开宇宙。

宇宙之外并非另一宇宙或平行宇宙，而是未来；未来的时间并非不存在，而是静止。

而与人类创造无关的虚时间，可是宇宙真正的时间？

四

要认识时间，就要认识人的本质。我突然想到时间是一个神，因为成为神的前提就是拥有时间，拥有文化意义上的时间。

正因为人类的不断创造，万事万物凝聚着不同的时间形式，历史遗存珍藏着时间的文化样态，显示着时间最典型的文化特性——凝固性，把某种文化样态凝固于某一段的时间之轴，成为不可逆转、不可替代、不可更改的自足存在。

时间从本质上来说，与人、神、宇宙有着深刻而又隐秘的联系，并发展成现代文化的一个特征——把时间置于突出位置。

所以，我要找到一个词或者字，含有答应、惊讶、提醒、悔恨、叹息等意，这个词就是"哎"，我便把时间女神称为"哎"，并与"爱"谐音。爱是宇宙间永恒的能量。

五

标题或书名可以说是一部作品的灵魂，对这一灵魂的阐释就是具有创造意义的内容与形式。

我想用十年时间写一部《时间史诗》。可"史"是一个发展过程的字，具有时间性或被具有。而我想写的是万物、生命、心灵对时间的感受，或者是同一时间投射到万物而呈现出来的各种不同的状态，但又找不到一个与其对应的字。

我被困在一个没有找到的字里。

直到 2013 年 3 月 16 日，"奉献"一词跳跃出来，在一堆的词语中闪着光芒，像一颗流星划过繁星闪烁的夜空。奉献是爱的方式，爱是无私的奉献，是大自然共生共荣的传承密码，是人类生生不息的精神力量。

六

只因才华不足，懒散有余，我大概六七年能写一部诗集。《西夏》（上卷）是《西夏史诗》的前四卷，《塔海之望》是《西夏史诗》和《时间献诗》的选本。本书里收有写于 1993 年之前、近期修定的部分诗作，是我当年面对大自然的自我灵魂拷问，所以全书作品跨度约三十五年，不再注明具体创作日期。

因为工作需要，要与学员交流，记下平时感悟，勉励自己践行。现从中摘取一些浅见，以《来回如诗》为题，附录诗后。

七

荆竹是我的恩师，曾为《西夏史诗》（修订本）作序，还费心劳神地写了一部二十八万字的《造型之维——杨梓诗歌美学论》，是一部知音之书。

该书中有些关于《时间献诗》的论述，稍加整理可以为序。可我又不忍心让他劳累，犹豫了很长时间都不敢说话，直到今年端午节，很小心地给他发了一条微信。

他却爽快地同意了，让我定稿后即把电子版发他。我看着手机，上面的文字一片模糊。

世间最美好的情愫莫过于灵魂相伴，可我今生以何回报？

在此，我向生命中的老师、朋友和亲人，为拙著付出心血的所有人员，能够阅读到此的读者，致以最诚挚的谢意！

杨　梓

2022 年 7 月 16 日于银川闻月阁